關於 **世界名著** 的100個故事

100 Stories of **World Literature**

李小翠◎編著

前言

　　每一本好書都有一個鮮活恆久的生命，讓它可以永遠流連在人類歷史的長廊，與一代代途經的人相約、相聚、相守。徜徉其中，我們彷彿可以聆聽到先賢的殷殷教誨，又如同和無數潔雅聰慧的靈魂一路同行，在為學與為人的道路上，他們都能給我們愛的渲染、美善的啟迪以及智慧的引導。

　　翻開一本好書，就如同開始了一段旅程，古今中外的故事撲面而來，六合八方的時空交叉疊織，或跌宕起伏，或平緩流淌，或熱情燃燒，或溫暖明亮。往昔的歷史歷歷在目，鮮活的人物栩栩如生，閱讀每一個生命生老病死的瞬間，共同分享他們的悲歡離合，一起體會他們的愛恨情仇，在靈魂的震顫中，我們深深地陶醉其間。

　　這，也就是我們所說的名著。所謂「名」，是歷經歲月洗禮、風雨積澱、大浪淘沙而後留下的閃閃金光。所謂「著」，是作者追問時光、思索寰宇、問道人生的心靈世界。它們之所以能夠流傳千古、歷久彌新，正是因為它們本身所擁有的強大生命力，不會因為朝代的更迭、歲月的流逝而被歷史的大潮湮沒。在這些名著裡，我們可以發現人類那些共有的普世價值的偉大，可以感受到真、善、美的珍貴。它們的光芒不會因為時間的累積而黯淡，而愈是經過歲月的淘洗，它們的光輝愈耀眼奪目。

人說一花一世界，一木一浮生。誠然，每一本書都是一個獨立的宇宙，每一位作者也都有自己獨特的生命軌跡。而在每一部著作誕生的背後，或許都有一些鮮為人知的故事，它們在時光裡慢慢醞釀，點染了歷史，呈現出一部部恢宏巨著的厚重與滄桑。瞭解它們，會讓我們更加懂得作者的著作裡那些「草蛇灰線，伏脈千里」的脈絡；瞭解它們，會讓我們真正明瞭著作外的作者如何面對「浮生若夢，為歡幾何」的人生。

　　如是，就是我們編寫這本圖書的願望。

　　我們渴望穿透歲月的塵埃，直抵歷史的彼岸，把最真實的故事揭開面紗還原在您面前，讓曾經的一幕幕圖景具象，定格成一幀美的永恆守望。在素材的選取中，我們相容並包，擇優去穢，東方與西方並舉，傳統和現代共存，典雅與通俗同生。在風格的定位上，這裡沒有艱深難懂的晦澀語言，有的只是細雨潤物般的清麗文字。這裡沒有故弄玄虛的高人一等，有的只是滌盡鉛華後的坦蕩書寫。不論您是白髮蒼蒼的老者，還是咿呀學語的孩童，在充滿了智慧的閱讀中，都同樣可以感受到那份心靈的悸動與收穫的喜悅。

　　至此，您將重新打量每一個生命與著作，開啟一段嶄新的人生旅程。

目次

第三章 描摹現實的生活筆記

第四章 抒發理想的文字吶喊

第五章　玉困於成的刻苦書寫

第六章　托物於文的勵志宣言

第七章 流芳文壇的逸聞趣事

第一章

寫給自己的「生命情書」

悠悠思戀寄書香
巴爾扎克和《幽谷百合》

一個能思考的人，才真的是一個力量無邊的人。——巴爾扎克

巴爾扎克在其著作《幽谷百合》中，描寫了一個嫻淑優雅的貴婦德·莫爾索夫人，而他正是用年輕時的戀人貝爾尼夫人為原型來塑造這個角色的。也正因為貝爾尼夫人，才有了《幽谷百合》這本書的誕生。

貝爾尼夫人出身高貴，舉止優雅，可是卻與丈夫的感情很不融洽。貝爾尼夫人的丈夫雖然只有五十歲多一點，但卻處處像個年邁不堪的老人一樣，而且性情暴躁，乖戾無常。而貝爾尼夫人，不但年輕貌美，且才華出眾，情思細密。因此，夫妻倆在一起格格不入。

最初，巴爾扎克是身為貝爾尼夫人家的家庭教師，兩人才得以認識的。在與貝爾尼夫人的接觸中，巴爾扎克漸漸地喜歡上這位見聞廣博、優雅異常的夫人。他喜歡聽她訴說上層社會的種種事物，她的一些可愛珍貴的小飾品，以及向他描述的一些鮮為人知的逸聞趣事，這些都常令巴爾扎克聽得入迷。

貝爾尼夫人從來沒有試圖隱瞞自己四十五歲的年齡，更沒有過誘惑這位家庭教師的企圖。但是巴爾扎克還是瘋狂地愛上了她。這個富有高雅情趣的

女人，幾乎合乎他所有的要求，她的形象一直在他的腦際盤旋，沒有一刻停歇。於是，在一八二二年三月的某一天，他終於鼓起勇氣向她寫了一封情書，訴說自己對她的無比思念。而且，年輕的巴爾扎克也沒有忘記向貝爾尼夫人訴說自己的作家夢。

對於巴爾扎克的追求，貝爾尼夫人甚至感到好笑。她當然不瞭解巴爾扎克這種帶有戀母情結的情感。她警告巴爾扎克不要這樣做，因為她是一個已經可以做他母親的人了，並規定今後巴爾扎克只能在她和孩子們一起的時候才能見她。但是年輕的巴爾扎克並不罷休，依然整天去貝爾尼夫人家向她表白，訴說自己對她是如何地一見傾心。就這樣一天又一天，又是情書，又是表白，貝爾尼夫人每次聽過之後，也只能一再地警告他，並以拒絕見他相要脅。

可是巴爾扎克仍然不理會這些，不肯中斷對夫人的追求。隨著日子的流逝，慢慢地，貝爾尼夫人的心底有了一絲鬆動，或者潛意識裡，也會有一種慶幸。是啊！這麼大把年紀還能得到一個年輕人的愛，難道不是一件令人高興的事嗎？何況從他寫給她的信來看，也處處充滿了真誠與才氣。

於是，兩人又開始見面了，並且，陷入了熱戀。他們這種不尋常的關係很快被人看出了破綻。貝爾尼夫人的孩子對這位家庭教師極其反感，處處刁難。而巴爾扎克的母親原以為兒子愛上了貝爾尼家的千金小姐，並以高攀上這樣的家庭而異常高興，等發現巴爾扎克愛的竟是比他大二十多歲的貝爾尼夫人時，便決意設法阻攔，一定要巴爾扎克離開那裡。結果巴爾扎克被送往他妹妹位於諾曼第小城巴耶的家，在那裡待了幾個月才回來。

貝爾尼夫人與巴爾扎克的愛情一直持續到了一八三二年，那時貝爾尼夫人已經五十五歲了。這位明智的女性考慮到自己的處境，決意終止兩人這種親密的關係，只做回朋友。面對這樣的請求，巴爾扎克也無可奈何，但是心中一直留存著對貝爾尼夫人的愛。

一八三四年，貝爾尼夫人的健康急劇惡化，生命中最後的日子充滿了磨

難。短時間內，她的九個子女死去了五個，對她產生了致命的打擊，而她自己又有心臟病和糖尿病。面對自己日漸憔悴的容顏，她斷然拒絕巴爾扎克再去看她，因為她只願她所愛的人看到她健康、美麗的一面。一九三五年七月二十五日，在忍受了劇烈的神經疼痛折磨了十天之後，貝爾尼夫人懷著深深的遺憾離開了人世。當時巴爾扎克還在都靈，他沒有想到貝爾尼夫人仍對自己懷著深深的愛。當他回到巴黎之後，得知貝爾尼夫人去世的噩耗後，他為自己未能見她最後一面守護她最後一程而悲痛萬分。

　　怎樣紀念自己和貝爾尼夫人刻骨銘心的愛呢？擅長文字工作的巴爾扎克當然知道該如何去做。在創作小說《幽谷百合》時，巴爾扎克決定以貝爾尼夫人做為女主人翁德·莫爾索夫人的原型，正是對貝爾尼夫人的這種強烈的愛，使巴爾扎克甚至在給他的其他情婦的信中，也毫無顧忌地稱頌貝爾尼夫人是「神聖的造物」，而《幽谷百合》裡的德·莫爾索夫人，「只是她的一個蒼白的寫照」。

小知識：

巴爾扎克（1799～1850），法國十九世紀偉大的批判現實主義作家，歐洲批判現實主義文學的奠基人和傑出代表，法國現實主義文學成就最高者之一。一七九九年五月二十日出生於法國中部的圖爾城，二十歲開始從事文學創作。他創作的《人間喜劇》共九十一部小説，寫了兩千四百多個人物，充分展示了十九世紀上半葉法國社會生活圖景，樹立了一座人類文學史上罕見的文學豐碑，被稱為法國社會的「百科全書」。

來自「女神」的聖潔光亮

郭沫若和《女神》

> 我是一條天狗呀！我把月來吞了，我把日來吞了，我把一切的星球
> 來吞了，我把全宇宙來吞了。我便是我了！──郭沫若

《女神》是郭沫若第一部詩集，也是中國現代文學史上第一部影響巨大的新詩集，它為中國的新詩開闢出了一塊廣闊的新天地。然而，最初激發起郭沫若寫作新詩慾望的，卻是他在日本發生的一段愛情。

一九一六年八月，郭沫若的朋友陳龍驥因患肺病不癒而亡。在陳治病期間，郭沫若曾前去探視照料。陳去世後，郭沫若要到其就醫的聖路加醫院去取一張 X 光片。

八月的東京天氣很熱，郭沫若又急著辦事，幾經輾轉終於來到了陳龍驥曾經住過的京橋區聖路加醫院。在醫院寧靜的走廊裡，郭沫若無意之中見到了一位曾經接待過他們的年輕護士。她的身高約有一百六十七公分，在身材偏嬌小的日本女子中，要算出類拔萃的了。她體態豐盈，皮膚白皙，圓潤的臉龐上閃耀著一雙俊秀的大眼睛，臉頰上暈著粉紅，顯露出青春少女特有的嫵媚。

她就是當年二十二歲的佐藤富子。

大約在此一個多星期以前，郭沫若陪同陳龍驥前來這家醫院看病，陪同他前來的有十多個學生模樣的人。當時就是佐藤富子接待了他們。如今再次見到郭沫若，她倒是顯得有幾分意外。

郭沫若向佐藤富子說明了來意。溫柔善良、極富有同情心的佐藤富子，一聽說他的友人已經病故了，內心也感到很難過，便安慰起郭沫若。郭沫若

注視著她的眼睛，覺得佐藤富子的眉目之間有一種不可思議的聖潔光輝，令人肅然起敬又心生愛慕。

由於那時沒有找到X光片，所以佐藤富子答應隨後將東西寄給他。果然沒過幾日，郭沫若就收到了佐藤富子寄來的X光片，隨附了一封她用英文寫的長信安慰郭沫若。

讀著佐藤富子的來信，郭沫若感受到了一種從未有過的甜蜜。他飽受了國內封建大家庭包辦婚姻的痛苦，又有身在異邦備受欺侮之恨，身為一個弱國窮學生的郭沫若，在此時得到了這樣一位日本女子的尊重、同情與安慰，讓他有一種恰如在苦難中遇見了聖母瑪麗亞之感，怎能不叫他萬分欣喜呢？郭沫若的心燈被點亮了，他當即給佐藤富子回覆了一封充滿愛意的信。

從那以後，郭沫若和佐藤富子書信往返十分頻繁，一個星期之中常常要通上三、四封信。夏去秋來，隨著時間的流逝，他們相知相愛了。

郭沫若得到了來自佐藤富子的愛情，終於彌補了他多年來心中的一種巨大的缺陷。幾年前他行屍走肉般跑到日本來求學，如今正是佐藤富子賦予了他一段新的生命。佐藤富子對他來說猶如聖母瑪麗亞。所以，他又給她取了一個聖潔的名字：安娜。陷入了熱戀的郭沫若不時用文字來表達他的幸福之感。如《女神》中所收的〈新月與白雲〉、〈別離〉、〈維奴司〉、〈死的誘惑〉等，都是在這時候先後為安娜而寫作的。這一時期，郭沫若除了把詩抄示給幾位親密的朋友之外，並沒有想過要發表自己的作品。

一九一九年的夏天，日本的一些留學生為響應國內的「五四」運動，組織了一個文學團體，郭沫若也加入其中。並且為了更好地瞭解國內的情況，他們訂了一份國內的《時事新報》。一天，郭沫若在該報的《學燈》副刊上讀到一首叫〈送慕韓往巴黎〉的白話詩，郭沫若以前只聽說胡適等人在寫白話詩，但由於自己身居日本鄉下，不曾讀過這些詩作。現在親眼看到了白話詩，自然覺得很新奇。他想起自己寫的一些詩作，於是就抄了〈抱和兒在博多灣海浴〉和〈鷺鷥〉兩首，寄給了《學燈》。沒想到寄出不久後，這兩首

詩便刊登了出來。這是郭沫若第一次發表作品，看到自己的作品印成了鉛字，郭沫若十分高興。那時編《學燈》的是年輕的宗白華，他很欣賞郭沫若的詩。在宗白華的鼓勵下，郭沫若寫詩的興致就像爆發的火山般熱情迸發。從一九一九年下半年到一九二〇年上半年，這一階段他的詩無論在思想上還是技巧上都有了新的飛躍，詩的內容也不再僅僅侷限於愛情內，而是把觸角伸得更遠。

　　隨著郭沫若的作品越寫越多，於是集結成《女神》一書，讓我們看到其中充滿了革命的浪漫主義與樂觀主義精神，有力地激勵鼓舞了當時的熱血革命青年。即使是將近一個世紀之後的今天，我們讀來依然心潮澎湃。

小知識：

郭沫若（1892年11月16日～1978年6月12日），出生於中國四川省樂山市觀娥鄉沙灣鎮，漢族，原名郭開貞，字鼎堂，號尚武；因為他的家鄉有兩條河叫「沫水」和「若水」，取筆名沫若。中國共產黨優秀黨員，致力於世界和平運動，是中國近代著名的無產階級文學家、詩人、劇作家、考古學家、思想家、古文字學家、歷史學家、書法家和著名的革命家、社會活動家，蜚聲海內外；他是中國新詩的奠基人，是繼魯迅之後革命文化界公認的領袖。

傾聽女性的呼聲

夏綠蒂·勃朗特和《簡愛》

愛情是真實的，是持久的，是我們所知道的最甜也是最苦的東西。——夏綠蒂·勃朗特

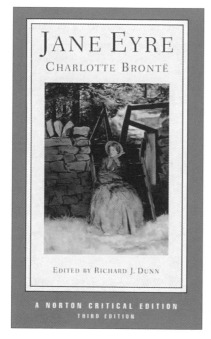

《簡愛》是十九世紀英國著名的女作家夏綠蒂·勃朗特的代表作，是一部具有濃郁自傳色彩的「詩意的生平寫照」。小說中女主角簡愛以及其他人物的生活環境及細節，都是取自作者及其周遭人的真實經歷。

夏綠蒂的母親早逝。八歲時，她和姐妹們就一起被送進一所生活條件極其惡劣的寄宿學校。住校的日子裡，她的兩個姐姐因染上肺病而先後死去。那裡的一切在夏綠蒂的幼小心靈深處留下了可怕的創傷，她在《簡愛》中也對此做了深惡痛絕的描繪。於是，夏綠蒂和妹妹愛蜜莉回到家鄉，在荒涼的約克郡山區自學。

她曾當過家庭教師，但因不能忍受貴婦人、闊小姐對家庭教師的歧視和刻薄，放棄了這條謀生之路。她在《簡愛》裡寫到，成年後的簡愛成了桑菲爾德貴族莊園的家庭教師，最後以真摯的情感和高尚的品德贏得了主人的尊敬和愛戀。這或許正是夏綠蒂當年在遭受痛苦時的美好願望。後來，她打算自辦學校，為此她在姨母的資助下，與愛蜜莉一起去義大利進修法語和德語。

　　這段經歷讓夏綠蒂碰到了愛情，也成了《簡愛》的線索。到達義大利的姐妹倆進了一所法語學校。這所學校是由一對姓黑格爾的夫婦共同創辦的，並由黑格爾先生親自教授法語。黑格爾先生的教學方法相當靈活，他因人而宜、因材施教。夏綠蒂姐妹倆在他的教誨下，不到一年時間就掌握了法語的基礎知識。黑格爾先生的法國文學造詣也很深，在他的指導下，姐妹倆閱讀了大量法國文學名著，深入瞭解了各種流派作家的創作風格和藝術特點。

　　在與黑格爾先生的相處中，夏綠蒂的心中慢慢產生了不一樣的情愫。由於求學異鄉，黑格爾先生對夏綠蒂姐妹倆特別關心與照顧。有一次，夏綠蒂為了即時歸還從黑格爾先生那裡借來的書，捧著它廢寢忘食地讀著。看到如此沉醉的夏綠蒂，黑格爾先生慷慨地將書贈送給了她，並囑咐她按時作息，注意身體。這令夏綠蒂異常感動，從小到大，很少有男性如此細膩地關心過自己，更何況這是極有男性魅力的黑格爾先生。

　　對同樣熱愛文學的夏綠蒂來說，黑格爾先生的吸引力是多麼得大啊！他不僅睿智博學，還有一種讓她為之著迷的男性氣息，即便他有點粗魯，容易激動，卻透著率真、爽快的可愛。夏綠蒂明白自己的內心已深深地愛上這個有婦之夫，她不由自主地會去在意黑格爾先生的一舉一動，渴望得到他同樣的關注。只是理智的夏綠蒂知道黑格爾先生對自己全然無心，身為一個好男人，他全心全意地愛著自己的家庭。

　　善良的夏綠蒂當然也不願意去破壞心愛人的家庭，她始終把這種微妙的情感壓在心底，從未明確表露出來。之前拒絕了兩個人求婚的夏綠蒂，很清楚自己愛不愛對方，而對方愛不愛自己，她不會像別的女孩一樣柔弱糾結，她有著獨立果斷的性格，愛便接受，不愛就離開。於是，修完法語和德語的夏綠蒂毅然離開了黑格爾先生，回到了自己的家鄉。就如同《簡愛》中簡愛對羅切斯特的愛情吧！夏綠蒂也擁有火一樣的熱情和赤誠的心靈，她大膽地愛自己所愛，然而當她發現自己所愛之人還有妻子的時候，又毅然離開了她所留戀的人和地方。

　　《簡愛》闡釋了人的價值是尊嚴與愛的結合，包含了兩個基本旋律：富有熱情、幻想和反抗、堅持不懈的精神；對人間自由幸福的渴念和對更高精神境界的追求。夏綠蒂就像簡愛，用坎坷不平的人生經歷，塑造了一個不安於現狀、勇於抗爭、積極獨立的偉大的女性形象。閱讀《簡愛》，便如同傾聽了一章關於女性的輝煌讚歌。

小知識：

　　夏綠蒂‧勃朗特（1816～1855），英國十九世紀作家。一八一六年四月二十一日出生於約克郡桑頓的一個窮牧師家庭。母親早逝，她曾和其他幾個姐妹一起被送進一間生活條件惡劣、教規嚴厲的寄宿學校讀書。夏綠蒂當過教師和家庭教師，也曾與妹妹愛蜜莉一起於一八四二年去比利時布魯塞爾學習法語和古典文學。在義大利學習的經歷激發了她表現自我的強烈願望，促使她投身於文學創作的道路。以筆名庫瑞爾、艾利斯和阿克頓‧貝爾創作詩歌並投稿。一八五五年三月三十一日，在約克郡霍沃思去世。撰寫的小說有：《簡愛》、《雪莉》、《維萊特》、《教授》。

無法忘卻的感情

珍·奧斯汀和《傲慢與偏見》

婚姻只能為愛情而成。——珍·奧斯汀

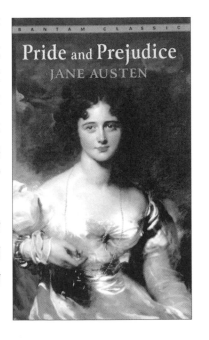

　　珍·奧斯汀於一七七五年出生在英國漢普郡。年輕時的珍·奧斯汀是一個才貌出眾的女子，愛慕她的人不少，可是她卻一直沒有中意的對象。在眾多追求她的人中有一位貴族富豪，他誠懇地表達了想與之訂婚的渴望，並承諾會改變其家境，給她及家人幸福的生活。幾經猶豫之後，想給家人幸福安定的珍·奧斯汀答應了富豪的求婚。

　　在這前後，村子裡出現了一位來自城市的、傲慢的法律系學子。珍·奧斯汀和他的相遇相識的過程正如《傲慢與偏見》裡所描述的故事那樣曲折，恐怕這也正是《傲慢與偏見》這部小說的現實素材。他們兩人一個很傲慢，一個有偏見。一開始，法律系學子自恃有才的傲慢態度，使珍·奧斯汀產生了很強烈的反感。或許他們本會是人生境遇迥異的兩人，但沒過多久，因為鄰居或親戚探訪而出現的偶然相遇，他們兩人擦出了彆扭而強烈的愛情火花。精神的火焰熊熊燃燒，可惜的是，他們的愛情在物質方面出現了很大的問題。

　　珍·奧斯汀的家境並不富裕，一邊是貴族的奢華生活在向她遙遙招手，

而她正是一家人的希望所在；另外一邊是幾乎同樣處境的法律系學子，他有
一個擁有一大筆財富的老年親戚正在等待著他繼承遺產，但那位無後的親戚
卻提出了一個古怪的條件，要他迎娶一位家境富裕的小姐才能繼承那筆財
產。顯而易見，一旦珍‧奧斯汀與法律系學子結婚，他們雙方都將什麼也得
不到，從財富的頂峰跌入貧窮的深淵，假如放棄愛情，財富才會熱烈地擁抱
他們。這該如何是好？

　　迫於各種壓力，他們最終放棄愛情，與各自合適的仰慕者訂親。在這之
後的一天，他們倆在一次的樹林散步中極其偶然地相遇。那一刻，感情戰勝
了所有理智，萬難中，什麼都沒有愛情重要，他們決定放棄一切！他們私奔
了，並成功逃離。途中，奧斯汀無意中讀到戀人的一封家信，那是他妹妹的
來信。信中懇求他看在全家人的面上，務必順利地得到他應繼承的那筆財
產，否則全家人將陷入無法救助的境地。看到戀人家書的奧斯汀深思良久，
最後決定為了他的家人，離開愛情。她留下一張便條，趁戀人不備，悄然離
開了旅館。

　　離開了戀人的珍‧奧斯汀備受思念的苦痛煎熬。她也曾後悔自己當初的
決定，無數次幻想著如果她和自己的戀人在一起，又會是一番怎樣的景致。
但是每當這時，她又同樣會想起那封滿寄著渴望與祈求的家書。為了自己戀
人和其全家人的幸福，她只好獨自忍受著孤獨的漫漫長夜與人生旅途。由
《傲慢與偏見》改編的電影的末尾處，已成為著名作家的珍‧奧斯汀受邀出
席一個貴族的晚宴。這個機緣下，頭髮斑白的兩個戀人在這裡不期而遇，
珍‧奧斯汀感慨萬千。當年的法律系學子帶著他已經成人的女兒——她是作
家珍‧奧斯汀的粉絲。在這過程中，兩個戀人沒有多說什麼。珍‧奧斯汀望
著他們父女倆在輕風中漸行漸遠，鏡頭裡只留下珍‧奧斯汀那意味深遠的目
光……。

　　珍‧奧斯汀這段現實中的愛情與《傲慢與偏見》書中的愛情，有著千絲
萬縷的聯繫，只有真實的親身體會，才會讓文字這般富有深情，心思這般細

膩扣人。珍‧奧斯汀的這段經歷開啟了她的作家生涯，她用最真摯的文字記載著這段無法忘卻的感情，在悠悠的歲月中慢慢沉澱，歷經塵世的風霜、風雨的洗滌之後，曾經這份讓她如此痛心疾首的愛情，終於破繭成蝶，在她的筆下幻化出《傲慢與偏見》中的縷縷馨香。

小知識：

珍‧奧斯汀（1775～1817），英國女小說家。她出生於鄉村小鎮斯蒂文頓，從二十歲左右開始寫作，共發表了六部長篇小說。一八一一年出版的《理性與感性》是她的處女作，隨後又接連發表了《傲慢與偏見》（1813）、《曼斯菲爾德花園》（1814）和《艾瑪》（1815）。《諾桑覺寺》（又名《諾桑覺修道院》）和《勸導》（1818）是在她去世後第二年發表的，並署上了作者真名。珍‧奧斯汀是世界上為數極少的著名女性作家之一，是介於新古典主義和浪漫運動的抒情主義之間的「小幅畫家」和「家庭小說」家。在文學評論家眼裡，在不朽性方面，她是堪與莎士比亞相提並論的英國作家。

亂世紅塵裡的悲情女子

蕭紅和《呼蘭河傳》

女性的天空是低的，羽翼是稀薄的，而身邊的累贅又是笨重的。——
蕭紅

讀過《呼蘭河傳》的人都知道，這部小說是作者蕭紅一部帶有強烈自傳色彩的作品。而書名中的呼蘭河也正是蕭紅的家鄉，作者經由追憶自己兒時家鄉生活的種種情景，再現了當時的舊中國那種令人窒息的社會氛圍以及「吃人」的文化習俗。而她和蕭軍長達六年的愛情對於《呼蘭河傳》這部書稿的形成，則有著至關重要的作用。

一九三二年七月間，蕭紅和汪恩甲外出離家在哈爾濱謀生，而汪恩甲就是由蕭紅父母做主指派給她的未婚夫。那時的她還叫張迺瑩，蕭紅則是後來的筆名。當時蕭紅和她的未婚夫住在一間叫東興順的旅館裡，而且那時她已經身懷六甲。由於兩人生計維艱，再加上本就沒有太多的感情基礎，面對旅館老闆多次的催討房錢，汪恩甲藉口說他外出籌錢，誰知竟一走了之，留下了舉目無親的蕭紅。

那時的蕭紅真可以說走投無路，她只好接二連三地寫信給當時的《國際時報》副刊部。

時任《國際時報》副刊部主編的裴馨園瞭解到蕭紅的情況後，很快她就召集報社的同事，共同商量如何幫助蕭紅。大家七嘴八舌，各抒己見。那時候蕭軍亦是身在《國際時報》副刊部，只不過他也囊中羞澀，對於身處困境中的蕭紅亦愛莫能助。可是報社想來想去，最終還是覺得安排蕭軍前往哈爾濱去看望蕭紅比較合適。

於是，蕭軍帶著《國際時報》的重託前往哈爾濱，第一次和蕭紅見了面，也為以後兩人的相知相愛埋下了伏筆。正是蕭軍的到來，讓幾乎已經絕望了的蕭紅在一片黑暗之中又看到了點滴的希望之光，也讓她對蕭軍有了一種生死患難之交中的好感。

照片為蕭紅與蕭軍的合影

等到蕭紅、蕭軍兩人再見面時，已是在裴馨園的家裡。劫後重生再次相遇，兩人都有一種恍若隔世般的興奮與喜悅，至此情愫也暗暗滋生。像許多的青年男女一樣，他們漸漸地由好友發展成了戀人。和蕭軍在一起的那段日子，是蕭紅一生中最充實、最快樂的時光。在苦難的生活面前，他們相互幫助、相互激勵對方，共同創做出了小說集《跋涉》。從小就缺少愛的蕭紅，在蕭軍的呵護下，發現自己也可以那麼單純簡單地擁有幸福，內心中充滿了從未有過的溫暖。

然而幸福越是甜蜜，最後分手時的傷害也越是慘痛。幾年的生活之後，他們之間的感情漸漸出現了裂痕，開始經常的爭吵，後來竟然發展到蕭軍動手打蕭紅的地步。就這樣，原來相親相愛的一對終於走到了盡頭，不得不勞燕分飛，各奔前程。

習慣了蕭軍的愛與溫暖的蕭紅，又回歸到了自己獨自謀生的地步。內心已經脆弱無比的她，因再也受不了這種獨自孤苦的生活，於是隨即又投入了另一個人的懷抱——那個人就是作家端木蕻良。好在端木蕻良對蕭紅很好，安慰了蕭紅心靈上的創傷。

剛剛心有歸屬的蕭紅，還沒來得及享受到她這份遲來的幸福，她的身體

就開始亮起了紅燈。那時候抗日戰爭正在進行中，蕭紅和端木蕻良也在亂世中不停奔波。由於這種長期的過度疲勞，蕭紅的肺結核也日益嚴重，本就虛弱的身體更是不堪重負了。

此時的蕭紅身處異鄉，而又抱病在床，因此備感孤獨。回首自己短暫的一生，也許「淒涼」兩字才是最好的註解。在無限的悵惘與苦痛中，她回憶起了自己的故鄉──呼蘭河。於是，她的感情的堤壩再也支撐不住了，就這樣一洩而出，匯集成了《呼蘭河傳》這部凝結她一生濃濃悲情的小說。

在一九四二年的一個淒涼的冬日，年僅三十一歲的蕭紅病逝在香港的一家醫院裡。十年的漂泊終於畫上句號。生她、養她的呼蘭河，是她短暫一生的起點，而這部濃縮了她一生心血的《呼蘭河傳》，則成為了她停留在人世的終點。首尾相連，又遙遙相對，在生死的距離間，我們看到了一個亂世紅塵裡的蕭紅，如此悲情的一生。

小知識：

蕭紅（1911年6月1日～1942年1月22日），中國現代著名女作家。黑龍江省呼蘭縣人，原名張迺瑩，蕭紅是發表《生死場》時使用的筆名，另有悄吟、玲玲、田娣等筆名。代表作品有《生死場》、《孤獨的生活》、《馬伯樂》以及《呼蘭河傳》等。被譽為三〇年代文學洛神的蕭紅，是民國四大才女中命運最為悲苦的女性，也是一位傳奇性人物，幼年喪母，由祖父撫養長大。由於對封建家庭和包辦婚姻不滿，一九三〇年離家出走，之後幾經顛沛，三十一歲在香港病故。

一個小女孩眼中的「二戰」
安妮和《安妮日記》

我看到世界正在慢慢地變成荒原，我聽到漸近的雷聲終將摧毀我們，我感覺到千萬人所受的痛苦。但是當我抬頭仰望，我依然相信殘酷終將結束，和平與寧靜會重新降臨。——《安妮日記》

第二次大戰期間留下來的歷史文獻不計其數，而在這眾多的史料裡面，有一本小女孩的日記卻是那麼的引人注目，它的知名度甚至超過了邱吉爾六大冊的《二戰史》。這本日記就是《安妮日記》，這個小女孩就是安妮·法蘭克。

一九四二年六月十二日，這一天是安妮十三歲的生日，父親送給她一本日記做為生日禮物，也就是從這一天開始，這個小女孩開始自己書寫，構築起一個屬於她的世界。而在她的小天地外面，是一個山雨欲來風滿樓的世界。

早在一九二五年，希特勒就發表了反猶太計畫。一九三一年納粹黨在德國大選中獲得百分之三十七點三的選票，得到組聯合政府的機會。一九三三年，希特勒就任總理，開始大肆迫害猶太人。身為猶太人的安妮一家，切身地感受到了自己所面臨的壓迫，於是安妮的父親決定把全家遷到荷蘭的阿姆斯特丹避險。這一年安妮五歲。

然而，荷蘭並不是那個時代的世外桃源。不久，納粹的鐵蹄就踏到了荷

蘭的境內。一九四一年七月，希特勒宣布了他關於猶太問題的「最終解決方案」，那就是建造大型集中營、毒氣室、焚化爐⋯⋯。

這一年，安妮十二歲，剛進入猶太學校念書。安妮的爸爸在風聲鶴唳中，也在密算著如何能使全家逃過這場劫難。一九四二年的七月五日，安妮的姐妹收到一張來自納粹的到勞工營報到的通知，安妮的父親知道大事不好，而那時他所準備的避難場所雖然還沒就緒，但事情發展到此已不容遲疑。第二天天還未破曉，安妮的父親就留了一張紙條給房東，看似他們要遠行到外國。於是，他就帶著全家躲到他的公司裡一個隱匿在書櫃暗門後面的密室裡。

就這樣，安妮開始了她在密室裡長達兩年的幽閉生活。安妮的日記正是記錄了她十三歲到十五歲這段在人生最美好的年華裡被囚閉的歲月。安妮在日記裡創造了一個名叫吉蒂的虛擬朋友。每天，安妮就以給朋友寫信的方式開始自己的日記，敘述自己的心情和周圍發生的事情。「親愛的吉蒂」也成了安妮的另一種標誌，因為這句話總是出現在她的每篇日記的第一行。一九四四年三月，透過廣播，在倫敦的荷蘭流亡政府呼籲荷蘭人民把自己的日記保存下來，戰爭結束後，這些日記就可以做為珍貴的史料來發表。當時的小安妮聽到這則消息後，異常興奮，幻想著有一天自己日記也能夠公開發表。果然，她的日記不但被發表，而且名垂青史，歷史就是這麼的不可思議。

一九四四年的八月四日，安妮所在的密室被人發現而遭到檢舉，祕密警察破門而入把密室裡的所有人全部帶走，隨即他們都被帶到集中營。安妮在一九四五年的二月間因傷寒死於貝爾根─貝爾森集中營。最後只有安妮的父親僥倖逃過一劫，最終生還。而在這時，納粹在全世界已惡貫滿盈，兵敗如山倒。一九四五年四月三十日，希特勒自殺，五月七日，德國無條件投降，納粹瓦解。而可憐的安妮就只差一、兩個月，未能見到納粹的敗亡。

安妮的父親奇蹟般地活下來，彷彿就是為了將女兒留下來的對納粹的控

訴昭告世人。他在一九四五年六月輾轉回到荷蘭原來的居所，希望能夠找尋到妻女的下落。當年的屋主把安妮曾留在那裡的一些東西，還給了她的父親，而這之中就包括安妮的日記。再後來，安妮的父親發現自己的家庭成員除了自己全都遇難。內心巨大的悲痛無以抒發，他突然想到了女孩曾經的願望，就是將日記出版。於是，安妮的父親費盡周折，想盡辦法，幫助女孩完成了這個遺願。

一九四七年，經由一位歷史學者的披露，節編本的《安妮日記》出了荷文版。乍一出版，《安妮日記》就引起了巨大的轟動，人們透過安妮的日記，更加認清了納粹的殘酷無恥、滅絕人性的本質。迄今為止，《安妮日記》已有約六十種不同語言版本的問世，發行超過三千萬冊。有關安妮的百老匯舞臺劇、電影版本也競相推出。而當年安妮藏身的密室則在一九六〇年改成安妮・法蘭克紀念館，每年的參觀人數將近百萬。

小知識：

安妮・法蘭克（1929～1945），《安妮日記》的作者。一九二九年六月十二日出生於德國法蘭克福的一個猶太家庭。納粹興起後，安妮全家遷移至荷蘭阿姆斯特丹避難。一九四二年六月十二日，十三歲生日時開始寫日記。德國法西斯佔領了荷蘭後，安妮一家躲進父親公司大樓裡的一處密室，直到一九四四年八月有人告密，隱匿的八個人被捕並被關進了集中營。一九四五年三月因傷寒死於貝爾根─貝爾森集中營。她留下來的日記，使她名聞遐邇，成為二次大戰期間納粹消滅猶太人的最佳見證。

自由情侶的結晶
西蒙・波娃和《第二性》

我絕不讓我的生命屈從於他人的意志。——西蒙・波娃

世人皆知，波娃有著不容置疑的才華、追求卓越的自由心靈和富有傳奇色彩的愛情。然而，波娃鮮明的女性主義傾向並不是與生俱來的。二十歲的時候，她遇見了沙特，這成為她人生的一筆濃墨重彩的轉捩點。

一九二九年，在法國的大、中學教師資格考試中，沙特哲學會考第一名，波娃獲第二名。而此時，他們之間已有了一見鍾情的情愫，但這僅僅只是智力上的相互敬慕。考試結束後，沙特與波娃的聯繫開始頻繁起來。當波娃準備到鄉下去度假時，兩人開始意識到分離的痛苦。幾天之內，他們間的關係從智力的討論轉變為肉體的吸引。波娃這樣描述：「當我在八月初向他告別時，我早已感覺到他再也無法離開我的一生了。」在鄉間的日子裡，波娃對沙特的思念猶如滔滔江水波瀾不絕，她陷在這種痛苦中無法自拔。

也許是真誠的愛感動了上蒼，一日，她的表妹跑進來輕輕告訴她：有個青年男子在田野裡等她。波娃按捺著激動的心，順著直覺一路跑去，佇立在田野中的果然是沙特。他們激動地擁抱在一起，波娃打算把沙特帶回家，可是她的父母卻無意邀請她的朋友共進午餐。可憐的沙特靠著波娃表妹送的食物在田野裡捱過了幾個夜晚。終於，煎熬了幾天後的波娃再也忍不住了，在愛情的驅使下，她不顧父母的反對，隻身帶著食物前往野地。在那裡，他們一起度過了真正意義上的一天。波娃回到家裡，她這樣記載著：「沒有人說話，父親不理睬我，母親在房中哭泣，表妹認為我們的事件極為羅曼蒂克。我寬了心，一切已很明晰。我的父母已不能再控制我的生活。現在我真的要

為自己負責，我可以隨心所欲，他們不能再管制我了。」是的，波娃再也無法離開沙特了。

年輕時的沙特風流成性，他對受他的思想吸引的女青年來者不拒。波娃被動接受了沙特的這種生活方式，和他建立了自由情侶關係。生活中，他們彼此都有另外的情人，甚至相互分享各自的情事。面對對方的情事，沙特不太吃醋，但波娃不一樣，儘管她內心難受，卻在表面上裝得很大度。為了保持與沙特的親密關係，她不得不去討好他喜歡的女人，而對於已被沙特遺棄的女人，她同樣也會棄如敝屣。

沙特生命中的女人如走馬燈，匆匆到來又匆匆離去。但在四〇年代的時候，有一個女人的出現有些特別。那次，沙特在去美國訪問的途中結識了多洛萊斯。沙特對她十分牽掛，多洛萊斯每次來巴黎找沙特，波娃就會被沙特趕去郊區住。一九四八年的那次，本來波娃打算在美國陪伴情人四個月，當時沙特擔心多洛萊斯爽約，便命令波娃兩個月後就回來。兩個月後，當波娃如約回到巴黎時，卻被告知多洛萊斯還想再多住一陣。這樣的生活，讓波娃異常傷心，漸漸地她對於自己的愛情失去了信心。

這場四角戀的風波，讓波娃開始審視自己與沙特相伴走過的二十年。她發出疑問，為什麼自己身為女人總是處於被動地位？沙特啟發她：「如果妳是男的，妳的成長經歷就會跟現在完全不一樣，妳應該進一步分析這個問題。」這句話成了她撰寫《第二性》的一個動機。波娃開始查閱社會學、歷史學、經濟學、生理學、宗教學等學科的大量書籍，她爆發體內所蘊涵的巨大能量來創作《第二性》。她史詩般的敘述，精闢的分析以及博聞強識的能力，使她一定程度上擺脫了沙特所帶來的陰影。

《第二性》上卷中，俯瞰了從原始社會到法國大革命後的漫長歷史過程，從西方婦女處境、地位和權利的演變和有關女性的種種神話，說明了女性並非是天生比男人低劣的第二性，以及女人如何變成了永恆的弱者；下卷中提示了婦女從童年到老年的整個個體發展史的性格差異，闡述了現代女性

所面臨的艱難的人生抉擇和複雜的社會問題，指出女人應該具有怎樣的道德觀、愛情觀和家庭觀。《第二性》是使波娃獲得世界聲譽的代表作，它被當作女權運動的聖經，也被評價為「有史以來討論婦女最健全、最理智、最充滿智慧的一本書」。

小知識：

西蒙·波娃（1908～1986），二十世紀法國最有影響力的女性之一，存在主義學者、文學家，女權運動的創始人之一，沙特的終身伴侶。她的主要作品有：《女賓》、《他人的血》、《人總是要死的》、《名士風流》、《第二性》、《一個循規蹈矩的少女回憶》、《年富力強》、《時勢的力量》、《了結一切》等。

美麗的箴言
柏拉圖和《對話錄》

在短暫的生命裡尋找永恆。——柏拉圖

柏拉圖、亞里斯多德、蘇格拉底並稱為古希臘三大哲學家，而古希臘卓越的哲學家蘇格拉底是柏拉圖和亞里斯多德的老師。柏拉圖年輕時師從蘇格拉底，他經常與蘇格拉底探討人生的許多問題。對西方哲學的發展有著深遠影響的蘇格拉底並無著作傳世，但是學生柏拉圖所撰寫的《對話錄》卻充分體現了老師的思想，諸如「人可以犯錯，但是不可犯同一個錯」、「最優秀的人就是你自己」、「知道的越多，才知知道的越少」等，都是蘇格拉底的名言。

而《對話錄》的創作背後，卻有許多師徒兩人之間的有趣故事。

有一天，柏拉圖問老師蘇格拉底什麼是愛情。蘇格拉底讓他去麥田裡摘一株最大、最金黃的麥穗回來，要求是期間只能摘一次，可以向前走，但不能回頭。柏拉圖照著老師的話做，結果最後他卻兩手空空地走出麥田。蘇格拉底問他為什麼摘不到他所說的麥穗，柏拉圖回答說：「因為只能摘一次，又不能走回頭路，我每次看到又大又金黃的麥穗時，總想著前面可能有更好的，便沒有摘；走到前面時，卻又發覺總不及之前見到的好。原來麥田裡最大、最金黃的麥穗早就錯過了，我只能空手而返。」蘇格拉底意味深長地說：「這就是愛情。」

但是關於這個問題柏拉圖並沒有止住，並接著問蘇格拉底什麼是婚姻。蘇格拉底又讓他到樹林裡砍下一棵最大、最茂盛、最適合放在家裡做為聖誕樹的樹，要求同樣只能砍一次，同樣只可以向前走，不能回頭。柏拉圖照著

老師的話做，這次，他帶了一棵普普通通，不是很茂盛，也不算太差的樹回來。蘇格拉底問他為何帶這麼普通的樹回來，柏拉圖回答說：「有了上一次摘麥穗的經驗，當我走完大半路程還兩手空空時，看到這棵挺好的樹，便砍了下來，免得最後又空手走出樹林。」蘇格拉底意味深長地說：「這就是婚姻。」

於是柏拉圖又接著問老師蘇格拉底什麼是外遇。蘇格拉底還是讓他到樹林裡走一次，摘一朵最好看的花回來。這次沒有要求，可以來回地走。柏拉圖依然按老師的話做，兩個小時後，他精神抖擻地帶回一朵顏色豔麗但稍稍枯萎的花。蘇格拉底問他：「這就是最好的花嗎？」柏拉圖回答老師：「我找了兩小時，發覺這是盛開得最美麗的花，我便摘了下來。只是在帶回來的路上，它就逐漸枯萎了。」蘇格拉底意味深長地說：「這就是外遇。」

壁畫《雅典學院》中，柏拉圖與蘇格拉底的截圖。

柏拉圖被蘇格拉底的回答提起了興趣，便又接著問老師什麼是生活。蘇格拉底依然讓他到樹林走一次，摘一朵最好看的花。這次同樣沒有要求，可以來回地走。柏拉圖有了以前的教訓，滿懷信心地走了出去，過了三天三夜，他還是沒有回來。蘇格拉底走進樹林裡去找他，最後發現柏拉圖在樹林裡安營紮寨。蘇格拉底問他：「你找到最好看的花了嗎？」柏拉圖指著帳篷邊上的一朵花說：「這就是最好看的花。」蘇格拉底問：「為什麼不把它摘下來帶出去呢？」柏拉圖回答老師：「我把它摘下來，它馬上

就會枯萎；我不摘它，它也遲早會枯萎。所以，我就在它還盛開的時候，住在它旁邊，等它凋謝的時候，再出發去找下一朵最好看的花。」蘇格拉底意味深長地說：「你已經懂得生活的真諦了。」

這些就是柏拉圖與蘇格拉底經典對話的點滴。智慧的人總是有讓我們著迷的魅力，而《對話錄》正是一本這樣讓人著迷的書。這些美麗的箴言中，他們在短暫的生命裡尋找永恆，開啟了神祕哲學的絢美畫卷。

小知識：

柏拉圖（約西元前427～前347），古希臘最著名的唯心論哲學家和思想家，西方哲學史上第一個使唯心論哲學體系化的人，與老師蘇格拉底、同學亞里斯多德並稱為古希臘三大哲學家。他出生於伯羅奔尼薩斯戰爭期間，年輕時和其他貴族子弟一樣受過良好的教育，並接觸到當時的各種思潮。二十歲拜蘇格拉底為師學習，直到蘇格拉底被雅典民主派處死。二十八歲至四十歲，他在海外漫遊，先後到過埃及、義大利、西西里等地，邊考察邊宣揚他的政治主張。到雅典後，他開辦了一所學園，一邊教學，一邊著作。柏拉圖留下了許多著作，多數以對話體寫成，主要有：《辯訴篇》、《曼諾篇》、《智者篇》、《法律篇》、《蘇格拉底的申辯》、《理想國》、《克力同篇》等。

不凋謝，不老去
伍爾芙和《歐蘭朵》

對一個讀者來說，保持獨立思考是最重要的修養。——伍爾芙

　　小說《歐蘭朵》是伍爾芙代表作，作品中始終存在著一種強烈的性別意識，從某種程度上說，這部小說就是作者伍爾芙的「思想自傳」。

　　伍爾芙出生在維多利亞時代的英國，那是眾多女性作家們夢寐以求的時代。她的爵士父親，富有而有權勢，子女眾多。這個家庭一直秉持著森嚴的家規，父兄威懾力極大，大到交友婚嫁，小到儀態談吐，嚴厲得令人窒息。倘若這嚴厲之中尚有一絲親情流淌，伍爾芙應當也會甘之如飴，可憐的是，她不過是父兄社交場上一朵值得炫耀或者用來陪襯的花，被逼迫著綻放，並且任人採擷。就是在這種環境裡長大的伍爾芙，表面上衣食無缺，平安富足，然而在這背後，那顆心早已黯淡蒼白一片死灰。

　　一八九五年母親去世之後，自出生十三年來，伍爾芙遭受了人生第一次精神打擊，藏匿在血管裡的委屈，伴隨著這次打擊一起爆發，她幾度自殺，幸而未遂。一九〇四年，她的父親（著名的編輯和文學批評家）萊斯利·史蒂芬爵士去世之後，她和姐姐瓦內薩遷居到了布盧姆茲伯里。在那裡，她們姐妹和幾位朋友創立了布盧姆茲伯里派文人團體。一九〇五年，伍爾芙開始職業寫作生涯，為《泰晤士報文學增刊》撰稿，揭開了她一生的文學大幕。

　　結婚以前她的名字是艾德琳·維吉妮亞·史蒂芬。一九一二年，她和雷納德·伍爾芙結婚，從此改名為維吉妮亞·伍爾芙。丈夫是一位公務員、政治理論家。對於自己的婚姻，伍爾芙曾經非常躊躇，猶豫不決。她就像自己的小說《燈塔行》裡的莉麗一樣，儘管認為愛情宛如壯麗的火焰，但因為必

須以焚棄自己個性的「珍寶」做為代價，因此她視婚姻為「喪失自我身分的災難」。一個女人抱持這樣悲觀的看法，又是在三十歲的「高齡」才開始構築「兩人世界」，再加上其少年時代的心理陰影——少年時，她和姐姐瓦內薩·貝爾曾遭受同母異父的哥哥的性侵犯——對於男女兩性以及婚姻，她的判斷不同常人。

　　然而事後證明，維吉妮亞的憂慮純屬多餘，倒是她的心理癥結落下的性恐懼和性冷淡，使她和丈夫的婚姻生活從一開始就走上了歧路。丈夫雷納德畢業於劍橋大學，文采風流，慧眼識人，與其說是伍爾芙的淑雅風範令他折服，不如說是伍爾芙的絕世才華令他難以自拔。他一直認為，伍爾芙是個只可遠觀不可褻玩的「智慧童貞女」，她不食人間煙火，不帶一絲世俗肉慾。儘管在婚姻裡伍爾芙表現的自閉、孤僻、傲慢、乖戾，甚至堅持與丈夫分房而睡，倫納德仍然心甘情願愛護她、照顧她，他唯一的理由便是——「她是個天才」。

　　伍爾芙對倫納德的感激自不待言，她曾說沒有倫納德，她可能早就開槍自殺了。她在對丈夫的遺言寫道：「假如還有任何人可以挽救我，那也只有你了。現在一切都離我而去，剩下的只有你的善良。我不能再繼續蹭蹋你的生命。」

　　一九四一年，五十九歲的伍爾芙將自己投身於烏斯河的激流中，任憑她的冰雪文字在河的兩岸鮮花般綻放，她卻像是為了印證自己曾說過的「我會像浪尖上的雲一樣消失」一樣，與世訣別。「不凋謝，不老去」是英國女皇伊莉莎白一世對貴族美少年歐蘭朵的賜福，這句話用來形容寫作《歐蘭朵》的伍爾芙似乎也恰到好處。

小知識：

維吉妮亞‧伍爾芙（1882～1941）。英國女作家，被認為是二十
世紀現代主義與女性主義的先鋒之一，是意識流作家中成就最高的
女性。她是英國著名學者萊斯利‧史蒂芬爵士的女兒。在二次世界
大戰期間，伍爾芙是倫敦文學界的核心人物，她同時也是布盧姆茲
伯里派的成員之一。其最知名的小說包括《歐蘭朵》、《戴洛維夫
人》、《燈塔行》、《雅各的房間》。

哪個少年不鍾情

歌德和《少年維特的煩惱》

你若要喜愛你自己的價值，你就得給世界創造價值。——歌德

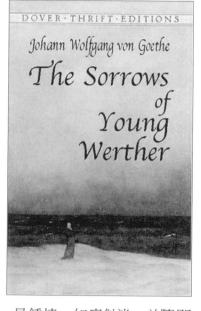

「哪個少年不鍾情，哪個少女不懷春。」歌德在《少年維特的煩惱》開篇的第一句就如此寫道，一句話道破了所有少男少女心中的祕密，也讓所有讀過這本書的人再也難以忘記。書中維特與夏綠蒂的愛情，更是熱烈、淒婉，讓人感慨萬千。而這段愛情卻來自於歌德現實生活中一段真實的感情經歷。甚至夏綠蒂，就是歌德曾經喜歡的那個女孩的名字。而少年維特的煩惱，也曾是歌德的煩惱。

一七七二年夏天，二十三歲的歌德遵從父命，從法蘭克福去位於威茲拉爾的高等法院工作。不久，他在一個舞會上結識了一位天真美麗的女孩夏綠蒂·布芙。歌德幾乎是對夏綠蒂一見鍾情，如癡似迷，並隨即對這位女孩展開了強烈的愛情攻勢。而夏綠蒂似乎對歌德也有幾分好感，兩人的情感在日常的交往中漸漸升溫。而就當歌德覺得一切勝券在握，向夏綠蒂正式求婚的時候，才得知原來夏綠蒂早已和男友克斯特納爾訂了婚。而這位克斯特納爾又正是歌德的一位朋友，同時也是同事。

夏綠蒂性格溫柔，天真無邪，既感動於歌德的真誠追求，又不忍心傷害原來的未婚夫，內心十分矛盾和痛苦。她很委婉地向歌德訴說了自己的苦

衷，希望能夠得到歌德的諒解。為了減少自己心愛的人的痛苦，以及能夠讓自己已經被打亂的生活重新走上正軌，經過一番痛苦的掙扎、思考，歌德依然決定離開了威茲勒，回到自己的故鄉法蘭克福。

原以為離開了自己的愛情傷心地，一切情感上的波瀾也就會漸漸平靜。然而就在歌德從威茲拉爾回到法蘭克福的一個多月後，他先是接到夏綠蒂結婚的消息，又突然收到了他的一位萊比錫大學同學的來信，這位叫克斯納爾的同學在信中告訴歌德，他們的一位名叫耶魯撒冷的大學同學在威茲勒自殺了。而這位同學自殺的原因則是，他愛上了一位同事的妻子，遭到拒斥後，又經常在工作中受到上司的責難，最後心智失常，釀成了自殺的悲劇。

幾件不愉快的事接踵而來，極大地震憾了當時還非常年輕的歌德，聯想到自己的遭遇，歌德對自己的不幸更是久久難以釋懷。他甚至也曾有過自殺的念頭，常把一柄短劍掛在身邊，在極端絕望的時候，幾次都準備永遠結束自己的痛苦。

儘管時代與個人的痛苦如同魔鬼般糾纏著他，但歌德畢竟沒有自殺。他選擇了奮鬥，決心積極地投身工作。他僅僅用了四個多星期的時間，日夜兼程，結合自身的情感經歷，就寫出了不朽的著作《少年維特的煩惱》。

歌德在晚年，對他的祕書愛克曼談到《少年維特的煩惱》時說：「我像鵜鶘一樣，是用自己的心血把那部作品哺育出來的。其中有大量的出自我自己心胸中的東西，大量的感情和思想，足夠寫一部比此書長十倍的長篇小說。我經常說，自從此書出版之後，我只重讀過一遍，我決心以後不要再讀它，它簡直是一堆火箭彈！一看到它，我心裡就感到不自在，深怕重新感到當初產生這部作品時的那種病態心情。」

《少年維特的煩惱》出版於一七七四年，這讓當時年僅二十四歲的歌德一舉成名，一躍成為德國乃至西歐享有盛譽的作家，也把過去一向被人輕視的德國文學，提高到了與歐洲其他文化強國並駕齊驅的地位。人們從四面八方趕來，只為結識這位如此年輕就取得如此成就的作家。

　　此書問世後，成為十八世紀歐洲感傷主義文學的代表作，迄今它仍在世界各地擁有眾多忠實的讀者。

小知識：

歌德（1749～1832），是十八世紀中葉到十九世紀初德國和歐洲最重要的劇作家、詩人、思想家。一七四九年，他出生於法蘭克福鎮，曾先後在萊比錫大學和斯特拉斯堡大學學習法律，也曾短時期當過律師。他年輕時曾經夢想成為畫家，在繪畫的同時他也開始了文學創作。他除了詩歌、戲劇、小說之外，在文藝理論、哲學、歷史學、造型設計等方面，都取得了卓越的成就，是德國狂飆突進運動的主將。其主要作品有劇本《鐵手騎士葛茲‧馮‧貝利欣根》、中篇小說《少年維特的煩惱》、未完成的詩劇《普羅米修斯》、詩劇《浮士德》、自傳性作品《我的生平詩與真》、長篇小說《親和力》、抒情詩集《西東詩集》，逝世前不久，又完成了《浮士德》第二部。

執著於自己的夢想

惠特曼和《草葉集》

沒有希望的心田，是寸草不生的荒地。——惠特曼

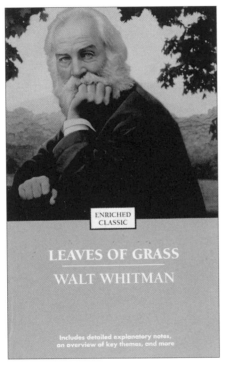

惠特曼出身貧苦，並沒有受到過多少正規的學校教育，但是儘管嚐遍了社會生活的酸、甜、苦、辣，惠特曼一直都沒有放棄任何學習的機會，而寫作一直都是惠特曼的愛好。

一八四二年三月的一天，在百老匯的社會圖書館裡，年輕的惠特曼聽了著名作家愛默生的一場激動人心的演講：「誰說我們美國沒有自己的詩篇呢？我們的詩人文豪就在這兒呢！……」這場慷慨激昂、振奮人心的演講讓惠特曼記住了這位身材高大的當代大文豪。他的話語更讓惠特曼堅定了自己的方向，也讓惠特曼在心中樹立了一個奮鬥的目標——那就是成為像愛默生一樣偉大的詩人。

正是懷著這樣一種熾熱的情感，惠特曼讓自己全心地投入到了詩歌的創作中去，寫下了大量的詩歌。幾經努力，終於在一八五四年，惠特曼的《草葉集》問世了。這本熱情奔放的詩集，突破了傳統格律詩體的束縛，用新的形式表達了對民主和自由的讚美，以及對種族、民族和社會壓迫的強烈抗議

和譴責，對當時美國和歐洲詩歌的發展產生了巨大的影響。

當時，遠在康科特的愛默生讀到《草葉集》激動不已。愛默生深深地意識到，真正屬於美國的詩人誕生了！而這個人就是惠特曼。當時的愛默生並不知道，曾經自己的那場演講對這個年輕人曾產生過怎樣的影響。愛默生給予《草葉集》極高的評價，稱這些詩是「屬於美國的詩」、「是奇妙的」、「有著無法形容的魔力」、「有可怕的眼睛和水牛的精神」。

其實，《草葉集》在剛剛問世的時候，並沒有得到人們一致的認可。在《草葉集》受到愛默生這樣極富聲譽的大作家讚賞的時候，一些本來把《草葉集》評價得一無是處的報刊，態度也悄悄地發生了轉變，有些甚至來了個一百八十度的轉變。然而惠特曼詩歌裡那些創新的寫法、不押韻的格式、新穎的思想內容等等，並非那麼容易被社會大眾所接受。他的《草葉集》並未因愛默生的讚揚而變得暢銷，但是從愛默生的肯定中，惠特曼卻增加了信心和勇氣。但無論怎樣，無疑那時的惠特曼已經開始進入了人們的視野，越來越多的人開始關注他的詩歌。同時，愛默生也與惠特曼成了很好的朋友。

從一九五四年首版的《草葉集》問世以來，惠特曼也在不斷地潤飾、修改、增補這本詩集。到一八五五年底，惠特曼又把新寫的二十首詩放進了《草葉集》裡，重新印刷了第二版。

一八六〇年，惠特曼決定印刷第三版的《草葉集》，並將補進一些新寫的詩作。而在這些新寫的詩作中，有數首是描寫「性」的詩歌。得到此消息的愛默生力勸惠特曼刪除掉這些詩歌。愛默生認為如果不刪除這些詩的話，整個詩集都會受到很大的影響，甚至會遭到外界嚴厲的批評。

看到老朋友的堅決反對，惠特曼卻不以為然地對愛默生說：「那麼刪除後還會是這麼好的詩集嗎？」任憑愛默生百般地勸阻，執著的惠特曼仍是不肯讓步，他對愛默生表示：「在我的靈魂深處，我的意念是不會屈服於任何的束縛，我會堅決地沿著自己的道路走下去。《草葉集》中的詩是不會被刪改的，即便是它因此遭到批評和污蔑，也由它自己繁榮和枯萎吧！世上最髒

的書就是被刪減過的書，刪減意味著道歉、投降⋯⋯」他的一番慷慨陳詞，說得愛默生啞口無言。

令人沒有想到的是，第三版《草葉集》取得了巨大的成功，人們爭相閱讀傳誦，而惠特曼也因此成為十九世紀美國最偉大的詩人。

小知識：

惠特曼（1819～1892），美國十九世紀最偉大的詩人，他創作的《草葉集》代表著美國浪漫主義文學的高峰，是世界文學寶庫中的精品。一八一〇年五月三十一日，出生於美國紐約長島的一個農民家庭。因家庭經濟能力有限，十一歲便輟學，當過木工、排字工、教師、報紙編輯、職員。他一生創做了大量詩歌，編入《草葉集》。惠特曼從一八三九年起開始文學創作，寫一些短詩，同時參加當地的政治活動。代表作品有《啊，船長！我的船長喲》、《今天的軍營靜悄悄》、《神祕的號手》等詩篇。

第二章

瑰麗奇幻的想像之旅

荒島餘生的真人秀
狄福和《魯賓遜漂流記》

> 用另一種囚禁生活來描繪某一種囚禁生活，用虛構的故事來陳述真
> 事，兩者都可取。——狄福

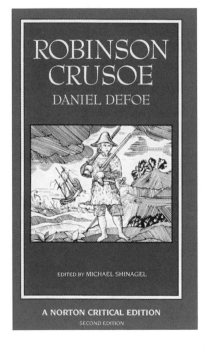

《魯賓遜漂流記》開創了近代冒險小說的先河，讓後世的無數小說家競相模仿，而在無數的影視劇作品中，我們也同樣可以看到《魯賓遜漂流記》的影子。而這本書的作者丹尼爾·狄福，也正是根據一段現實中類似的傳奇故事來創作這本書，只不過現實中的男主角不是魯賓遜，而是一個名叫亞歷山大·塞爾柯克的蘇格蘭水手，當然身在孤島上的他也不會有一個「星期五」的僕人作伴。

亞歷山大·塞爾柯克是一名蘇格蘭水手，十七歲時加入海盜集團，在地中海、加勒比海地區經常劫掠從這一帶海域路過的西班牙人和法國人。多年的海盜生涯讓塞爾柯克有著豐富的海上經驗，正是鑑於這一點，他被船長任命為「五港同盟」號的領航員。

「五港同盟」號的船長對待手下的態度十分粗暴，而塞爾柯克恰恰又是個性易怒，不容易與人相處的人。來回幾次，塞爾柯克和船長的關係鬧得很僵。在與西班牙的海上艦隊進行過幾次交戰之後，塞爾柯克擔心「五港同

盟」號遭到了重創，很有可能會沉沒。於是，為了活命，他強烈要求船長將自己放到附近島嶼上。一七〇四年九月，塞爾柯克被留在了荒蕪人煙的南美洲大西洋中的安·菲南德島上，這個小島距離智利西海岸超過四百英里。當時，塞爾柯克身上僅有幾件衣服、一把槍、一把刀、一把斧頭、一個煮東西的鍋子、菸草和一本《聖經》。

塞爾柯克之所以願意留在孤島，只因為他以為不久就會有船隊路過，這樣他就可以得救。誰知道，等他在孤島上落腳了之後，竟然一直未曾見到有船路過。

剛開始幾天，他還可以一邊看著《聖經》，一邊尋找著零星的食物等待獲救。不久後，塞爾柯克發現一時難以獲救。於是，他只好開始做好在此長期停留的準備。好在島上氣候四季宜人，沒有食人猛獸和有毒動物，反而有乾淨的水、豐富的漁產和植物，而這些東西就足可以維持人的生命。而塞爾柯克自身的個性讓他能夠忍受一個人身處孤島的寂寞，宗教也讓他得到心靈上的平靜。

就這樣從一七〇四年九月開始，塞爾柯克在那個荒蕪人煙的海島上度過了四年又四個月。終於在一七〇九年二月，兩艘英國武裝民船經過了他所在的島嶼，才得以獲救。當他被發現時，大家都把他當成了一個野人，因為四年多的獨居生活，幾乎讓他忘記了人類的語言。回到歐洲後，塞爾柯克的傳奇經歷引起公眾的關注，報紙上也刊登了許多關於他在荒島上的孤獨生活的情況。

一七〇九年，塞爾柯克獲救後，他靠著自身經歷的故事累積了一些財富。一七一三年，他甚至發表了一篇講述自己冒險經歷的短文。六年後，丹尼爾·狄福創做了著名小說《魯賓遜漂流記》，正是借鏡了塞爾柯克這段經歷。狄福以塞爾柯克的傳奇故事為藍本，又充分運用了自己多年來的海上經歷與知識，經過自己豐富的想像力進行文學加工，在他快年屆六十時創做了這部妙趣橫生、引人入勝、老少咸宜的傳記體小說，也為自己贏得了「歐洲

小說之父」的美譽。

　　一七一二年十二月十二日，塞爾柯克英年早逝，病逝於非洲西部沿岸，遺體葬於大海，與曾經圍困他的海洋一起浮沉。一九六六年，曾經困住他的島嶼正式更名為魯賓遜‧克盧梭島。與此同時，胡安‧費爾南德斯群島最西邊的一座島嶼，則更名為亞歷山大‧塞爾柯克島。

小知識：

丹尼爾‧狄福（1660～1731），英國作家，新聞記者。英國啟蒙時期現實主義小說的奠基人，被譽為「小說之父」。他被視為英國小說的開創者之一。一七一九年，年近六十歲的狄福發表了第一部小說，後來該小說成為世界上著名的冒險小說之一《魯濱遜漂流記》。狄福是英國文學史上第一個重要的小說家。他一生的經歷與冒險堪比小說，早年經商生活富足，破產後開始為報社撰寫政論文章來謀生。因為這些文章經常抨擊國王和執政黨，結果曾數次入獄。

笑是人的本質
拉伯雷和《巨人傳》

> 智慧不屬於惡毒的心靈，沒有良心的科學只是靈魂的毀滅。——拉伯雷

在拉伯雷勾勒的理想社會裡，人性是善良的，人民是純樸的，人們做事的準則是你愛做什麼就做什麼。秉持著這樣的信念，他撰寫了《巨人傳》。在讀這本著作時，人人可以快意地笑，爽朗地笑，盡情地笑，這也正是他被稱為「偉大的笑匠」的原因。那麼，貫穿拉伯雷作品自始至終的自由思想從何而來？

原來，拉伯雷的父親是個有錢的法官。良好的家庭條件使他度過了自由自在、幸福快樂的童年時光。十幾歲後，迫於父親的壓力，拉伯雷不得不接受死氣沉沉、枯燥無味的宗教教育。這種與他童年時期大相徑庭的生活使他過得相當煎熬。一五二〇年，經過宗教教育的拉伯雷順理成章地進入修道院，成為一名修士。

當時拉伯雷所在的修道院認為學習希臘文是追求異端學說，堅決反對修道士學習古代文化。在嚴格的思想禁錮下，拉伯雷處處受到清規戒律的束縛，十分刻板乏味的修士生活，讓他非常反感。拉伯雷從未放棄思想的抗爭，他積極尋求發展道路，一方面和朋友阿密學習希臘文，購買借閱了大量書籍，以叛逆的情緒求瞭解希臘和羅馬的古代文化；另一方面設法和當時著名的人文主義學者比代取得聯繫，同時還結交了當地的一些思想家，以求得到他們的指點。

或許拉伯雷本來就沒想掩飾自己的叛逆行為，修道院很快就發現他的出

格行為。一日，趁拉伯雷不在修道院的時候，修道士侵入他的房間，大肆翻箱倒櫃，搜走了他所有的書籍。回到修道院的拉伯雷看到一片狼籍的住處，十分憤怒。當他發現自己的書籍全部不翼而飛後，頓時火冒三丈。拉伯雷怒氣沖沖地奔向修道院住持，便開口質問：「你們憑什麼動我的書籍？」沒想到，修道院住持不僅不聽他的申述，未將書籍還給他，還罰他閉門思過。

關在房子裡的拉伯雷越想越氣，他下定決心要推翻黑暗腐朽的教會，讓光明灑滿國土。一怒之下，拉伯雷拂袖而去。在《巨人傳》裡，拉伯雷描寫了德廉美修道院。在這個修道院裡，人與人之間的關係是互相信任。無論男女，都可隨時進入或退出修道院。人們不受任何清規戒律的約束，「人人都可以光明正大地結婚，可以經由勞動發財致富，可以自由自在地生活。」只有一條院規：「做你所願做的事。」這正是拉伯雷對現實中所經歷的教會生活的強烈抗議。

拉伯雷一直都是這樣一個不畏強權，將「叛逆」進行到底的人！一五三七年的時候，在巴黎學醫的他為了進一步瞭解人體的奧祕，不顧一切阻撓地解剖了一具被絞囚犯的屍體，在生物科學上有力地抗議了教會的思想矇蔽。這個舉動在當時引起了轟動，因為追求科學意味著觸怒天主教會。

正是拉伯雷對於教會的深惡痛絕與豐富的遊歷，使他清楚地看清了法國社會所處的愚昧狀態，也為他日後創作《巨人傳》奠定了堅實的生活基

" Immediately thereafter where appointed for him seventeen thousand nine hundred and thirteen cows, to furnish him with milk."

這是其中一個英文版巨人傳的插圖。

礎。

拉伯雷毫無疑問是個為自由孜孜不倦地學習奮鬥的勇士。或許是他那無憂無慮、無所束縛的童年，與他後來所經歷的枯燥乏味的教士生活太過於反差，或許是他那安逸舒適的家境與後來他所看見的那些貧苦大眾相差甚殊，他才會如此反對教會，如此推崇自由。他用《巨人傳》在笑著吶喊，極力諷刺中世紀教會的黑暗和腐朽，宣揚了文藝復興時期人文主義者對資產階級的個性解放的追求。他從古老的方言、俗語、諺語、學生開玩笑的習慣語、傻瓜和小丑的嘴裡採集智慧，透過打趣逗樂的方式，反映了一個時代的天才的強大力量。

小知識：

弗朗索瓦・拉伯雷（1495～1553），是法國也是歐洲文藝復興時期著名的人文主義作家。他出生於律師家庭，當過修士、醫生，學識非常淵博，對哲學、神學、醫學、法律、數學、幾何、天文、地理、植物、考古、音樂、繪畫、民歌都有研究，提出了大腦、神經、肌肉之間的聯繫，是植物雌雄性別的第一個發現者。他一生只寫過一部長篇小說《巨人傳》，這部作品使他成為十六世紀法國最重要的作家。

建造童話的王國

安徒生和《安徒生童話》

> 如果你是一個天鵝蛋，那麼即使出生在養鴨場也無所謂。——安徒生

　　當你讀到《安徒生童話》裡描寫的那些美輪美奐的城堡時，你是否在幻想那曾經是安徒生的居所？當你在讀到那些年輕貌美的王子和公主時，你是否會驚嘆那是安徒生少年時抑或是他欽慕的女子的形象縮影？而現實中的安徒生或許就像現在的你一樣，但他在平凡的生活中從不曾停止建造自己的童話宮殿，這也是為什麼他的人生一直充滿瑰麗色彩的原因。

　　安徒生是個善良的人，並且一直充滿想像力。或許正是這樣的特性，才使他保持了終生不變的童心，最後建造起了如此宏偉的童話王國。

　　在安徒生幼年時，就曾發生過這樣一段往事。在他六歲時，相當寵愛這個柔弱的獨子的母親，為了讓他逃過學校壞脾氣老姑婆的虐待，而將他送到年輕的卡爾斯倩斯那裡讀書。這位以公平溫厚而備受尊敬的教師很喜歡如女孩般文靜的新學生，而安徒生正是這樣一個靦腆害羞的男孩。下課時，他常牽著學校裡年齡最小的安徒生在校園裡散步，並不時對嬉鬧的學生們喊一句：「安靜點，淘氣鬼們，別把這孩子推倒了。」

　　而小安徒生在這裡喜歡上了學校裡唯一的女孩子莎拉。他經常趴在窗戶旁偷看莎拉的一舉一動、一顰一笑。他喜歡接近莎拉，與她聊天，聽她那銀鈴般的聲音，看她那漂亮的長髮。他把她想像成童話中的公主，他建造著屬於他們的童話宮殿，他渴望接近這個黑眼睛的小女孩，給她只屬於她的水晶鞋和南瓜馬車，牽著她的手，在鮮花簇擁下走過紅地毯。

　　有一次，安徒生和莎拉在一起玩耍，安徒生問莎拉長大了之後想做什

麼。同樣貧苦出身的莎拉發誓將來會成為農場的女管家，擁有很多很多的牛羊，獲得鉅額的財富。安徒生詫異莎拉的理想，他睜大雙眼，認真地對莎拉說：「那多麼乏味啊！妳是我美麗的公主啊！公主怎麼能當管家呢？我長大以後，要把妳接到我的城堡裡。」他告訴莎拉自己的家原是貴族的分支，只是因為某種原因而敗落。總有一天他能重振旗鼓，為她套上水晶鞋，用華麗的南瓜馬車接她回家，給她公主般優越的生活。莎拉暗笑這窮苦的小傢伙一定是瘋了。

第二天，磨坊主的兒子奧來氣勢洶洶地跑來找安徒生，他揪著安徒生的頭髮嚷道：「日安，公爵大人！你漂亮的城堡在哪兒呢？」周圍的人捧腹大笑，嘲笑著安徒生的幻想。

一般人必然會反擊這樣的嘲笑與不屑，善良的安徒生卻沒有。他在自己的童話宮殿中，幻想著莎拉身陷火場，自己在大火中勇敢地救下莎拉，並接受了她的道歉。他甚至原諒了欺侮、嘲笑他的奧來。後來，當奧來被罰站在桌子上時，小安徒生設身處地地想像奧來被羞辱的處境，以致於被罰者還沒有哭，他就哭出聲來，並苦苦哀求老師原諒他的「敵對行動人」。安徒生就是這樣一個一直在自己的童話宮殿中對人滿懷善心的人。

這些童年的瑰麗記憶一直存留在安徒生的心中，讓他在成年後也能像一個小孩子那樣想像，去創造出一個個我們喜歡的故事或形象。安徒生就像聖誕老人一樣將一本本新的童話做為禮物帶給孩子們。他整整寫了四十三個春、夏、秋、冬，直到生命結束。安徒生的一生，都在美好的願景中勾勒著自己的童話宮殿，他孩童般的想像力與善心從未消退他在顛沛流離的生活中，最終用筆實現了那些童話中所有美好的願望。

小知識：

安徒生，丹麥十九世紀童話作家，世界文學童話創始人。一八〇五年四月二日出生於丹麥菲英島，一八七五年八月四日逝世。他一生共創做了一百六十八篇童話故事，代表作有《美人魚》、《醜小鴨》、《賣火柴的小女孩》等。他的作品被譯成八十多種語言，出版於世界各地。

那朵玫瑰就是你
聖·修伯里和《小王子》

只有被馴服了的事物，才會被瞭解。——聖·修伯里

《小王子》給我們展現了一段優美而憂傷的愛情：小王子離開了自己星球上的那朵美麗而驕傲的玫瑰花，讓她獨自抵擋風雨，獨自成長。雖然，在自己的旅途上，小王子也曾向人訴說過他對那朵玫瑰的懷念，但他並沒有回到孤獨的玫瑰身邊。有人說，康素愛蘿就是《小王子》中那個驕傲、任性、虛榮的玫瑰。她與《小王子》的作者聖·修伯里之間有著怎樣的愛情故事？

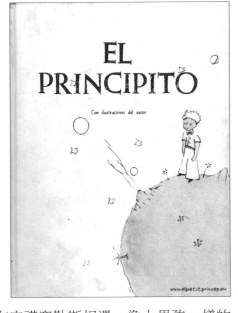

充滿熱情、渴望冒險、狂愛飛行的聖·修伯里是很多女人的理想伴侶。一九二七年，聖·修伯里與康素愛蘿在布宜諾賽勒斯相遇，像大男孩一樣的飛行員立刻被這位「無論內心還是外表都具有曠野的美」的女郎迷住，當場將她「劫持」到空中去看星星。

有幾個女人抵抗得住這樣的求愛方式？一九三一年，兩人走進了婚姻的禮堂。婚後的兩人盡情享受生活，巨大的開銷也使聖·修伯里需要努力賺錢。聖·修伯里知道，如果打破巴黎到西貢間八十七小時的飛行紀錄，就可以得到十五萬法郎的獎金。懷揣著這樣的渴望，聖·修伯里開著最新的飛機

起飛了，在離開羅兩百公里的沙漠上空，他迷失了方向，飛機最後墜落在利比亞的沙漠中。聖‧修伯里是在那裡遇到的小王子嗎？是這才讓他把《小王子》的背景放在那無邊無際、一片純潔的黃沙之上嗎？

一九三九年，德國法西斯入侵法國，聖‧修伯里回到法國在北非的抗戰基地阿爾及爾。他的上級考慮到他多次受傷的身體和年齡狀況，只同意他執行五次任務，他卻堅決要求提升到八次。一九四四年七月三十一日，他在執行最後一次飛行任務時消失了，實現了他曾說過的豪言壯語：「我不僅準備去死，而且願意去死。」小王子曾向我們預言：「將來我會像死了一樣，但那不是真的。」他像他筆下的小王子一樣，永遠地消失了。留下一個美麗的寡婦，像那朵玫瑰，在等待和寂寞中終老。

康素愛蘿不知道自己再也見不到丈夫了。全世界的人都不相信，在《小王子》的讀者及摯愛他的人看來，聖‧修伯里也許變成了一顆星，到遙遠的天空守護他的玫瑰花去了。康素愛蘿也不信，她一直堅持給丈夫寫信，訴說她的愛、她的痛、她的等待、她的思念。直到康素愛蘿去世後，人們從她塵封了十來年的箱子裡，從那些書信、未出版物、生活用品中，開啟了她和聖‧修伯里真實的過去，復活了康素愛蘿和她的愛情。從一九四三年開始，康素愛蘿寫給遠在戰場的丈夫的信、寫給已經消失了的丈夫的信，以她早期的命名——《玫瑰信箋》結集出版。

聖‧修伯里生前，《小王子》的出版令男子氣息十足的他身邊圍滿了各色玫瑰。他為自己能征服這麼多女人而驕傲，他向康素愛蘿炫耀那些女人寫給他的甜蜜情書。康素愛羅痛恨那些「別的玫瑰」總是圍繞在她的丈夫身邊。幸運的是，雖然對妻子若即若離，聖‧修伯里對康素愛蘿與眾不同的愛，還是讓他一次又一次回到她身邊。聖‧修伯里堅信妻子講故事的天分、極端的巴洛克風格是他源源不斷的活力。他對康素愛蘿說：「妳知道，那朵玫瑰就是妳。」一個收藏家曾問聖‧修伯里：「您的財產在哪兒？」他回答道：「我唯一的財產在這兒，就是我的妻子。」

　　聖‧修伯里為《小王子》畫上空靈別緻的插圖，最後一幅是兩條交叉的彎線上一顆星星，那是小王子在地球上出現與消失的地方。在他看來，那是世界上最美也最淒涼的景色。一九七五年十一月二日，一顆位於火星與土星之間的小行星帶被發現了，人們把它命名為托尼奧‧聖‧修伯里。去世三十一年後，聖‧修伯里終於擁有了自己的一顆星星。也許，小王子從此就可以自言自語地說：「我的那朵花就在其中的一顆星星上。」

小知識：

　　安東尼‧德‧聖‧修伯里（1900～1944），一生喜歡冒險和自由，是利用飛機將郵件傳遞到高山和沙漠的先鋒。二戰期間，法國被納粹佔領，他去了美國。一九四四年他在一次飛行任務中失蹤，成為法國文學史上最神祕的一則傳奇。除了飛行，用寫作探索靈魂深處的寂寞是他的另一終生所愛。代表作品有童話《小王子》，該書至今全球發行量已達五億冊，被譽為「閱讀率僅次於《聖經》」的最佳書籍。其他作品還有小說《南方郵航》、《夜間飛行》、《空軍飛行員》、《要塞》，散文《人的大地》等。

清貧布衣的傳世奇書

吳承恩和《西遊記》

山高自有客行路，水深自有渡船人。——吳承恩

吳承恩出身於書香門第，從小受到很好的教育，加上他又聰穎好學，因此年少時就頗有才名。吳承恩對於各種鬼怪神狐的故事特別感興趣，一有時間就會搜集一些類似的話本閱讀，而不是專心致志於「聖賢書」。

有一年，正當科舉考試，吳承恩便和好友沈坤、朱日藩三人一同去南京應試。他滿以為憑自己的才學一定能高中，沒想到考試結束一放榜，好朋友們都榜上有名，沈坤更是考得狀元郎，而吳承恩卻一無所獲，獨自落選了。見此情景，吳承恩覺得毫無顏面十分傷心。

沒多久，吳承恩的父親突然去世了，家中的生活重擔一下全落到他的肩上。吳承恩只好專心治學，以期通過科考，取得功名。三年以後，吳承恩又去南京應試，結果造化弄人，仍然不第。吳承恩心想自己才華橫溢，竟然兩次科舉不中，又羞又恨，也就心灰意冷，無心科舉了，但是他對志怪小說的興趣卻沒有減少。

由於明朝時，文字資料特別稀少，一般人根本很難看到書籍。而吳承恩

一心求索於志怪小說，很想也透過自己的努力寫一部小說，因此總是千方百計能夠多搜集一些素材。此前，他聽說南京城的國子監藏有全套刻印本的《永樂大典》，裡面收錄有元朝雜劇《唐三藏西天取經》和元末明初的《西遊記》等志怪小說。而這些，都對他的創作大有好處，如果能夠借閱到自然對他受益匪淺。可是，這些資料一般人根本無法讀到。

他再三尋思後想到了已高中狀元的好友沈坤，讓他給自己寫幾封推薦信。於是，他便借了盤纏趕到南京並隨即住下。藉助沈坤的推薦信，他先後找到了幾位官場上的朋友，可是國子監的管制太嚴，根本無法借出《永樂大典》中的相關零本。無奈之下，本來就囊中羞澀的吳承恩，只好花錢請國子監裡讀書的太學生們幫他抄錄要參考的章節。

吳承恩在南京的住處，距離國子監所在地還有幾里路，每天下午他就準時趕到國子監大門外耐心等候，等太學生們把抄好的話本拿給他。每次拿到抄錄好的書稿，他都如獲至寶，唯恐失落一頁，回到住處就仔細翻閱潛心研究。就這樣大約持續了一個月的時間，他終於把自己想要的資料都拿到手。

明朝時，日本倭寇經常竄到我國東南沿海地區搶掠財物、殺人放火，有時還把當地的青壯年抓去做苦工。後來，朝廷下決心剿滅倭寇，各地積結兵力與敵人作戰。令吳承恩自己也沒有想到的是，他一個手無縛雞之力的書生也會拿起刀槍來打仗。

一五五九年的淮安一帶，倭寇也常來侵犯，四處擾民燒殺搶奪，一時間人心惶惶。吳承恩看到此景，立即找到他的好朋友、正在家裡守孝的沈坤說：「倭寇又來侵犯，你身為狀元郎，又是朝廷官員，理應出面召集眾人，一起抵抗倭寇，保衛家園啊！」

沈坤也是深明大義之人，自然不會推辭，吳承恩在當地也頗有名望，於是沈坤邀吳承恩一起決議召集民眾，抗擊倭寇。接著，他們兩人四處奔走，籌備糧餉，在當地籌建一支民兵隊伍，保家衛國。百姓們見他們不顧個人安危而投筆從戎，置身於眾人之間，也都紛紛參加民兵隊伍。沒多久，一支精

幹的隊伍便組織起來了，一千多位經過嚴格訓練的鄉勇，數次擊敗來犯的倭寇，被鄉親們親切地稱為「狀元兵」。

朝廷知道這件事情以後，念沈坤抗倭有功，升任他為京師國子監祭酒。然而，令人萬萬沒想到的是，就在沈坤去京都任職不久，他就因人誣陷被治罪下獄，於一五六一年三月十二日屈死於獄中。

當時遠在淮安的吳承恩聽到這件事後，特別傷心。想到沈坤曾經對自己的幫助，而今他被冤死，自己卻無能為力。但是他又能做什麼呢？只好又拿起自己的筆，寫下對當時腐敗官場的痛恨。因為無法直抒胸臆地來痛斥那些官僚階層，他想到了曾經他醉心的志怪小說，於是，他又重新整理搜集素材，著手寫作《西遊記》。

經過多年充分的準備和資料累積，七十一歲的吳承恩才開始動筆創作，歷時七年，經過反覆的修改潤飾，終於，他才完成了這部尊為我國古典四大名著的《西遊記》。

小知識：

吳承恩（1501～1582），中國明朝傑出的小說家，是四大名著之一《西遊記》的作者。字汝忠，號射陽山人。漢族，淮安府山陽縣，今江蘇省淮安市楚州區人。出生於一個小官吏降為小商人的家庭，幼時頗有才名，老年困苦，卒年八十一歲。

荒誕世界裡的荒誕劇
貝克特和《等待果陀》

（《等待果陀》）一齣任何事情都沒有發生過的雙料戲。──威維安‧梅西埃

一九五七年十一月九日，美國三藩市的聖昆廷監獄與往常顯得非常不同，一千四百多名犯人們聚集在一起，不是為了別的，只是為了看一齣話劇。之前一個名叫實驗劇團的劇組經過多方努力，終於可以把這部現在早已名滿世界的話劇，上演給一群也許是世界上最粗魯的觀眾。

聖昆廷監獄向來以管理嚴格著稱，而它已有四十多年都沒有上演過戲劇了。別說看什麼戲劇，就是平日裡也少有其他簡單的娛樂活動。實驗劇團之所以選擇一齣話劇，原因也很簡單，因為這齣話劇裡沒有出現任何一個女人。

演出就要開始，臺下的那些「觀眾」們還沒有安靜下來。帷幕漸漸拉開後，簡單的幾個人物上臺表演，劇場內仍然還是一片喧嘩，導演和演員們個個心驚肉跳，生怕會出現什麼意外的事情。時間一分一秒地過去，臺下的那些觀眾們還在等待著漂亮的小姐們的出現，或者期待著有什麼可以逗他們哈哈一笑。然而一等再等，舞臺上還是那麼幾個簡單的人物和道具，有些「觀

眾」按捺不住了，甚至準備離開。就在大家以為話劇的演出無以為繼的時候，怪事發生了，五分鐘之後，那些粗魯的觀眾們漸漸地安靜了下來，一個個開始認真地觀看起了這齣似乎荒誕簡單到有些無聊的話劇。

誰也沒有想到，這些犯人們能安靜地看完整場演出。最終演出結束後，劇場內突然爆發出了雷鳴般的掌聲，這讓監獄的工作人員和劇組們都大吃一驚。而上演的這齣話劇，正是貝克特的《等待果陀》，一部被視為二十世紀代表性的荒誕劇作。而貝克特也正是憑藉著此劇獲得了一九六九年的諾貝爾文學獎。

一九○六年四月十三日，貝克特出生在愛爾蘭的都柏林，在西方文化裡，這一天正是耶穌受難日，似乎這種巧合也在預示著什麼。孩提時代和中小學期間的貝克特並沒有展示出多少對於文學的熱愛，倒是熱衷於體育運動，網球、高爾夫都是他所擅長的項目。那時的他絲毫沒顯露出他日後的博學多聞和善於駕馭語言的能力。

這場監獄裡的成功演出，讓文學界開始注意到了貝克特。這時的貝克特剛剛寫完《等待果陀》一年，他已經五十一歲了。其實早在他二十二歲的時候，就已經結識了喬伊斯，並且一段時間裡做過那時已失明的喬伊斯的助手，幫助他整理《芬尼根守靈》的手稿。後來貝克特回到了都柏林，開始研究笛卡兒、康德等哲學家，並且獲得了哲學碩士學位。他還寫過研究普魯斯特的長篇論文。那時的文學評論界普遍認為，貝克特是卡夫卡、喬伊斯和普魯斯特的文學傳人，現代主義文學正統的延續者，而沒有料到後來的貝克特會另起爐灶，開現代荒誕派之先河。

監獄演出之後，即使是當時最固執、最嚴厲的批評家，也開始思考貝克特的話劇裡所包含的思想張力，以及它們與那些偉大的古典主義作品內在的共通性。而之前，他們一直在嘲諷先鋒派的作家和觀眾們，不過是在附庸風雅而已。

隨著時間的推移，無論是文藝界內部還是一般的觀眾，都對《等待果

陀》給予了越來越多的關注。時間最終證明，《等待果陀》取得了驚人的成功。然而，貝克特卻也因此飽受成名之累，甚至在《等待果陀》之後，他就沒有寫出多少優秀的作品。而面對繁多的應酬，也讓他無力招架。貝克特也只是偶爾走出家門和外界溝通。一九五六年因參加《等待果陀》的首演式，他去了趟美國的邁阿密；一九七五年因拍攝《等待果陀》的影片，他去了德國。他甚至對美國導演艾蘭・史奈德說，成功或者失敗對他來說已經完全無關緊要。

是的，憑著一部《等待果陀》，他已經不需要再向別人證明什麼。之後的日子，他便一直隱居在巴黎，過著深居簡出的生活，只是透過他的出版商和外界聯繫，一度漸漸地消失在人們的視線中。

一九八九年，貝克特在一家簡樸的養老院中默默去世。世人眼中的貝克特會是什麼樣子？也許就是一副老人坐在歲月的大門口孤獨等待的肖像。而他在等待什麼？也許就是那無人知曉的果陀。

小知識：

塞繆爾・巴克利・貝克特（1906～1989），愛爾蘭作家、評論家和劇作家，一九六九年獲得諾貝爾文學獎。他兼用法語和英語寫作，其代表作和成名作皆為劇本《等待果陀》，通常被視為荒誕派作家的代表性人物。貝克特出生於愛爾蘭都柏林郊區福克斯洛柯的斯底勞根，曾任巴黎高等師範學校的語言講師，精通數國語言。

在惡中綻放絕美
波特萊爾和《惡之華》

　　一切美的、高貴的東西都是人謀的結果。——波特萊爾

LES
FLEURS DU MAL
PAR
CHARLES BAUDELAIRE

PARIS
POULET-MALASSIS ET DE BROISE
LIBRAIRES-ÉDITEURS
4, rue de Buci.
1857

　　波特萊爾在沒有記憶的時候，便失去了他的親生母親，這對於一個孩子來說，無疑是一個巨大的悲劇。在波特萊爾還很小的時候，家裡發生了一個讓他難以理解的變化。父親續娶了繼母卡洛琳·杜費斯，彼時的老波特萊爾已經是個六十歲的花甲老人了，而新娘卡洛琳·杜費斯卻是個年僅二十六歲的無依無靠的孤女。波特萊爾一直認為，父母年齡的相差懸殊對他的精神有著某種先天性的影響。

　　所幸，父親、母親的相處沒有因為年齡懸殊而有所裂痕，反而和睦融洽，因此，波特萊爾雖然心有芥蒂，也逐漸接受了這個事實。但在波特萊爾僅六歲的時候，一場大病令父親離世，他失去了唯一可能理解他的親人。擁有極少快樂時刻的波特萊爾，和這位性格憂鬱、感情纖細的繼母相依為命，這對孤兒寡母開始了一段熱烈的充滿愛的時期。波特萊爾第一次如此清晰感受到了母愛的關懷，這段日子令他終生難以忘懷。

可是，意外又發生了。正當他盡情體驗享受這「充滿母性柔情」的愛撫和關懷的時候，年輕的母親居然未過服喪的期限，就改嫁歐比克少校了。波特萊爾幼小敏感的心靈又一次受到了巨大的震憾，他不明白母親為什麼要再嫁，那樣美麗溫柔的母親應該是屬於他一個人，怎麼容許第二個人來分享她的感情？他固執地認為父親的愛被出賣了，他對母親的眷戀也被出賣了，以致於他不僅痛恨這個突然闖進他生活的陌生男人，更遷怒於自己的母親。

母親新婚之夜，年僅七歲的波特萊爾遠離熱鬧的人群，在黑暗中滿懷憤恨地獨自哭泣。為發洩心中的怨恨，他把新房的鑰匙取了下來，並站在窗邊把鑰匙扔了出去。後來，波特萊爾怕扔得不夠遠被大人們找到，他又去樓下的灌木叢中尋找到鑰匙，並攜帶著它跑了一晚上，扔在了很遠很遠的地方。年幼的他以為這樣做，他的母親就不會歸屬於別人了。雖然這對新婚夫婦沒進入新房，但這婚算是結成了。

這段父親去世、母親再嫁的插曲，讓波特萊爾年幼的心靈受到了巨大的打擊。波特萊爾是一位沒有走出黑匣子的詩人，他的一生都在尋找真正的愛情，但由於戀母情結太重，使他始終無法逃脫父親去世、母親再嫁的陰影，使他無法頭枕情人，躺在碧綠的草地欣賞人生的美麗景色。他逐漸顯露出獨立不羈、藐視習俗的性格，其行為與身為古板生硬的軍人、資產階級秩序和道德忠實維護者的繼父，始終背道而馳。波特萊爾沉湎在巴黎這座「病城」中，出入酒吧、咖啡館，呼朋引伴，縱情聲色，浪跡在一群狂放不羈的文學青年之間，過起揮金如土的浪蕩生活。他絕望、憤怒，強烈渴望著報復和成功，開始了真正的窮文人的生活。就是這樣悲憤的環境心情促使下，《惡之華》在風雨交加、電閃雷鳴中誕生了，以瑰麗怪誕的姿態傲視蒼穹、目無一切！

《惡之華》分為「憂鬱與理想」、「巴黎即景」、「酒」、「惡之華」、「叛逆」和「死亡」六部分。在波特萊爾筆下，巴黎風光是陰暗而神祕的，引人注目的是被社會拋棄的窮人、盲人、妓女、橫陳街頭的不堪入

目的女屍。它那大膽直率的風格、怪誕的思想和超前的理念，招致激烈的圍攻，那種張牙舞爪的美反而更加奪目！毒草乎，香花乎，《惡之華》？鬼耶，神耶，人耶，波特萊爾？

小知識：

夏爾‧皮埃爾‧波特萊爾（1821～1867），法國十九世紀最著名的現代派詩人，象徵派詩歌先驅，現代主義的創始人之一。出生於巴黎，幼年喪父，母親改嫁。繼父歐皮克上校後來擢升將軍，他不理解波特萊爾的詩人氣質和複雜心情，波特萊爾也不能接受繼父的專制作風和高壓手段，於是歐皮克成為波特萊爾最憎恨的人。波特萊爾是資產階級的浪子。一八四八年巴黎工人武裝起義，反對復辟王朝，波特萊爾登上街壘，參加戰鬥。成年以後，波特萊爾繼承了生父的遺產，和巴黎文人藝術家交遊，過著波希米亞人式的浪蕩生活。其主要作品有詩集《惡之華》、《巴黎的憂鬱》、《人為的天堂》，文學和美術評論集《美學管窺》、《浪漫主義藝術》，還翻譯了《怪異故事集》、《怪異故事續集》。

烈火中磨練出的小說
儒勒‧凡爾納和《海底兩萬里》

我並不是不知道您的作品的科學價值，但我最珍重的卻是它們的純潔、道德價值和精神力量。——教宗利奧十三世

小時候凡爾納的家在港口附近，孩童時的好奇心促使他一趟趟地往碼頭上跑。遼闊的蔚藍大海，在小凡爾納心中具有著無窮的魅力，他經常羨慕地看著來往的船隻，展開奇異的幻想：「這艘漂亮的三桅帆船是從什麼地方開來的？這艘雙桅橫帆船又要開往什麼地方？」他幻想著自己也能遠渡重洋，到神祕的異域國度去探險。

也許正是由於這樣的童年經歷，促使凡爾納一生馳騁於幻想之中，創做出如此多的著名科幻作品。然而，凡爾納由《海底兩萬里》開始，真正走向文學之路的一生，還得歸功於兩位貴人及背後的兩段趣事。

十八歲那年，凡爾納遵循律師父親的囑咐，去巴黎學法律。一日，凡爾納出席一個晚會上，玩心大發的他想要快點離開這個無聊的地方。意欲早退的凡爾納趁人不備，飛速溜出來，他一路小跑，竟還沿著樓梯扶手，姿態悠然地滑了下去。沒想到，滑至一半的他撞上了一位迎面上樓的胖紳士。凡爾納異常尷尬，趕緊向這位男士道歉。

　　之後，凡爾納隨口問道：「您吃過飯了嗎？」這在當時只是一種隨意的問候方式。對方禮貌地說：「剛吃過南特炒雞蛋。」聽罷這個回答，凡爾納直搖頭，堅決聲稱：「巴黎根本沒有正宗的南特炒雞蛋。」鍾愛於南特炒雞蛋的胖紳士好奇地問：「為什麼呢？」凡爾納得意地回答說：「因為我就是南特人，而且相當拿手此菜。我吃遍了巴黎，也沒有發現正宗的味道。」胖紳士聞言大喜，誠邀凡爾納登門獻藝。凡爾納欣然應允。

　　當晚，凡爾納在胖紳士的家中大展廚藝，所做的飯菜十分合胖紳士的胃口。胖紳士興致勃勃地向凡爾納學習如何炒雞蛋。兩人由菜色開始暢談，一直說到深夜。這位胖紳士並非他人，正是當時法國最著名的大作家——大仲馬。兩人的友誼從這一盤南特炒雞蛋開始，自此，凡爾納和大仲馬就結下了深厚的友誼。凡爾納經常跟著大仲馬學習文學，這為其走上創作之路創造了相當有利的條件。大仲馬的兒子小仲馬曾經感慨地說，就文學而言，凡爾納更應該是大仲馬的兒子。

　　一八六三年，在大仲馬的指導下，凡爾納創做出了自己的成名作——《海底兩萬里》。他將傾注全部心血的作品投給了一家出版社，沒想到被殘忍地退了回來。凡爾納不甘心，又投向了另外一家出版社，結果還是沒中。就這樣，《海底兩萬里》連投許多家出版社竟然都無人理睬。拿著退回的稿子，凡爾納心灰意冷。他坐在火爐邊，呆呆地望著手稿，一種憤懣的情緒湧上心頭。既然無人欣賞，就讓它毀滅吧！一怒之下，凡爾納將手稿擲入熊熊燃燒的火爐裡。剛巧進門的妻子見到這一幕，飛速衝上前，空手從烈火中搶救出書稿，為此還燒傷了雙手。不顧凡爾納的阻撓，她執意將《海底兩萬里》保存了下來。後來，凡爾納的妻子將稿子送入另一家出版社，終於被出版了。

　　正是由於大仲馬的培養，將凡爾納帶進了文學的大門；正是因為賢妻的即時搶救書稿，才讓凡爾納的著作得以出版，也才讓他有了堅持走下去的勇氣。

　　凡爾納生活在資本主義上升、發展的時代，成了科學時代的預言家。他的作品反映了人們對擺脫手工式小生產，實現資本主義大生產，以及對科學技術大發展的強烈願望。他把自己的幻覺變得能夠觸摸，擁有全方位的感覺，他從平淡的文學中激發人們熱愛科學、嚮往探險的熱情。人們對他做了恰如其分的評價：「他既是科學家中的文學家，又是文學家中的科學家。」凡爾納正是把科學與文學巧妙地結合起來的大師。

小知識：

　　儒勒・凡爾納（1828～1905），法國著名的科幻小說、冒險小說作家，被譽為「現代科學幻想小說之父」。他是許多發明家的老師，小說中到處充滿了科學，許多的科幻事物在現在都成為了現實。一八四八年，他赴巴黎學習法律，寫過短篇小說和劇本。一八六三年起，他開始發表科學幻想冒險小說，以總名稱為《在已知和未知的世界中奇異的漫遊》一舉成名。代表做為三部曲：《格蘭特船長的兒女》、《海底兩萬里》、《神祕島》。他總共創做了六十六部長篇小說或短篇小說集，還有幾個劇本，一冊《法國地理》和一部六卷本的《偉大的旅行家和偉大的旅行史》。主要作品還有《氣球上的五星期》、《地心遊記》、《神祕島》、《漂逝的半島》、《八十天環遊地球》等二十多部長篇科幻歷險小說。

精神與肉體的衝突
歌德和《浮士德》

知識的歷史猶如一首偉大的複合曲，在這支曲子裡次響起各民族的
聲音。——歌德

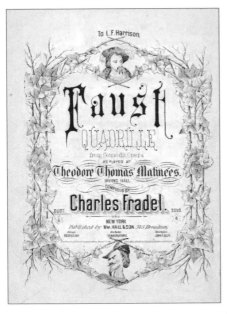

歷史上，的確有一個叫浮士德的人。一直以來，就有許多關於浮士德的傳說。從一五七〇年起，這些傳說漸漸形成了一個比較完整的故事。

浮士德生於一四八〇年，是魏瑪附近羅達地方一個極其敬畏上帝的農民的兒子。浮士德被送往維滕貝格學習神學，後來因無法忍受枯燥的學習生活，便逃出去，開始冒充學者、魔術師、星相家、算命者到處漫遊。他自誇精通點金術，四處招搖撞騙。可是，浮士德一直覺得自己的慾望無窮，想上天攬明月，下地享盡人世歡樂，現在的一切都不能使他滿足，自己一點也不快樂。他想要擺脫塵世生活束縛的痛苦，他寧願死也不願過這種安貧守分、無所做為的生活，就算死也要死得痛快。

一日，魔鬼出現了。魔鬼向浮士德表示自己可以幫助他完成願望，也可以為他服務二十四年，條件是浮士德必須放棄基督教信仰，把自己出賣給魔鬼。浮士德毫不猶豫地答應了。他與魔鬼簽訂了這樣的契約：在二十四年

內，魔鬼願做浮士德的僕人，為他解愁除悶，尋歡作樂，獲得一切需要；但當浮士德表示滿足的一瞬間奴役便解除，浮士德就屬惡魔所有，心甘情願地做惡魔的僕人。

魔鬼把黑色的外套變成了一朵浮雲，載著浮士德和自己，開始周遊世界。

首先，他們來到萊比錫的一家地下酒店，魔鬼要讓浮士德看看這充滿「快樂」的世俗生活。酒店裡，一群大學生正在飲酒作樂，浮士德加入了他們的行列之中，放縱情懷喝了個爛醉。魔鬼問浮士德滿足嗎？浮士德表示自己沒有滿足。於是，魔鬼又帶著他去了別的地方。每到一處，浮士德就盡情作樂。他到過賭場豪賭，獲得過最美麗的女人的愛情，吃過一切美食，到過所有奇特的地方。他的慾望無窮，每當魔鬼問他是否滿足的時候，他都表示沒有。就這樣，浮士德與魔鬼漫遊世界，享盡了各種人間歡樂，還使他獲得了人類當時尚未獲得的一切知識。

轉眼間，二十四年的契約期滿。當魔鬼開始解除契約時，沉溺於歡樂中的浮士德已無法自拔，他不願相信這一切美妙再不屬於自己。他苦苦哀求魔鬼繼續給他這一切享受，讓他追求更多的知識，而不願做魔鬼的僕人，又開始禁錮的日子。魔鬼怒於浮士德的違約，決定懲罰浮士德。他讓浮士德在屋裡一步步痛苦地死去，只剩下一雙眼睛和幾顆牙齒殘留在屋內，整個屍體被拋在屋外的糞堆上，死無安所。

歌德年輕時便被浮士德的故事所吸引。一八○八年寫成了詩劇《浮士德》第一部，第二部《浮士德》直到一八三二年才發表。他以浮士德的傳說為原型，但人物已大有不同了。這部不朽的詩劇以德國民間傳說為題材，以文藝復興以來的德國和歐洲社會為背景，寫一個新興資產階級先進知識分子不滿現實，竭力探索人生意義和社會理想的生活道路，將現實主義和浪漫主義結合得十分完好。

歌德以深刻的辨證法意識，揭示了浮士德人格中的兩種矛盾衝突的因

素，即「肯定」和「善」的因素與「否定」和「惡」的因素之間的複雜關係，並表現了浮士德在漫遊世界過程中那永不滿足，不斷地克服障礙、超越自我的可貴精神，而後不願遵守契約的背信棄義。他揭示了「浮士德難題」，每個人在追尋人生的價值和意義時都將無法逃避的「靈」與「肉」，自然慾求和道德靈境，個人幸福與社會責任之間的兩難選擇。這些二元對立給浮士德和所有人都提出了一個有待解決的內在的嚴重矛盾。

小知識：

浮士德（Faust／Faustus）是德國傳說中的一位著名人物，相傳可能是占星師或是巫師。傳說中他為了換取知識而將靈魂出賣給了魔鬼。

玩命尋寶記
史蒂文森和《金銀島》

不論老人還是青年，航行對我們來說都是最後一次。——羅伯·路易士·史蒂文森

現今的青年島，是古巴的特別行政區，這個島嶼過去叫做松樹島，亦稱金銀島。

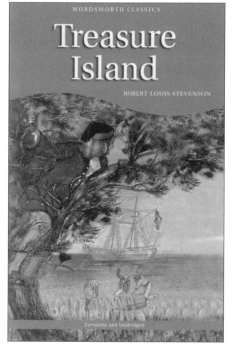

它之所以被命名為金銀島，是因為在長達四個世紀的西班牙殖民統治歲月裡，它是舉世聞名的加勒比海盜的天堂，是他們財富堆積的聚集地。那些兇殘的海盜在浩渺的大海上到處流竄，攻佔下西班牙運輸大量金銀與貨物的船隻。然後，他們把掠奪的金銀財寶運送到這座荒無人煙的小島上，藏於挖掘出的隱蔽的山洞裡，以待日後慢慢享用。

洞穴縱橫的海底多是奇特美麗的珊瑚地質構造，是理想的潛水觀賞海底世界的好地方，那裡有五彩斑斕的各種魚群，有無數管狀海棉，有加勒比特色的海洋植物，有豐富的海產品，還有許多海鷗和海龜。島上有著豐富多彩、稀奇古怪的物種。金銀島上到處是濃密的熱帶松林，松樹島因此而得名。松鼠島的海灘景色秀美，附近埃斯特角的六個著名的山洞裡，保留著兩百三十五

幅遠古土著印第安人的繪畫。

　　而這個曾是十七世紀海盜的休息站及中繼站的瑰麗小島，有著不凡的神祕色彩。

　　一八二○年，南美解放者玻利瓦爾省揮著解放的戰旗，直逼利馬。利馬的西班牙總督知道大勢已去，將無數黃金、白銀裝在船上，倉皇逃走。當時的船長看到這樣堆積如山、白花花的財寶，便謀算著據為己有。在一個海浪顛簸的夜晚，他找機會把總督推進了大海裡。船長知道自己持著這樣一大筆財富同樣不安全，為了保險起見，他趕船駛向了金銀島，將財寶埋藏在一個山洞裡。

　　不幸的是，直到一八四四年船長去世，他都沒有找到機會再去把這一大筆金銀財寶運回來。得知此事的人，在船長的遺物中找到了一張難辨真偽的藏寶圖。藏寶圖的顯示標記相當模糊，加上熱帶島嶼的環境短短幾年就可以發生巨大變化，這張圖的實質性作用並不大。

　　但是，財富照樣能吸引無數貪婪的人前往尋寶。一個世紀以來，金銀島成了夢想發財的人的天堂。各式各樣的階層爭奪著這張藏寶圖，不惜血戰與殺戮。無論是得到藏寶圖的，還是沒得到的人，都來到金銀島上尋寶，渴望能找到一金半銀。而當時管轄島嶼的哥斯大黎加政府同樣支持尋寶，導致各個階層的尋寶行動更加瘋狂。在島嶼上，經常能看到屍骨，或許是對財寶的爭奪中，強者生存，弱者被屠。被殺死者的屍體很快就被野獸啃食乾淨。百年的尋寶歷程下來，無數人失蹤或喪失性命，卻皆無所獲。

　　意想不到的是，一向支持尋寶的哥斯大黎加政府在一九七八年突然變臉，以保護生態環境為由，封閉了金銀島，嚴禁人們繼續尋寶。就這樣，「金銀島」那聞名遐邇的寶藏永遠成為了曠世之謎。

　　在這些尋寶的人中，有一個名叫史蒂文森的年輕人，他一樣渴望獲得財富，而他卻也和前來尋寶的大多數人一樣，最終空手而回。而不同的是，史蒂文森回來後，根據自己的經歷，創做了獨樹一幟的成名小說《金銀島》，

為後來大量的掘寶題材小說開了先例。小說敘述少年吉姆一行人去海上荒島尋找海盜埋藏財富的冒險故事，故事充滿了驚心動魄的樂趣及高潮迭起的深刻體驗。

小知識：

羅伯‧路易士‧史蒂文森（1850～1894），英國作家。出生於愛丁堡建築工程師家庭。當過律師。大學時期就開始寫作，早期作品有遊記《內河航程》（1878）和《驢背旅程》（1879）。1882年出版富於異國情調的驚險浪漫故事集《新天方夜譚》。他最著名的小說為《金銀島》（1883），這部小說給作者帶來巨大聲譽，為後來大量的掘寶題材小說開了先例。以蘇格蘭為背景的小說《綁架》（1886）及其續篇《卡特琳娜》（1893）和《巴倫特雷的少爺》（1889），出色地表現了蘇格蘭民族特色。他還有一部具有獨特風格的中篇小說《化身博士》（1886），探討了人性的善惡問題。一八八九年史蒂文森移居太平洋薩摩亞島養病，創做了以島民生活為題材的短篇小說集《島上夜譚》（1893），讚揚了島民的純真和智慧，一八九四年因腦溢血病逝島上。他是十九世紀末新浪漫主義文學的代表，他善於寫新奇浪漫的事物，他筆下常出現具有高貴品德的貧民、流浪漢、孤兒的形象。但他著意追求藝術效果，忽視和避開反映社會重大矛盾。

誰是真正的凶手？

阿嘉莎·克莉絲蒂和《東方快車謀殺案》

對任何女人來說，考古學家是最好的丈夫。因為，妻子越老他就越愛。——阿嘉莎·克莉絲蒂

很多人都喜歡看偵探故事，裡面那些驚心動魄的案件，扣人心弦的難解之謎總是令人意猶未盡。作者往往在故事結束時，才會把凶手的名字公諸於眾，而讀者也會在閱讀過程中猜測凶手究竟是誰。這樣一步步解開疑團的感覺，讓人回味無窮。

在舉世公認的推理小說女王阿嘉莎·克莉絲蒂的筆下，就創做出許多這樣的偵探故事。與其他偵探小說一樣，她的代表作《東方快車謀殺案》也建立在一個真實事件的基礎上，那便是二十世紀三〇年代一起著名的綁架案。

第一個進行單人不著陸跨越大西洋飛行的著名美國飛行員林德伯格，有著一帆風順的事業，也有著令人羨慕的美滿家庭。不幸的是，一場災難不期而至，改變了這一切。

一九三二年三月一日晚，在林德伯格位於新澤西的豪宅裡，蓄謀已久的綁匪打暈了照顧小孩的保母，綁走了他那有二十個月大的兒子。得知消息的林德伯格匆匆趕回家中，不多久便收到了綁匪勒索要五萬美元贖金的消息。

為了保證兒子安全回來，林德伯格立即根據綁匪的要求付出了贖金。錢是出去了，兒子卻沒有回來。十一天後，小查理斯‧林德伯格的屍體在離家不遠的灌木叢中被發現了。可以看出，心狠手辣的綁匪在得手後便將小查理斯‧林德伯格撕票。

悲憤的林德伯格報了案，並雇請了私家偵探，渴望迫切找到凶手，為愛子報仇。經過調查，一些人先後列入了嫌疑對象的行列。首先，最具備作案條件的保姆貝蒂‧格羅與其男友受到調查。然而，相關證據證明他們倆是清白的。而後，女傭薇奧萊特‧夏普因證詞含糊也被懷疑。令人意想不到的是，她寧可選擇自殺也不願說出自己的行蹤實情。在她死後，調查發現她與幾個男人有染，案發當晚在一家地下酒吧鬼混。很遺憾，這個付出了生命代價的人竟也不是真正的罪犯。

時光飛逝，轉眼兩年過去了，一名犯罪嫌疑人也漸漸浮上水面，那便是木匠豪普曼。在大蕭條時期，沒有固定工作的豪普曼卻過著與其收入不符的優越生活，他被人發現使用一些貌似贖金的錢。經過調查，警方發現若干指向豪普曼的強而有力的證據，立刻逮捕了他。

在法庭上，證據被一一呈現。警方提交出在豪普曼家車庫發現的部分被記下號碼的贖金；經過七位筆跡專家辨認，豪普曼的筆跡與勒索贖金紙條上的筆跡相符；據交付贖金的中間人指認，豪普曼就是收贖金的那個有德國口音的人；有人看到他在綁架案發生的當天出現在林德伯格家附近；綁匪用來爬上嬰兒室窗口的梯子上的木料，來自豪普曼家附近一棵松樹與他家的地板之中。

然而，在諸多證據之下，豪普曼仍堅決否認法庭的指控。他的辯護律師指責警方偽造證據，聲稱那些錢是一個已經死在德國的皮貨商留在他家的。他的妻子做為證人，證明案發當晚自己的丈夫並沒有外出。陪審團中，有許多人質疑孩子是在從視窗掉下來意外身亡的。

經過十一小時的討論，陪審團得出了一致的結論：罪名成立。後來，豪

普曼一直在為自己上訴，而他的妻子安娜一直到死都在呼籲還她丈夫清白。一九三六年四月，拒絕坦白以換取終身監禁提議的豪普曼，最終被無情地送上了電椅。然而，有關此事的議論始終沒有平息。有些人始終認為木匠是無辜的，有些人認為那個皮貨商才是真凶，有些人認為是林德伯格自己或者他妻子的姐姐殺死了孩子。

　　這起轟動一時的綁架案給了阿嘉莎・克莉絲蒂創作的靈感，《東方快車謀殺案》應運而生。這部作品與案件的相似之處一目了然：美國著名飛行員阿姆斯壯的小女兒戴西被綁架並撕票，幾個月後，綁匪被抓獲，但其中的頭目凱賽梯卻憑藉著金錢的力量逃脫了法律的制裁。戴西懷孕的母親悲傷過度而死，父親因而自殺，家裡的一個女傭也因無辜受到懷疑而自殺。幾年後，在伊斯坦堡開往辛普倫的東方快車上，一個叫雷契特的人被刺了十二刀身亡，身為旅客一員的白羅開始了調查，卻順帶調查出了這起綁架案的真相……

小知識：

　　阿嘉莎・克莉絲蒂（1890～1976），英國著名女偵探小說家、劇作家，三大推理文學宗師之一。一八九〇年九月十五日出生於英國德望郡托基的阿什菲爾德宅邸，一九七六年一月十二日，她以八十五歲的高齡逝世於英國牛津郡的沃靈福德家中。她被譽為舉世公認的推理小說女王。她筆下的偵探一個是身材矮胖、留著黑色鬍子的比利時人赫丘勒・白羅，以及一個是身材矮小、卻十分可愛的老太太瑪波。她的著作英文版銷量逾十億冊，被譯成百餘種文字，銷量亦逾十億冊。她一生創做了八十部偵探小說和短篇故事集、十九部劇本，以及六部以瑪麗・維斯馬科特的筆名出版的小說。代表作品有《東方快車謀殺案》、《尼羅河謀殺案》等。

生前無名，身後烜赫
赫曼·麥爾維爾和《白鯨記》

> 我寫了一本邪書，不過，我覺得像羔羊一般潔白無疵。──赫曼·麥
> 爾維爾

赫曼·麥爾維爾是十九世紀美國的一位非常富有特色的作家，即便比起同時代的霍桑、朗費羅、惠特曼等大作家，麥爾維爾的經歷也堪稱傳奇。而正是如此傳奇經歷，才讓麥爾維爾能夠寫出像《白鯨記》這樣充滿奇異想像力的作品。

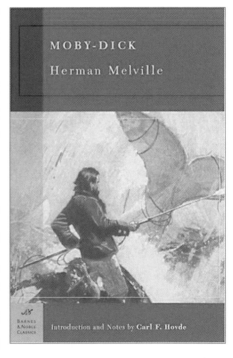

麥爾維爾出生於一八一九年的紐約，其祖上是蘇格蘭的名門望族。麥爾維爾的祖父是湯瑪斯·麥爾維爾少校，在著名的《最後一片葉子》一詩中，詩人奧列弗·霍姆斯就曾頌揚過他。麥爾維爾的外祖父彼得·甘斯沃爾特，是一位在美國獨立戰爭中立過戰功的將軍。雖然有這樣顯赫的家世淵源，可是到了麥爾維爾這一代時，家境已經衰落。麥爾維爾十二歲時父親就去世了，母親帶著他艱難維生。

為了減少家裡的負擔，赫曼·麥爾維爾在十五歲時就輟學謀生，投身於社會。他先後做過銀行文書、店員、小學教員、農場工人等工作。一九三九

年，由於一次偶然的機會，他踏上了一艘開往利物浦的船，從此開始了與大海結緣的日子。經過幾年的海上磨礪，漸漸地麥爾維爾成為一名比較成熟的有經驗的水手。於是在一八四一年，二十二歲的麥爾維爾便參加了捕鯨船「阿古希耐」號在南太平洋上的航行。而正是這樣一次航行，給麥爾維爾寫作《白鯨記》打下了堅實的基礎。

海上的生活是枯燥乏味的，除了捕鯨之外並沒有什麼事情可做。麥爾維爾天性就桀驁不羈，又自幼漂泊在外，因此對於這種整天面對著茫茫大海的日子早就有些厭倦。因此每當船隻遇到島嶼停泊，他總是第一個衝到島上，偶爾也會做些出格的事情，這些當然違反船上的相關規定。這樣久而久之麥爾維爾就和船長產生了爭執，但是，麥爾維爾卻並不把船上的規定和船長的警告放在眼裡。

有一天，船隻停泊在一個叫做努庫希瓦的島嶼上補給物品，麥爾維爾同樣又是下船和其他水手們去尋歡作樂。可是這一次，他們卻和島嶼上的部落發生了暴力衝突，局勢差一點無法控制。這一次，麥爾維爾已經聽到風聲，船長一定會嚴厲的懲罰他。想想平日裡和船長結下的宿怨，他就有些害怕，因為他有可能被處死的。所以他當即決定留在那個島嶼上，而不是回到船上接受可能要面對的死刑，雖然他知道，留在島上他的日子也並不一定好過。

但是令麥爾維爾沒有想到的是，在這個努庫希瓦的島嶼上，還居住著一部分有食人生番之稱的泰皮族，這樣的險境顯然他沒有充分預料到。可是既然他已經選擇留下了，也別無他法。就這樣他晝伏夜出，漸漸地熟悉了當地的地形，過了一個月左右的非人生活後，終於踏上一艘當時途經的船隻，前往了檀香山。

在多年之後，麥爾維爾回想起來這樣的傳奇經歷，一切都還是那麼清晰可見。於是熱愛寫作的麥爾維爾又拿起了自己的筆，根據自己的親身經歷，又加上一些誇張想像的渲染，經過幾年時間，終於寫成了《白鯨記》。但是《白鯨記》剛上市的時候，並不為人所知。甚至在麥爾維爾一八九一年九月

二十八日去世的時候，人們根本都不知道誰是麥爾維爾，不知道他曾經寫過一本書叫做《白鯨記》。麥爾維爾的作品在當時也大都不怎麼受歡迎，直到二十世紀二〇年代，他的作品才逐漸引起人們的注意，開始在世界各地廣泛地傳播開來。

小知識

赫曼‧麥爾維爾（1819～1891），小說家、詩人，也是十九世紀美國最重要的小說家之一。一八一九年八月一日出生於紐約，十五歲時離開學校，做過銀行小職員、皮貨店店員和教師。一八三九年在一艘去英國利物浦的商船上充當服務員，開始接觸海洋，對他以後的創作產生了影響。代表作品《白鯨記》也是其成名作。一九五六年六月二十七日，由導演約翰‧休斯根據小說改編成電影《白鯨記》。

在童話世界裡花朵般綻放
路易斯‧卡洛爾和《愛麗絲夢遊仙境》

孩童般的天真是世間最美的寶石。——路易斯‧卡洛爾

提及數學教授,大多數人或許都會想到一個非常理性嚴肅的形象,但是路易斯‧卡洛爾卻打破了人們心中這種一直以來的思維慣性,他筆下的《愛麗絲夢遊仙境》更是舉世聞名,膾炙人口,書中到處充滿了童真與瑰麗的想像。

路易斯‧卡洛爾是作者發表《愛麗絲夢遊仙境》時的筆名,他的原名本為查理斯‧路德維希‧道奇森。然而就是路易斯‧卡洛爾這個名字,讓每一個讀過《愛麗絲夢遊仙境》的人再也無法忘卻。

卡洛爾出生於英國的柴郡達斯伯里,父親是一位牧師。他先後在拉比公學和牛津大學基督堂學院求學,並於一八五五年到一八八一年間,一直在牛津大學基督堂學院教授數學。

卡洛爾非常喜歡小孩,他的房間佈置至今保持著當年的風貌,房間裡擺滿了玩具:機械蝙蝠和發條熊散布在櫥窗裡;桌子上擺放著音樂盒和拼圖遊戲等。他有一顆不老的童心,講的話也全是孩子的語言。他與學生之間似乎並沒有多少共同語言,他的學生評價他的課「乏味得像一潭死水」。似乎,

他只能在兒童的世界裡，才會像一朵花兒般綻放。

在卡洛爾的辦公室對面，是一塊綠色的草坪，基督堂學院院長利德爾的三個小女兒常在那裡玩耍。而其中最小的愛麗絲只有三歲，閃動著有一雙水靈靈的大眼睛，非常可愛。久而久之，卡洛爾與她們成了好朋友。他為三個小女孩照相，給她們買好吃的，而孩子們則喜歡纏著卡洛爾，讓他給她們講故事。和孩子們在一起的時候，卡洛爾不再穿平時的黑衣服，他會換上一套可愛的法蘭絨衣服，頭戴草帽，眼睛裡閃爍著喜悅愉快的光芒。

一八六二年七月的一天，卡洛爾帶著利德爾家的三個小女孩去划船。卡洛爾又開始給三姐妹講起了奇妙的故事。這次的故事比平時還要精彩，愛麗絲聽得入了迷，臨別時她懇求卡洛爾寫下來給她。卡洛爾被愛麗絲纏得沒有辦法，只好答應回家會把故事寫下來給她。

就這樣，卡洛爾開始了自己的童話創作，他寫了一篇一萬八千字的《愛麗絲夢遊仙境》，送給了愛麗絲。湊巧，一位叫亨利‧金斯萊的兒童作家在傳閱過程中看到了這篇手稿。行家慧眼識寶，於是，他便專門託人請卡洛爾將它進一步修改並出版。卡洛爾起先不相信這篇手稿有出版的價值，後經朋友們的勸說與鼓勵，才決定出版。但他不願署上真名，便用了筆名路易斯‧卡洛爾。卡洛爾的朋友麥克唐納把稿子帶回家唸給孩子聽，六歲的小男孩聽後大聲說：「我希望這本書印六萬冊。」

據說，維多利亞女王也非常喜歡《愛麗絲夢遊仙境》，以致於她派人搜集了這個作家的其餘所有著作，結果發現這些著述講的都是關於對數學和更深奧的微積分問題。《愛麗絲夢遊仙境》這本書超越時間和地域的界限，譯成五十多種語言在全世界發行，影響了一代又一代的人，西班牙畫家達利用來做為探索潛意識意象的題材，美國電影大師迪士尼用來創作他的第一部動畫故事片。

而卡洛爾的手稿卻一直伴隨著愛麗絲，長大後的愛麗絲也並不知道它值多少錢。她的孫女克雷爾後來回憶說：「卡洛爾給祖母的那部手稿放在玄關

裡的一個小茶几上,我們誰也不把它當成什麼寶貝。」

愛麗絲在一九二八年把手稿賣給了一個美國收藏家,得到一萬五千四百英鎊。在一九四六年,手稿再一次被拍賣。美國國會圖書館館長伊文思打算買下來,並重新把它送回英國,這一計畫得到許多美國人士的捐助,並在書商的協助配合下,最終只花五萬美元就買到手。一九四八年,伊文思專程渡海赴英,把這本手稿歸還給了英國人民。這部手稿現藏於倫敦大不列顛博物館。

卡洛爾一輩子都沒有結婚,後來又寫了一部姐妹篇,叫《愛麗絲鏡中奇遇記》,並與《愛麗絲夢遊仙境》一起風行於世。

小知識:

路易斯‧卡洛爾(1832~1898),真名叫查理斯‧路德維希‧道奇森,是一位數學家,長期在享有盛名的牛津大學任基督堂學院數學講師,發表了許多數學著作。患有嚴重口吃,興趣廣泛,對小說、詩歌、邏輯都頗有造詣,還是一個優秀的兒童像攝影師。一八六一年被任命為英國國教執事。《愛麗絲夢遊仙境》是其成名作,他最重要的數學著作是《歐幾里德和他的現代對手》。他的其他作品包括:長詩《斯納克之獵》、《押韻?還是情節?》、《色爾維和布魯諾》、《愛麗絲鏡中奇遇記》。

第三章

描摹現實的生活箚記

摒棄過往，華麗轉身

毛姆和《月亮與六便士》

文化的作用在於裨益人生，它的目標不是美，而是善。——毛姆

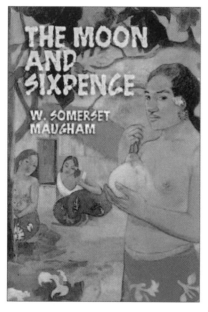

一九一五年，毛姆憑藉作品《人性的枷鎖》一炮而紅。當時，一個評論家對主角菲力普這樣評價道：「像當時很多年輕人一樣，貪圖虛榮，終日仰慕月亮，卻沒有看見腳下的六便士！」毛姆很喜歡這個說法，便以「月亮與六便士」這兩個八竿子打不著的名詞，做為自己下一本書的名字。

在《月亮與六便士》中，對於主角查理斯・思特里克蘭德前期身為一位股票經紀人的務實生活，以及後期身為一位遁世畫家的審美人生，毛姆以藝術的創造與世俗的物質文明為對比，分別用六便士和月亮予以概括。而主角思特里克蘭德的故事，則源自於印象派大師高更的生平事蹟。

曾經身為交易所經紀人的高更，有著牢靠的職業、美滿的家庭、受人尊敬的社會地位，卻突然像「被魔鬼附了體」一樣地迷戀上繪畫。他放棄了人人羨慕的職業、家庭，不顧一切地投入到繪畫之中。更奇特的是，他瘋狂地愛上了同樣身為藝術家的朋友埃米爾・伯納德的妹妹瑪德琳・伯納德。瑪德琳是個十七歲的美麗少女，曾為埃米爾和高更當過裸體模特兒，但她對高更

毫無興趣。高更對她一往情深，卻始終得不到她的回應。

這樣的感情糾葛令高更十分痛苦，同時也阻礙了他的靈感創作。心傷腸斷的高更想要努力去忘記這個不愛他的女人。他也逐漸厭倦了巴黎文明社會，憧憬起原始與野性未開化的自然世界。為追求心中理想的藝術王國，他竟然選擇捨棄了高收入職業與世俗幸福生活，去尋找心中所嚮往的狂喜與平靜，開始一段嶄新的藝術旅程。

高更開始放逐自我，到巴黎去追求繪畫的理想。他突如其來的怪異行徑沒有人能夠理解，他不僅肉體受著貧窮的煎熬，幾次險些因飢餓和疾病而死，精神亦在忍受著痛苦的折磨。高更沒有任何的繪畫基礎，他畫的畫也無人賞識，但他仍一意孤行地遠離了愛情和家庭，拒絕了物質和慾望，艱難地跋涉與流浪著。

最後，高更選擇離開了文明世界，遠渡到與世隔絕的南太平洋塔西提島上。在這裡，他終於找到了靈魂的寧靜，找到了適合自己氣質的氛圍，找到了藝術創作的靈感。他很知足地與島上土人生活共處，還娶了一個土著妻子。這位充滿傳奇性的畫家，在這陽光灼熱、自然芬芳的島上每日作畫，一心追求個人精神的自由和藝術上的美。他自由自在地描繪著當地土著島民牧歌式的自然生活，用強烈而單純的色彩、粗獷的筆觸，以及具有東方繪畫風格的裝飾性，與當地的風土民情結合在一起，強烈地表現著自我的個性。他創做出一幅又一幅令後世震驚的傑作，還寫出《諾亞·諾亞》等名著，記述了大溪地之旅的神奇的體驗。

高更是個不通人情世故的先驅者，他那主觀感受強烈、色彩濃郁的作品，影響人們產生了無比的勇氣與喜悅。他的這段戲劇性的轉折讓世界為之驚嘆，從沒有一個人的勇氣和韌性可以在對理想的追求中達到這樣的極緻！

高更的事蹟，給了毛姆強大的創作靈感，也讓他有機會深思人類對於內在精神生活的渴望本真。透過《月亮和六便士》，毛姆探索了藝術家與社會的矛盾、個性與天才的關係、藝術的產生與本質等方面。在遠離現代物質文

明的地方，塔希提小島上的人們以自己的寬容、淳樸，幫助藝術家尋找到了
自己的精神世界。也許，作者就是想經由人類遙不可及而又藉其清暉的月
亮，和世俗生活中必不可少的錢幣，來突出天才性情與物質慾望之間的矛盾
吧！

小知識：

威廉‧薩默塞特‧毛姆（1874～1965），英國著名的小說家和戲
劇家。他出生於律師家庭，不滿十歲時，父母就先後去世，而他被
送回英國由伯父撫養。由於身材矮小且嚴重口吃，他常受到欺凌。
孤寂淒清的童年生活，養成他孤僻、敏感的性格，對他的世界觀和
文學創作產生了深刻的影響。一八九二年初，他去德國海德堡大
學求學了一年。同年返回英國，在倫敦一家會計師事務所當了六個
星期的實習生，隨後即進倫敦聖托馬斯醫學院學醫。一八九七年
起，毛姆棄醫專事文學創作。世界大戰時，他曾在倫敦情報部門工
作，戰後周遊世界各地。他一生共創做了長篇小說四部、短篇小說
一百五十多篇、劇本三十多部。其代表作品有《月亮與六便士》、
《啼笑皆非》、《人性的枷鎖》、《刀鋒》、《艾興頓》等。

血淚鑄造「家」門
巴金和《家》

> 生命的意義在於付出，在於給予，而不在於接受，也不在於索取。——巴金

　　《家》是巴金先生的代表作，收錄在他的《激流三部曲》裡。而《家》裡所反映出的一個封建大家庭的血淚史，也正是巴金自己家庭的真實寫照。《家》的創作過程與他自己家庭的起落變遷密不可分，而《家》中「覺新」的原型就是巴金的大哥李堯枚。

　　巴金出生在一個傳統的封建大家庭之中，共有同胞兩兄、兩姐、兩弟和三妹。一九二〇年，李家的大家長、巴金的祖父病逝，從此這個家庭就開始了爭奪遺產之戰。平時那些看來親密的伯叔，這時卻變得面目全非。這也讓少年的巴金體會了世間的冷暖人情的冷漠。

　　巴金的大哥李堯枚是家中的長子，雖然少年過著被寵愛的少爺的生活，巴金的父親去世後，二十出頭的李堯枚就開始艱難承擔這一大族的生活。在少年時，喜歡化學的他一直成績優異，並以第一名成績從中學畢業。他的人生規劃本是去上海或北京的名校求學，然後再赴德國深造。而巴金的父親卻命他早早成婚。雖然很不情願，但他還是遵從父命，娶了巴金父親抓鬮定下的張家小姐。從此為了二十四元的月薪，巴金大哥李堯枚就踏入了社會。

　　李堯枚身為一個封建大家族的長房長孫，並沒有選擇自己命運的自由。但他同時卻也是這一輩接受新思想啟蒙的人，早年的他經常買來《新青年》和《每週評論》這樣的進步雜誌，閱讀並帶領弟妹們熱烈討論，進而在無形中也把新思想溶入到巴金的腦海中。巴金發現那時的大哥變成了雙面人：一

邊是封建舊家庭暮氣十足的少爺，而另一邊跟弟弟談話時又是一個思想進步的新青年了。

為了振興家業，李堯枚做了投機生意。也許是缺乏經商的頭腦的緣故，在得了一場大病後，他卻發現錢已損失了一大半。面對這個生計上日益維艱的大家庭，家庭內部的種種矛盾，大病在身的李堯枚的精神崩潰了，他三次寫好了遺書，又三次撕毀它，他並不想死，然而壓在他身上的擔子實在太重了。在第四次寫了一封二十多頁的遺書後，他終於喝下自己準備好的毒藥，撒手西去了。

不知是巧合還是暗示，一九三一年四月十九日下午，巴金在收到大哥自殺的電報時，正寫到《家》的第六章，而那一章的標題恰好叫「做大哥的人」。就在一天前，巴金這篇最初以《激流》為名發表在上海《時報》的小說開始第一次連載。《家》中的大哥「覺新」剛開始他在紙上世界的生命，並藉助於《家》自此獲得強大的生命力，而巴金生活中的大哥李堯枚卻在第二天用自己親手配製的毒藥結束了年輕的生命，最終也切斷了他與這個世界的一切牽絆。

其實，在巴金和大哥的最後一次相聚中，巴金告訴來上海探望他的大哥，他想寫一部叫做《春夢》的小說，亦即後來的《家》，把自己家的一些事寫進去。那時大哥李堯枚就對巴金表示了極大的支持。這對當時的巴金來說，無疑是一種很大的肯定，因為巴金知道，努力維持這個家庭的大哥，曾經也有一個文學夢。

大哥的自殺，讓巴金痛徹心扉。悲傷過後，他下定決心就是為了大哥李堯枚，他一定也要把這一部小說寫好。他調整了小說原先設定的結構，把書中的覺新，也就是實現原型中的大哥，做為《家》的主要人物來寫。他要把這個封建制度犧牲者的形象，展現在人們面前，讓人們看到這個社會吃人的本質。

正是由於有了這種強大的動力，在《家》的創作過程中，許多章節都是

一氣呵成，因為他已經不再單單是創作。《家》寫完後，在當時的上海開明書店出版時，巴金在書的扉頁寫下了〈呈獻給一個人〉的序言，而這個人就是巴金的大哥李堯枚。

　　經歷了一個世紀風雨的巴金，在世人的眼裡，似乎總是溫和而謙遜的。但在那個時代那樣的家庭裡出生成長的他，像他小說《家》裡的覺慧一樣，卻扮演著一個激烈的時代叛逆者的角色。而巴金之所以成為今天的巴金，沒有那個在背後隱忍的、委曲求全的大哥李堯枚，給予他的物質與精神上的支持與犧牲，也就沒有現在我們眼裡的巴金，也就沒有現在的《家》。

小知識：

巴金（1904年11月25日～2005年10月17日），現代文學家、翻譯家、出版家，在中國當代文學史上享有世界聲譽。原名李堯棠，字芾甘，出生於四川成都的一個封建大家庭，祖籍浙江嘉興，漢族。一九二八年，第一次以「巴金」為名發表處女作《滅亡》。代表作有《愛情三部曲》：《霧》、《雨》、《電》；《激流三部曲》：《家》、《春》、《秋》。散文集《隨想錄》。「五四」新文化運動以來最有影響的作家之一，中國現代文壇的巨匠。

繁華之後皆歸塵

費茲傑羅與《大亨小傳》

> 沒有一種偉大思想是在會議中誕生的，但已有許多愚蠢的思想在那裡死去。——費茲傑羅

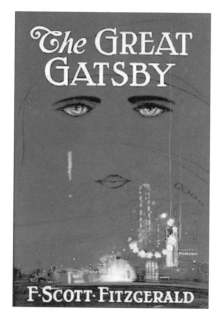

在中學時代，費茲傑羅就對寫作產生了興趣，在普林斯頓大學求學期間，他就整天在為學校的刊物和劇社寫稿，正是處於這樣的熱愛與努力，才讓他能寫出像《大亨小傳》這樣的作品。在這部具有半自傳性質的小說裡，一直有一個人的身影存在，她就是費茲傑羅的妻子——澤爾達・莎爾。可以說沒有澤爾達，就不會有我們現在眼中的費茲傑羅，更不會有《大亨小傳》這本書。

一九一七年，費茲傑羅輟學入伍，駐紮在亞拉巴馬附近的蒙哥馬利。那時候十八歲的澤爾達也正居住在此附近。爺爺是參議院、父親是法官的她從小就過著衣食無憂的生活，也養成了桀驁不馴的性格。而正是這個野性少女迷倒了附近軍營裡的所有飛行員，當然也包括費茲傑羅。他們甚至按照她的指示在她家的上空，做起了各種空中特技飛行表演。飛機發出的巨大轟鳴聲，搞得鄰居們怨氣連天。

在第二年的一次鄉村舞會上，費茲傑羅終於找到機會認識了澤爾達。雖然那時候的費茲傑羅還只是個窮小子，但是內心中卻充滿了年輕人固有的熱

情。他不斷地向澤爾達發起愛情攻勢，甚至開口向澤爾達求了婚。但是結果可想而知，面對一窮二白的費茲傑羅，澤爾達倒也回答得乾脆直接：「要想娶我也很簡單，你要出人頭地並且腰纏萬貫。」

出生於沒落中產階級家庭的費茲傑羅，那時當然無法滿足澤爾達的要求。他只好把所有希望寄託在自己的文字上。於是，他不停地潤飾修改自己的小說，希望一舉成名，同時也贏回澤爾達的芳心。

皇天不負苦心人，半年之後，在經歷了無數次的退稿之後，費茲傑羅終於找到了願意發表自己小說的出版社。這部名叫《塵世樂園》的小說，出版之後的迴響比費茲傑羅想像中的還要好，他一夜之間成了美國文學界冉冉升起的新星。於是一切水到渠成，名利接踵而至。

一個星期後，費茲傑羅和澤爾達舉行了婚禮。這一年費茲傑羅二十四歲，而澤爾達只有二十歲。兩個瘋狂的年輕人在一起，追求時髦、崇金拜物的費茲傑羅和澤爾達，一時成為美國那時最著名的一對情侶。

上世紀二〇年代的美國，也正是一個瘋狂的時代，藝術空前繁榮，人們生活富足。費茲傑羅與澤爾達戲劇般的人生，正是那個浮華時代的最好例證。他們兩人每年的玩樂花費就達三萬美元，換算到現在就有幾百萬美元。

當同時代的其他女性還穿著緊身衣，循規蹈矩地參加藝術家沙龍時，年輕的澤爾達已經毫無顧忌地穿著透明裙子，縱身跳入紐約著名的廣場飯店噴泉中，旁若無人地游泳了。她說：「我在曼哈頓所有俱樂部的每張桌子上都跳過舞，裙子掀到了腰部。高高地架著雙腿，當眾抽菸，嚼口香糖，喝酒醉得滑到了陰溝裡。」這就是澤爾達當年的寫照。

澤爾達生下兒子斯科蒂後，與費茲傑羅一起去巴黎過起了文學貴族的生活。而這一切的花費，都要依賴費茲傑羅不停地寫作。但他們放浪形骸的生活卻並沒有因此而止步。他們常常揮金如土，在深夜的酒店裡大吵大鬧，不斷地鬧事而遭到員警驅逐，常在半夜的城市街道上極速飆車。而當所有這些仍不能滿足兩顆尋求刺激的心時，澤爾達染上了毒癮，而費茲傑羅則整日與

酒精作伴。正是有了這樣的生活經歷，費茲傑羅創做了這部半自傳性的小說——《大亨小傳》。小說在文學界取得了極大的成功，可是在商業上卻不如他早期的小說那麼成功。因此，這部小說並沒有讓他在財力上得到根本改善。在經濟上日漸捉襟見肘的夫妻，兩人整日吵鬧不休，像一對冤家。

不甘心躲在費茲傑羅陰影後面以及無法忍受貧窮生活的澤爾達，漸漸地精神崩潰了。而落魄度日的費茲傑羅也早已才華耗盡，頗為悽慘。一九四〇年十二月二十一日，費茲傑羅因為心臟病突發死於洛杉磯。兩年之後，澤爾達所在的精神病院發生了一場大火，曾經美麗如花的澤爾達就這樣被燒死在頂樓。

這樣一對歡喜冤家，在死後他們卻被合葬在一起。在他們的墓碑上，依舊刻著《大亨小傳》裡的最後一句話：我們繼續奮力向前，逆水行舟，被不斷地向後推，直至回到往昔歲月。

小知識：

費茲傑羅（1896～1940），美國小說家，出生於明尼蘇達州聖保羅市一個商人家庭。屬於迷惘的一代，是上升的二十世紀的代言人，原名法蘭西斯・斯科特・基・費茲傑羅。普林斯頓大學未畢業就休學，一九一七年入伍。他的創作傾向與「迷惘的一代」相似，表現第一次世界大戰後年輕的一代對美國所抱的理想的幻滅。一九二〇年發表第一部長篇小說《人間天堂》，一舉成名。一九二五年，出版其代表作《大亨小傳》，確立了他在美國文學史上不可動搖的地位。

行走在千古文明中

馬可‧波羅和《馬可‧波羅遊記》

這本書的意義在於它導致了歐洲人文科學的廣泛復興。──莫里斯‧
科利思

一二九五年冬季，義大利威尼斯有名的商人家族來了三個裝束奇特的男子。他們用不是很流利的義大利語向守門人解釋，他們是波羅家的成員，幾年前去東方經商，而今回來了。守門家丁不相信眼前這蓬頭垢面的三人，執意不讓他們進去。爭執驚動了波羅家的主人，他仔細辨認了這三個人，驚喜地發現他們正是杳無音訊的尼古拉‧波羅、馬飛‧波羅、馬可‧波羅。二十四年前，三人出門後與家人失去了聯繫，大家都以為他們早已不在人世了。

馬可‧波羅一行人從遙遠的東方回來的消息，很快就傳遍了威尼斯城，從社會名流到一般市民，爭相看望他的人絡繹不絕。馬可‧波羅激動地向人們講述著他們的旅途見聞，但很多人都對馬可的敘述半信半疑，甚至有人譏笑馬可：「你們從富有的東方回來時，為什麼都穿著那樣一身破破爛爛的衣裳？」為了證明自己沒有說謊，馬可舉辦了一場

盛大的宴會。席間每上一道菜,他們就更換一套奇特而華麗的衣服,眾人目瞪口呆。

馬可十五歲的時候,去東方經商的父親和叔叔,帶著中國皇帝寫給羅馬教皇的親筆信回到了威尼斯。馬可十分羨慕與嚮往父親所說的東方旅行,他也很想做一個商人漫遊東方。一二七一年,新即位的教皇格里高利十世給忽必烈寫了回信,派尼古拉等人帶著書信和禮物去見忽必烈。自此,十七歲的少年馬可跟著父親等人踏上了前往中國的旅途。

馬可一行由威尼斯起程,經地中海向南航行,接著從地中海東岸的阿克城出發,途經小亞細亞、兩河流域、波斯、阿富汗、中亞細亞、帕米爾高原、塔克拉瑪幹沙漠、葉爾羌綠洲,繼而向東到達且末,再經敦煌、酒泉、寧夏等地,費時四年半,歷經千辛萬苦,最後於一二七五年五月到達中國元朝的上都。

父親和叔父帶著已是風華正茂的二十一歲青年的馬可,觀見忽必烈大汗。忽必烈非常高興地在宮內設宴歡迎,並留他們在朝中居住下來。馬可善於學習,他很快就熟悉了朝廷禮儀,掌握了蒙古語等語言。忽必烈很器重馬可,除了讓他在京城大都應差視事外,還幾次安排他到國內各地和一些鄰近國家進行遊覽和訪問。他去過新疆、甘肅、山西、蒙古、雲南、江蘇、浙江、福建等地,還奉命出使過緬甸和南洋。馬可和父親、叔父在中國旅居約十七年之後,於一二九一年初護送元室闊闊真公主前往波斯,繼而離開大都順路回國,終於在一二九五年回到了離別二十餘年的家鄉威尼斯。

馬可‧波羅的經歷開始引起眾人興趣了。但很快,他滔滔不絕的講述被威尼斯和熱那亞的戰爭打斷了。按照當時威尼斯法律,軍艦由有錢人捐錢打造,富有的波羅家自然得出資出力了。熱愛祖國的馬可於是就投身於戰爭之中,他把自己捐造的軍艦命名為「東方」號,親自擔任艦長。只可惜,最後威尼斯海軍戰敗,馬可也被俘入獄。

在獄中的馬可喜歡眺望著窗外,回憶自己年輕時在中國的那段傳奇經

歷。馬可的舉動引起了同在獄中一位叫做魯斯蒂的作家的關注。在他的詢問下，馬可情不自禁地向他講述了自己在中國東方的經歷。對此很有興趣的魯斯蒂謙建議由馬可口述，自己筆錄此番遊記，以打發獄中的漫長時光。一二九九年威尼斯與熱那亞的戰爭宣告結束，馬可‧波羅被釋放回威尼斯，他整理出書稿，將其命名為《馬可‧波羅遊記》。

小知識：

馬可‧波羅（1254～1324），世界著名的旅行家、商人。一二五四年出生於義大利威尼斯一個商人家庭，也是旅行世家。馬可‧波羅十七歲時跟隨父親和叔叔，歷時四年多於一二七五年到達蒙古帝國的夏都上都（今中國內蒙古自治區多倫縣西北），與大汗忽必烈建立了友誼。他在中國遊歷了十七年。回到威尼斯之後，馬可‧波羅在一次威尼斯和熱那亞之間的海戰中被俘，在監獄裡口述旅行經歷，由魯斯蒂謙寫出《馬可‧波羅遊記》。但其到底有沒有來過中國卻引發了爭議。《馬可‧波羅遊記》記述了他在東方最富有的國家——中國的見聞，激起了歐洲人對東方的熱烈嚮往，對以後新航路的開闢產生了巨大的影響。同時，西方地理學家還根據書中的描述，繪製了早期的「世界地圖」。

男權世界裡的女性呼聲

易卜生和《玩偶之家》

社會猶如一條船，每人都要有掌舵的準備。——易卜生

一八六八年，易卜生的劇作《布朗德》出版後，取得了極大的成功，在社會上擁有一大批讀者。而挪威少女蘿拉·史密斯·基勒就是其中的一位。她被《布朗德》裡男主角的理想所深深打動，憑藉著這一單純的情感，她給《布朗德》寫了一個續篇——《布朗德的女兒們》，並以此來探討女權問題。

一八七〇年春，《布朗德的女兒們》出版後，蘿拉就給易卜生寄去一冊。易卜生收到蘿拉的新書後，驚喜異常，從此兩人就有了書信往來。和易卜生的通信使蘿拉很受鼓舞，她一直忘不了這位大劇作家對她的關懷。因此，一八七一年夏天，當她有幾個月的空閒時間時，就決心去拜訪易卜生。兩人相互探討寫作上的心得體會，結下了深厚的友誼。

之後，蘿拉和一個叫維克多·基勒的教員結婚了。婚後，他們過了一段很平靜的生活。但是一八七六年的一件事，卻打亂了她的這種平靜生活。一八七六年，蘿拉來到易卜生旅居的慕尼克找到劇作家。蘿拉向易卜生的妻子蘇珊娜講了一段她的故事，並讓蘇珊娜轉告易卜生。蘿拉的丈夫患了肺結

核，醫生告訴她，拯救她丈夫的唯一辦法便是讓他去氣候溫和的南方療養一段時間。而這當然需要大量的金錢，可是蘿拉的生活並不富足。為了給丈夫看病，蘿拉只好背著丈夫，由一位朋友做擔保，貸來一筆錢確保治病之用。就這樣，蘿拉的丈夫就漸漸地恢復了健康。

一八七八年春，蘿拉又給易卜生寫了一封信，其中還附有一部小說的手稿。蘿拉懇求易卜生向他的出版人推薦這部小說。這使易卜生感到非常難堪，因為他覺得這本書寫得真的不夠好，沒有一位作家肯因朋友的要求，而把一部低劣的手稿交給出版商出版。於是，易卜生以溫和而又嚴肅的詞句給蘿拉回了信，告訴她他不能推薦這部書稿。而易卜生也從蘿拉的文字中讀到了一絲無奈，便向蘿拉詢問事情的緣由。

蘿拉的確沒有把事情全部向易卜生坦白。起因是，蘿拉為丈夫去南方療養借的貸款到期後，她卻無力償還，而她又不敢告訴丈夫。更糟的是，先前替蘿拉擔保的那位朋友，自己也陷入經濟困境，如果蘿拉不能按時還這筆債，債權人一旦強行索取，將會使他徹底破產。蘿拉自己的大部分收入都來自寫作，無奈之下，她能夠想到的也只有再寫一部小說，希望藉此來緩解一下財政危機。然而，這部時間倉促下的應景之作，在品質上卻並沒有博得易卜生的認同。

在得知自己寫的小說無法出版的時候，蘿拉就燒掉了這部書稿。然而，自己的財務危機卻仍然沒有得到解決。在走投無路之下，蘿拉偽造了一張支票，但是偽造的支票立即被銀行識破。看到事情無法再隱瞞下去，蘿拉只好把整個事情的原委告訴了丈夫。可是，令蘿拉沒有想到的是，丈夫不顧蘿拉當初這樣做全是為了他的初衷，對待她像一個罪犯一樣，並認為蘿拉的這種行為會毀壞他的名聲和前程，使他在社會上顏面掃地。

面對丈夫的態度，蘿拉傷心無比，精神承受到嚴重的刺激和創傷，竟到了崩潰的邊緣，最終竟被送進精神病院。而冷漠的丈夫對蘿拉的遭遇卻一點也不關心。

得知蘿拉的遭遇後，易卜生異常氣憤，並多方幫助終於把蘿拉從精神病院救出，然而蘿拉和丈夫的關係卻無法再修復。

這年秋天，易卜生來到羅馬度假，放鬆心情。可是蘿拉的事情卻始終縈繞在他的心頭，使他無法平靜。於是，易卜生決定以蘿拉為原型創作一部新劇。就在那段時間裡，易卜生把這部劇作的主題、人物、情節進展都清晰地梳理一遍。一八七九年五月二日，易卜生在南方的濱海小鎮阿馬爾菲開始了他的創作。懷著無比的期待，到八月三日，易卜生就已經完成了這部《玩偶之家》。

在《玩偶之家》裡，我們可以清晰地看出女主角娜拉‧海爾茂是以蘿拉‧基勒為原型寫作的，娜拉和蘿拉有許多相似之處。但是易卜生卻故意賦予了娜拉一些新的個性——她是一位有思想的、獨立的女性，不會像蘿拉那樣哀求自己的丈夫，她勇於開創自己的新生活，而不再是做為丈夫的附庸。

一八七九年十二月四日，《玩偶之家》在哥本哈根出版，首次印刷就達到八千冊，在一個月內便全部售完。同時於一八八○年一月八日，劇本在斯德哥爾摩的皇家劇院上演，轟動一時，從此，娜拉的形象便做為女權的象徵出現在世界文壇上。

小知識：

亨利克‧約翰‧易卜生（1828～1906），挪威戲劇家、詩人，是一位影響深遠的挪威劇作家，被認為是現代現實主義戲劇的創始人。一八二八年三月二十日出生於挪威南部希恩鎮的一個木材商人家庭。一八三四年，他父親破產後，全家遷到小鎮附近的文斯塔普村居住。代表作品有《玩偶之家》、《人民公敵》、《培爾‧金特》等。一九○六年五月二十三日去世。挪威議會和各界人士為他舉行了國葬。

赤裸裸地揭露「人像」

讓‧雅克‧盧梭和《懺悔錄》

沒有可憎的缺點的人是沒有的。——讓‧雅克‧盧梭

一般來說，寫自傳總是在晚年功成名就、憂患已然過去的時候，然而對盧梭來說，這寫自傳的晚年是怎樣一個不一般的晚年啊！

一七六二年，盧梭已然五十歲，書商馬爾克‧米謝爾‧雷伊建議他撰寫一部自傳。理所當然，像他這樣一個平民出身，當過學徒、僕人、夥計、隨從，像乞丐一樣進過收容所，在經過長期勤奮的自學和個人奮鬥之後，又逐漸脫掉聽差的號衣，成了音樂教師、祕書、職業作家這樣的知識界鉅子，如此漫長坎坷、充滿了戲劇性的道路的確最適合寫一部自傳作品。但盧梭並沒有接受這個建議，因為自傳會牽涉到當時的一些人和事，而盧梭是不願意這樣做的。

情況到《愛彌兒》出版後，發生了轉折性的變化。大理院下令焚燒這部觸怒了封建統治階級的作品，並要求逮捕作者。從此，他被當作「瘋子」、「野蠻人」而遭到緊追不捨的迫害，不得不開始了逃亡的生活。他逃到瑞士，瑞士當局下令燒他的書；逃到莫蒂亞，教會發表文告宣布他是上帝的敵人，他無法繼續待下去，又流亡到聖彼得島。更沉重的打擊接踵而來：一七六五年出現了一本名為《公民們的感情》的小冊子，對盧梭的個人生活

和人品進行了強烈的攻擊。對他來說，官方的判決和教會的譴責已經夠嚴酷了，更令盧梭痛心的是，這本冊子的始作俑者並不是來自敵人的營壘，竟然是友軍所為。盧梭受到周遭的惡意抹黑，眼見陷入即將成為一個千古罪人的危險，他迫切意識到必須為自己辯護了。於是，當他流亡在莫蒂亞的這一年，懷著悲憤的心情開始寫他的自傳。這樣一部在殘酷迫害下義憤填膺寫成的自傳，一部在四面受敵的情況下辯護的自傳，怎能不充滿一種逼人的悲憤？

盧梭在《懺悔錄》中，的確以真誠坦率的態度講述了他全部的生活和思想感情、性格人品的各個方面。「既沒有隱瞞絲毫壞事，也沒有增添任何好事。當時我是卑鄙齷齪的，就寫我的卑鄙齷齪；當時我是善良忠厚、道德高尚的，就寫我的善良忠厚和道德高尚。」他大膽地把自己的隱私公諸於世，承認自己在一些情況下產生過一些卑劣的念頭，甚至有過下流的行徑，比如說謊、行騙、調戲婦女、偷竊。具體到事例，他以沉重的心情懺悔自己在一次偷竊後，把罪過轉嫁到女僕瑪麗永的身上，造成了她的不幸；懺悔自己為了混一口飯吃，而背叛了自己的新教信仰，改奉了天主教；懺悔自己在關鍵時刻，卑劣地拋棄了最需要他的朋友勒·麥特爾……。

《懺悔錄》的坦率和真誠，達到了令人想像不到的程度，使它成了文學史上的一部奇書。在他身上，既有崇高優美，也有卑劣醜惡；既有樸實真誠，也有弄虛作假；既有堅強和力量，也有軟弱和怯懦；既有精神和道德的美，也有市井無賴的習氣。在這裡，作者的自我形象不是包裹在意識詩意裡的朦朦朧朧，也不是閃耀著理性完美的光輝的，而是呈現出了驚人的真實，他是一個活生生的複雜的個人。歷史上第一部這樣真實的自傳，是相當難能可貴的。作者之所以這樣做，是有著深刻的思想動機和哲理做為指導的。《懺悔錄》在他遭受殘酷迫害、四面受敵的情況下，也成了最響亮的吶喊！

歷史上的自傳作品多得難以計數，但真正有文學價值的並不多。這些作品中，憑其思想、藝術和風格上的重要意義而受人景仰的作品，也許只有

《懺悔錄》了。盧梭主要以《懺悔錄》推動了十九世紀的法國文學，同時在社會政治思想、文學內容、風格和情調上都開闢了一個新的時代。當時一位很有權威的批評家評價這部自傳說，「獲得最大的進步」、「自巴斯喀以來最大的革命」、「我們十九世紀的人就是從這次革命裡出來的」。

小知識：

讓・雅克・盧梭（1712～1778），法國著名啟蒙思想家、哲學家、教育家、文學家，十八世紀法國大革命的思想先驅，啟蒙運動最卓越的代表人物之一。他是《百科全書》的撰稿人之一，主要著作有《懺悔錄》、《社會契約論》、《論人類不平等的起源和基礎》、《愛彌兒》、《新愛洛伊絲》等。

往事追憶與神祕預言

傑克‧倫敦和《馬丁‧伊登》

得到智慧的唯一辦法，就是用青春去買。——傑克‧倫敦

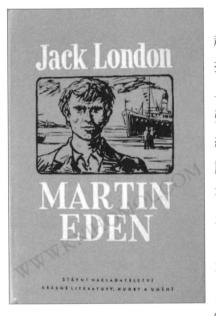

在美國文學史上，《馬丁‧伊登》這部超越了時代的作品起著先驅作用，後來不少描寫「美國夢」破滅的作品，都在一定程度上受到了它的影響。《馬丁‧伊登》具有很強的自傳性，取材於傑克‧倫敦本人早年的經歷和後來的成名生活。奇特的是，如同希臘神話中難以抗拒的命運，《馬丁‧伊登》在成為作者對往事追憶的同時，竟也成為他未來生活的神祕預言。

傑克‧倫敦的童年就缺少同年齡孩子的歡樂，家境的困窘使他早早地成熟了。十歲起，他就不得不過起半工半讀的生活。小小年紀的他，就因為生計漂泊在海上，跋涉在雪原，翻越過森林，踏遍了大江南北。其實，傑克‧倫敦從來沒有想過自己會走上文學之路，他的轉變經歷了這樣一段故事。

長大後的傑克‧倫敦，從早期的蒙昧裡醒悟過來，書中的知識與社會閱歷讓他明白：這樣零星的打工永遠找不到出路，只有掌握一門有用的技術才能改變現狀。經過思量後，他決定學習當時最先進的電氣技術。

有了目標的傑克‧倫敦，找尋到當時在電氣技術上比較先進的奧克蘭電

車公司，請求公司能提供給他一個職位，他向經理表示只要能掌握技術，他什麼苦都願意吃。的確，傑克‧倫敦就是抱著這樣的心態，迫切地想要改變自己蒙昧的人生。經理答應了他的請求，卻給他安排了每天十三個小時的工作時間，甚至沒有週末的休息日。經理利用了傑克‧倫敦想要學習技術的心理，最大限度地榨取他的廉價勞動力。

一日，與工友的交談中，累得死去活來的傑克‧倫敦這才知道，他一人頂替了兩個工人的工作。更不公平的是，那兩個工人每月都有四十元的工資，而他自己每月付出比他們多一倍的工作量，卻只拿到三十元的報酬。最令傑克‧倫敦無法接受的是，經理因為有他這樣的勞動力，竟辭去了他所頂替勞動量的工人。而那個被他頂替了工作的工人，因為失去工作無法維持一家人的生計而自殺了。傑克‧倫敦怎麼也想不到自己竟然間接害死了一個窮苦人。

傑克‧倫敦憤然拋下了手中的工作，離開了這個曾經灑下夢想種子的地方，四處找尋工作。他曾在一家洗衣作坊工作，累得根本沒有時間和精力讀書。他曾經當過閒雜工，過著有一餐沒一餐的生活。他曾經被捕，三十天苦役中，他親眼見到了美國監獄裡駭人聽聞的現實。經歷了許多事情的傑克‧倫敦，終於發現靠勞動為生，繼續讀書的計畫幾乎是個幻想。他也認清了一個道理：無論自己如何身強力壯，十年、二十年之後總會有更年輕力壯的人來接替他，那時的他，將被扔到垃圾堆裡去。這樣的社會現實，讓他的夢想徹底破滅了。

傑克‧倫敦開始放棄四處勞動，轉而從事文學創作，堅持自己最初的夢想。他將寫成的《順流而下》投給報社、雜誌社，但是稿子被退回來了。他又寫了一篇兩萬字的連載小說，不料也被退了回來。儘管稿子一次次都被退回，傑克‧倫敦卻仍然堅持不懈地騰出時間來寫作，繼續新的題材。最後《大陸月刊》發表了他的第一篇小說——《為趕路的人乾杯》，雖然稿費只有五元，但事情總算有了轉機。正如《馬丁‧伊登》裡的馬丁，四十篇稿子

始終在各家雜誌社裡不斷地兜圈子，他的作品始終不被接受，而那些看起來死氣沉沉的文章卻總能在報刊上發表出來。

傑克・倫敦之死至今仍是個謎，他是自殺的推測也越來越被大眾所認可。馬丁・伊登的自殺和傑克・倫敦的自殺，都源於對生活的徹底失望。傑克・倫敦藉由馬丁・伊登抒發著對社會的不滿，竟也讓他成為自己生活之末的神祕預言。

小知識：

傑克・倫敦（1876～1916），原名為約翰・格利菲斯・倫敦，美國著名的現實主義作家。他一生共創做了約五十卷作品，其代表作有《野性的呼喚》、《海狼》、《白牙》、《馬丁・伊登》、《熱愛生命》、《老頭子同盟》、《北方的奧德賽》、《馬普希的房子》、《沉寂的雪原》等。

諾貝爾獎的「漏網之魚」
伊莎‧丹尼蓀和《遠離非洲》

如果這筆（諾貝爾）獎金授予美麗的作家伊莎‧丹尼蓀，我會更高興。——海明威

伊莎‧丹尼蓀是丹麥著名的女作家，一八八五年出生於哥本哈根北部的一個貴族家庭，衣食無憂的生活，培養了她敢做敢為的性格。青年時代，她跟隨男爵丈夫離開丹麥前往非洲，在那裡生活了二十年，並在肯亞經營自己的咖啡農場。一九三二年，伊莎‧丹尼蓀與丈夫的婚姻破裂，隨後情人也在一次飛機失事中意外喪生，受到強烈打擊的伊莎‧丹尼蓀無心於非洲，於是回到了故鄉丹麥。多年的豐富異國生活和個人經歷給了她創作的靈感，回到丹麥後她進行了大量的文學創作，並在社會上取得了廣泛的迴響。

一九三七年，伊莎‧丹尼蓀出版了自傳體小說《遠離非洲》。她以其二十年的非洲見聞做為生活積澱，以在肯亞農場的個人經歷為雛形，將故事寫得繪聲繪影，情節鋪陳的恰到好處。這部小說出版後，不久就風靡全世界，掀起了一股觀看熱潮。無論是學界還是一般讀者，都對此書非常讚譽。就在大家鐵定認為伊莎‧丹尼蓀會捧得諾貝爾文學獎時，她卻始終與之失之交臂，引來惋惜聲一片。

根據最新解密的諾貝爾委員會投票紀錄顯示，伊莎‧丹尼蓀在幾乎贏定的情況下，卻在最後關頭與一九五九年的諾貝爾文學獎失之交臂。而當年迫使委員們改變決定的最重要因素，竟是伊莎‧丹尼蓀女士的北歐身分。

諾貝爾委員會由瑞典學院的四到五位終身院士組成，每年徵詢世界各地文學專家的意見，從中挑選，並最後形成只有少數人的推薦名單，交由學院

全體院士投票，選出最後的大獎得主。伊莎‧丹尼蓀曾在一九五七年進入最後四強，無奈最終落選。一九五九年，伊莎‧丹尼蓀再次入圍，並成為首選。這一年，諾貝爾委員會共審察了世界各地的五十六位作家，最後將四人決選名單提交學院，伊莎‧丹尼蓀在其中名列榜首。但這一年的文學獎最終頒給了義大利詩人薩爾瓦多爾‧誇西莫多。

謝爾‧埃斯普馬克院士曾公開發表評論，他告訴丹麥《政治報》說，如伊莎‧丹尼蓀一事，學院不遵從委員會推薦的情況極為罕見。

伊莎‧丹尼蓀女士當年已經七十四歲，多位院士聲稱，應該立刻把獎給她。但有院士反對，認為北歐作家獲得諾貝爾獎的比例已經太高。該院士的反對理由直抵院士們的內心深處，畢竟北歐作家獲得諾貝爾獎的機率確實比世界任何其他地區都高。外界對於諾貝爾獎北歐中心主義的傾向也頗有微詞。當年，誇西莫多是個最易被接受的人選，因此後來居上，擠掉伊莎‧丹尼蓀而折桂諾貝爾獎。

丹麥文學專家約翰內斯‧里斯贊同這種觀點，他說：「瑞典學院顯然對示人以偏狹心懷恐懼。他們一心向外，進入大千世界，以顯示其視野遠在北歐之外。這就犯了錯誤，因為伊莎‧丹尼蓀當然應該獲得諾貝爾獎。」

伊莎‧丹尼蓀於一九六二年去世，與諾貝爾獎終生無緣，但是她的《遠離非洲》卻贏得了自己應得的名望。一九五四年，海明威在諾貝爾文學獎的頒獎典禮上，就曾半開玩笑地說：「如果這筆獎金授予美麗的作家伊莎‧丹尼蓀，我會更高興。」

一九八五年，《遠離非洲》的劇本被已故的好萊塢導演薛尼‧波勒看中，並被搬上銀幕，由勞伯‧瑞福和梅莉‧史翠普主演，拍成愛情電影，大獲成功，一舉贏得包括最佳影片和最佳導演在內的七項奧斯卡獎，一時風光無限，也再次勾起了人們對於伊莎‧丹尼蓀的記憶。

小知識：

伊莎・丹尼蓀（1885～1962），丹麥著名女作家，原名凱倫・白烈森。一八八五年四月十七日出生於西蘭島的一個貴族家庭。早年就讀於丹麥藝術學院，後在巴黎和羅馬學習繪畫。一九一四年隨男爵丈夫旅居肯亞，經營一個咖啡農場。一九三七年出版自傳體小說《遠離非洲》。

同仇敵愾抗惡霸

菲利克斯·卡爾皮奧和《羊泉村》

回顧過去是為將來汲取教訓。——菲利克斯·卡爾皮奧

《羊泉村》是西班牙民族戲劇家維加最成功的作品之一，描述了一四七六年羊泉村人民反抗領主的史實。劇本取材於十五世紀發生在西班牙的一次農民起義。

羊泉村是個民風淳樸的村莊，鄉親和睦互助、勤勞善良。後來，羊泉村成了騎士團的管轄地。卡拉特拉瓦騎士團隊長費爾南·戈麥斯是個暴虐好色的貴族領主，他仗著羊泉村是自己的領地便橫行霸道，時常欺壓百姓。費爾南每次外出都目中無人，他經過道路時，總命令下屬士兵清空前方的所有區域。士兵粗暴地把村民擺曬在路邊的東西或做生意的小攤，砸搗得一塌糊

塗。心情不好時，費爾南便拿路邊躲閃的村民出氣，肆意地辱罵踢打他們。他還經常光顧村民的家中，隨意地搶奪他們飼養的動物，命令他們做成菜，拿出好酒招待他。

　　一日，費爾南‧戈麥斯在駐地羊泉村閒晃時，碰到了當地村長的女兒勞倫夏。年輕美麗的勞倫夏立刻就吸引住了好色的費爾南，他起了歹意。費爾南擋住勞倫夏的去路，語氣輕佻地調侃著勞倫夏，並且對她動手動腳。勞倫夏嚇得哭出來，她掙脫開費爾南，想要趕緊逃走。費爾南見到勞倫夏要逃，一把抓住她，並強行拖入旁邊廢棄的草屋，想要污辱她。勞倫夏當即拼命呼救，費爾南趕緊摀住她的嘴。叫聲已然吸引來了路過的青年農民弗隆多索。小伙子看到這般情形，當即氣得掄起鋤頭，直往費爾南身上砸去。費爾南頓時血流如注，他痛得鬆開了勞倫夏。弗隆多索一把拉上勞倫夏，逃了出去。

　　果然，費爾南惱羞成怒，他帶著一大批人馬以莫須有的罪名逮捕了弗隆多索。費爾南將弗隆多索綁在絞刑架上，百般折磨。他肆意用刑，還在鮮血淋淋的傷口上潑灑鹽水，痛得弗隆多索幾度昏死過去。勞倫夏苦苦哀求費爾南饒了弗隆多索，費爾南提出了無恥的要求，讓勞倫夏心甘情願地跟自己。勞倫夏為救弗隆多索，只得忍受費爾南禽獸般的蹧蹋。沒想到，她的順從不僅沒有解救弗隆多索，得手後的費爾南反而要絞死弗隆多索。

　　不堪忍辱，又無法解救弗隆多索的勞倫夏逃回村中，呼籲鄉親起來抗暴。費爾南這樣無恥卑劣的行徑徹底激起了公憤。壓抑許久的村民們紛紛拿起武器，決定不惜一切代價，出了這口惡氣。他們勢如破竹，一起衝進城堡，找到了領主費爾南。費爾南還沒來得及弄清是怎麼回事，士兵還沒來得及防禦，村民們就殺死了領主費爾南。

　　這個消息震動了全國，國王專門派法官來到羊泉村辦案，調查清楚整個事件的來龍去脈。沒想到，無論法官怎樣用刑逼供，想要知道究竟是誰殺死了領主，村民眾口一詞地回答道：「羊泉村。」羊泉村全體村民團結一致，抱著視死如歸的心態。

　　法官總不至於判羊泉村全體村民償命，他將這個情況上報給了國王。國王派了更多人到羊泉村細加調查，調查瞭解到費爾南之前在村裡作惡多端的行徑，竟還想背叛國家，投靠葡萄牙。最後，國王赦免了全體村民，將羊泉村直接歸屬自己管轄。

　　根據這次盪氣迴腸的農民起義，維加撰寫了劇作《羊泉村》。作者筆下的平民具有高尚的道德情操，國王則是人民的保護者。這部作品鞭撻了封建統治的專橫暴政，歌頌了正義、忠誠和秩序。劇中詩體的對話生動而機智，情節簡潔，衝突有力，扣人心弦。這部劇無疑體現了西班牙黃金世紀戲劇文化的最高水準。

小知識：

　　菲利克斯‧洛佩‧德‧維加‧卡爾皮奧（1562～1635），西班牙劇作家，和賽萬提斯一樣，處在西班牙文學的「黃金時期」。他出生於馬德里一個沒落貴族家庭，曾在許多貴族手下供職，參加過一五八八年「無敵艦隊」對英戰爭，一六一四年接受教職，成為僧侶。他寫過各種體裁的作品，主要成就是戲劇。據說他寫了一千八百多部劇本，現在還留下四百多部（其中有些作品是否為維加所寫，尚有爭論），另有宗教劇四十多部。主要作品有《羊泉村》、《塞維利亞之星》。

瘟疫中譜寫「人曲」
喬萬尼・薄伽丘和《十日談》

經過費力才得到的東西要比不費力就得到的東西較能令人喜愛。——
喬萬尼・薄伽丘

《十日談》是薄伽丘創作生涯中最優秀的作品，亦是世界文學史上一部具有巨大價值的文學作品。薄伽丘憑藉自己出色的藝術概括力，以敘述故事的方式，塑造了國王、貴族、騎士、僧侶、商人、農民、手工業者、學者、藝術家等不同的社會階層人士，展示出一幅廣闊的義大利生活畫面，宣揚了文藝復興初期的人文主義和自由思想。評論家往往把薄伽丘的《十日談》與但丁的《神曲》相媲美，稱之為《神曲》的姐妹篇，也稱之為「人曲」，把薄伽丘與但丁、彼特拉克合稱為「文學三傑」。《十日談》何以誕生？

據史實記載，一三四八年，義大利的佛羅倫斯發生了一場可怕的瘟疫，無時無刻都有大量的人痛苦地死去，成堆成堆的屍體被陸續運送到郊外。昔日美麗繁華、宛如天堂的佛羅倫斯城，瞬間化為屍骨滿野、慘不忍睹的地域。染上瘟疫的人痛苦掙扎，沒有染上瘟疫的人迫切地想要逃離這個死亡之都。

在這其中，有七位美麗而富有教養的小姐與三個英俊而富有熱情的青年

男子，決定帶著僕人離開這座正在走向死亡的可怕城市——佛羅倫斯。兩天後，他們來到了沒有受到瘟疫波及的郊外別墅。別墅座落在景色宜人的山上，是這幾位家境富有的年輕人原來建造準備避暑之用的。那裡環境幽靜，樹木蓊鬱，有甘甜的清泉、賞心悅目的花草、精美的壁畫、曲折的走廊，地窖裡還藏著香味濃郁的美酒。如此優雅的環境，與前幾日的佛羅倫斯簡直是天壤之別。

正巧薄伽丘遊歷過此處，十位年輕人告誡他不要前往前方瘟疫肆虐的城市，並熱情地邀請他加入他們歡樂的隊伍。這些日子裡，十位年輕人唱歌跳舞，賞畫品酒，盡情地享受著逃避瘟疫後的愛情和現世幸福。在暑氣逼人的夏天，每到繁星點點的夜晚，他們就聚坐綠草茵茵的地上暢談人事。大家一致商定，每人每天講一個動聽的故事，以此來消遣一日的最後時光。十位年輕人一共講了十天，合計講了一百個故事。而薄伽丘一直做著一名聽眾，把大家講的故事大致記載下來，而人文主義思想像一根紅線貫串起這一百個故事，最後集結成了《十日談》。

為了記載下這場親眼目睹的災難，為了頌揚那十位年輕人樂觀積極的心態，薄伽丘以佛羅倫斯黑死病肆行為背景，寫下了一部著名的短篇小說集《十日談》。作者把抨擊的矛頭直指宗教神學和教會與封建特權。薄伽丘認為，禁慾主義是違背自然規律和人性的，自由的愛情是才智的泉源，人有權享受愛情和追求現世幸福。他以熱烈的情感，描寫了許多青年男女突破封建等級觀念，蔑視金錢和權勢，維護社會平等，爭取幸福的鬥爭故事。

在佛羅倫斯誕生的薄伽丘，於教會的黑暗統治下成長，他從小嚮往民主自由，長大後成為突破樊籠的鬥士。《十日談》就是他反封建反教會的最有力武器。《十日談》讓本就孤單貧苦的薄伽丘，受到了封建勢力的長期迫害，過得更加步履維艱。有一次，薄伽丘一怒之下，把所有的著作，包括《十日談》扔在地上，想要一把火全燒了。幸好當時義大利著名的民主詩人彼特拉克在其身邊苦苦相勸，《十日談》才得以保存，留至今日。

小知識：

喬萬尼‧薄伽丘（1313～1375），義大利文藝復興運動的傑出代
表，人文主義者。出生於巴黎，受到良好的教育，早年長住那不勒
斯，後半生的歲月住在佛羅倫斯。他是一位多產作家，寫過傳奇、
敘事詩、史詩、短篇故事集等。傳世的作品有《菲洛柯洛》、《似
真似幻的愛情》、《十日談》、《愛的摧殘》、《愛情十三問》、
《大鴉》等。其代表作《十日談》，批判宗教守舊思想，主張「幸
福在人間」，被視為文藝復興的宣言。其與但丁、彼特拉克合稱
「文學三傑」。

是金子總會發光

司湯達和《紅與黑》

> 天才永遠存在人民之中，就像火藏在燧石裡一樣，只要具備了條件，這種死的石頭就能夠發出火花來。——司湯達

《紅與黑》是法國著名作家司湯達的代表作，亦是歐洲批判現實主義文學的奠基作。《紅與黑》不是歷史，但勝於歷史，它再現了復辟時期法國的社會百態。

司湯達的父親是一位資產者，卻極力擁護王權與教會，充滿著貴族的觀念。司湯達的家庭教師是一位神父，他對司湯達進行嚴格的貴族式教育，禁止他與一般的兒童玩耍。司湯達有一位思想非常自由開放的母親，而她在他七歲時便去世了。這樣壓抑的成長環境令司湯達熱衷於爭取自由的政治運動。早年的他就十分佩服共和黨人的革命活動，後來投入拿破崙的麾下參加革命。波旁王朝復辟後，他僑居義大利的米蘭，與義大利燒炭黨人密切往來。正如「紅」與「黑」的寓意，從前在拿破崙帝國時代的年輕人，尤其是並非貴族出身的年輕人，可以投身革命，建功立業。但時移境遷，豪氣干雲的時代過去了，曾經風雷叱吒的拿破崙戰敗，封建王朝復辟，貴族與教會互相勾結，捲土重來。走投無路的平民青年，只能以教士職業為晉身之階，司湯達正是其中一員。

司湯達嚐遍了生活的百般滋味，他的心中滿懷對革命歲月的懷念與嚮往，對復辟王朝的怨憤與仇恨，對流逝愛情的懷念與回味，以致於對生活百般倦怠，求得解脫。絕望的他數次自殺，也曾六次立下遺囑，但終未遂願。

奇怪的是，讓司湯達振作起來的原因竟是創作《紅與黑》。《紅與黑》的創作源於《司法通報》上登載的一則新聞：一位二十七歲的青年家庭教師為情所困，而槍殺了自己的女主人。他開始是出於小市民對權貴的報復心理，與女主人接近，而後竟產生了真正的感情。青年教師第一次佔有對方的時候，他感到的並不是愛情的幸福，是報復心理的滿足，是拿破崙式的野心的「狂歡」和「喜悅」。女主人墮入情網時的那種喜悅、痛苦、懺悔而又不甘放棄幸福的複雜心理，讓青年教師也陷入了矛盾與痛苦之中。兩人的感情在壓抑中相互糾結困擾，最後青年教師為情所困，無法再忍受這樣光怪陸離的關係而槍殺了女主人，然後又選擇了自殺。

事業不順的司湯達在愛情之路上也不容樂觀，他先後與許多女子發生過戀愛關係，然後又一一失去她們，最後孤老終生。這個事件給了他很大的啟發，他的人生累積噴薄而出，竟在短短的五個月內，創做出了流傳後世的《紅與黑》。小說中男主角一生奮鬥與最終事業、愛情失敗的經歷，正是司湯達對於自己一生的高度概括。

現今，《紅與黑》已被公認為歐洲文學皇冠上最為璀璨精緻的藝術寶石之一。但它在誕生之初卻離奇地遭到了冷遇，它一經出版就遭到了文學界的譏評。批評家們認為司湯達沒有幻想與趣味，甚至缺乏寫長篇的想像力。《紅與黑》問世五十年後，它耀眼的光澤逐漸為人們所「發現」了。法國自然主義鼻祖左拉，曾稱讚司湯達是「我們的大師」和「先驅者」。俄國大文豪托爾斯泰繼承和發揚了司湯達的心理描寫技巧，成為「心靈辨證法大師」。法國傑出小說家紀德，更直接說《紅與黑》是他平生最受益的書籍。

小知識：

司湯達（1783～1842），十九世紀法國傑出的批判現實主義作家。他的一生不到六十年，而且在文學上起步也很晚，三十幾歲才開始發表作品。然而，他卻給人類留下了巨大的精神遺產，包括數部長篇，數十個短篇或故事，數百萬字的文論、隨筆、散文、遊記。他以準確的人物心理分析和凝練的筆法而聞名，被認為是最重要和最早的現實主義的實踐者之一。其代表作有《紅與黑》、《帕爾馬修道院》、《法尼娜‧法尼尼》等。

愛與恨的盡頭

瑪格麗特·莒哈絲和《情人》

愛情就是愛消失的過程。——瑪格麗特·莒哈絲

　　《情人》出版的當年，莒哈絲就憑此榮獲了龔古爾文學獎，成為享有世界聲譽的法國作家。當這部名噪一時的自傳體小說，被搬上銀幕後，莒哈絲成為了一位家喻戶曉的女作家。《情人》何以有如此高的聲譽？有人說，它的獨特魅力在於語言；有人說，它的獨特魅力在於場景唯美的描述；有人說，它的魅力在於基調的絕望；眾說紛紜之中，也許，它的最大魅力還在於它濃郁而真實的自傳色彩。

　　莒哈絲早期生活在越南。在越南這片土地上，十六歲的她與一個中國人如童話故事般奇妙地邂逅。

　　那是一個陽光明媚的午後，正值青春年華的莒哈絲在郊外散步，就這樣簡單而又偶然地，遇到了那位三十多歲的華裔男子。那次相遇中，莒哈絲與華裔男子漫步在優美的景色之中，暢談世間萬物。初次相遇，華裔男子便對優雅端莊的莒哈絲一見傾心。而與之相談融洽的莒哈絲，也對華裔男子產生了極大的好感。自此分別之後，兩人保持聯繫，而後發展至頻繁在城南的一

座公寓裡私會。在這間單身公寓裡，尚未成熟的莒哈絲奉獻了自己的童貞。可見，他們的愛情來得如此真切而熱烈。

　　但是，雙方的家境最後為這段愛情悲劇埋下了導火線。身為獨子的華裔男子家境富裕，而莒哈絲的家庭中有原本純樸剛強卻因被世人欺騙，最終絕望的母親、有醜陋殘暴的大哥、有默默忍受屈辱的小哥哥，他們都無恥地希望莒哈絲用肉體做交易，獲取華裔男子的財物，以滿足他們的金錢慾望。那時的莒哈絲，需要用他的錢為臥病在床的母親治病，需要用他的錢供荒淫無恥的大哥尋歡作樂，需要用他的錢改變窮困潦倒的家境，而他正好瘋狂地愛著莒哈絲，願意為她做任何事情。他們不斷地幽會，盡情地滿足各自情感和慾望，無論背後有多少目的，他們之間的的確確存在著真實而深厚的感情。

　　但這段感情終究了無結果。儘管愛，那名男子也違抗不了獨斷專行而財權在握的父親，也掙脫不了封建禮教的束縛，最後還是得遵從命令，與一位素未謀面的中國女子訂親成家了。同樣，莒哈絲也無法戰勝膚色和民族的偏見，終究離開了那個愛的男人，離開了印度支那，回到巴黎定居。這段曾經刻骨銘心的愛情不了了之。

　　這段邂逅演繹出了她那美好純真的初戀，但這段愛情劇碼終以瘋狂而絕望的悲劇落幕。

　　包括在越南與三十歲的中國情人的為世界所共知的愛情在內，莒哈絲一生的每一個階段裡，都有著情人。漂亮而放蕩的少女的莒哈絲，在巴黎的法學院讀書時就浪漫史不斷。一九三九年，莒哈絲與羅貝爾・昂泰爾姆結婚，他是她前一個情人的好朋友，也是她一生信賴的兄長和朋友。一九四二年，她對迪奧尼・馬斯科洛一見鍾情，她施展全身魅力征服他，直至對方愛上她。在接下去的十年內，這兩個男人先後離開了她，但她依舊過著自己渴望的、充滿愛情、慾望、熱情的生活，直到七十歲。那一年她認識了不到三十歲的大學生楊・安德莉亞，他成為她最後的一個情人，一直陪她走完了八十二歲的生命暮年。而那位中國男子也曾費盡艱辛地找到莒哈絲，真誠地

向她表示，他和從前一樣愛她，永遠不會停止愛，直到死去。或許正是這樣的故事與經歷，莒哈絲才寫出了如此傳奇的《情人》。

《情人》中絕望無助的愛，無言悲愴的離別，愛到盡頭的孤獨感，使人癡迷哭泣。在歲月的風塵染白鬢髮之際，莒哈絲以一個白髮蒼蒼的女人身分，回眸那段塵封已久的異國戀情，寫出了感人肺腑的《情人》。也許只有親身經歷，才能把愛與恨演繹得如此淋漓盡致。

小知識：

瑪格麗特‧莒哈絲（1914～1996），法國當代女小說家、劇作家、電影藝術家，出生於印度支那嘉定市（即後來越南的西貢／胡志明市）。在印度支那度過的童年和青少年時代，成了她創作靈感的泉源。從一九三五年到一九四一年，她在法國政府殖民地部當祕書，後來參加過抵抗運動並加入共產黨。一九五五年被共產黨開除黨籍。她於一九九六年三月三日逝世。代表作有《抵擋太平洋的堤壩》、《情人》、《廣島之戀》等，同時她本人也拍攝了幾部電影，包括《印度之歌》和《孩子們》。

戀母情節的凝結
勞倫斯和《兒子與情人》

愛得愈深，苛求得愈切，所以情人之間不可能沒有意氣的爭執。
——D. H. 勞倫斯

雅致大方的客廳內，鋼琴、沙發、靠椅、瓷器擺設得錯落有致，沒有人相信這會是一個礦工家庭的擺設，而這正是作家勞倫斯童年家庭生活的真實寫照。

所有這些都依託於勞倫斯的母親，她掌控著這個家。勞倫斯的母親有著一般家庭主婦所無法比擬的出眾品味，她對優雅生活的追求與她的礦工丈夫產生了巨大的落差，夫妻之間不可避免地產生了矛盾。為此，勞倫斯的母親極力孤立孩子們與父親的關係。這點也讓童年的勞倫斯產生了對母親強烈的依賴關係，使他的戀母情結日甚一日，嚴重影響了勞倫斯與其他女性的正常交往。而正是這樣的經歷，讓勞倫斯上演了一齣「母親與情人」的劃時代心理劇，也讓他寫出了具有強烈自傳性質的小說《兒子與情人》。

一九〇二年，勞倫斯六歲的時候，隨著母親搬到了另外一間寓所。在那裡，勞倫斯度過了他的少年和青年時期，一直到他十八歲。那時候的勞倫斯開始和一個叫傑茜‧錢伯斯的女孩交往。這個在農場上長大的質樸女孩子單

純善良、熱愛文學，和勞倫斯有許多共同語言，也深深地愛著勞倫斯。可是由於母親向來對勞倫斯溺愛非常，生怕兒子被別的女人搶走，因此總是對傑茜充滿敵意，處處刁難她。而勞倫斯的姐妹也不喜歡傑茜，經常對他們的交往發表一些冷嘲熱諷，似乎想要拆散他們。

那時的勞倫斯，還是個天真的大男孩，與傑茜的交往只不過是他生活中的一小部分，加上從小在母親和姐妹們強烈的寵愛中長大，心智還很不成熟，因此他對傑茜的感情還如青梅竹馬般稚嫩，似乎還完全沒有感受到「情竇初開」的那種悸動。而傑茜註定守不住她的初戀情人，勞倫斯對女人的感情似乎完全寄託在母親身上。

也正是勞倫斯的戀母情結與傑茜的愛情，構成了《兒子與情人》的兩條主軸。

當勞倫斯在倫敦文學界嶄露頭角時，他先後與另外兩個優秀的女性戀愛，但都是曇花一現。在情場上遭遇挫折後，心灰意冷的勞倫斯轉回向傑茜求愛，傑茜本就盼望勞倫斯能夠回心轉意，以為就此能留住勞倫斯的心，便欣然以身相許。但兩人在一起的結果，卻令勞倫斯失望，他感到傑茜像個修女，毫無生活的熱情，認為傑茜不過是母親的化身，缺乏女性獨有的溫柔魅力。可憐的傑茜，依然沒有贏得勞倫斯的心。

此時，勞倫斯已經開始創作自己的長篇小說《兒子與情人》，只不過那時初稿的題目是《保羅·莫瑞爾》，是男主角的名字。而就在那年深秋，勞倫斯得了一場嚴重的肺炎，幾乎讓他喪命。醫生則警告他長期不能結婚，最好終身不娶，以防止肺結核死亡。這個來自醫生的判決，幾乎讓勞倫斯崩潰。

在絕望中，勞倫斯又想起了傑茜的溫柔體貼以及她對他的深情。於是，勞倫斯便回去看她，並告訴她自己準備去德國教授一年英語，然後攢足錢便回來安心寫作。如果一年後他們都沒有找到心上人，勞倫斯就願意娶她為妻。面對勞倫斯的委婉求愛，飽受勞倫斯傷害的傑茜並沒有多少喜悅，她經

歷了也厭倦了這種幾乎每隔兩年一次的希望與挫折，已經感到自己不會在勞倫斯心中佔有什麼位置，便斷然拒絕了他的請求。

就這樣，在故鄉的三個愛他的女人，最終都與他無緣，而他最愛的母親也離他而去了，從此勞倫斯心靈中的故鄉就此消失。這一系列生、離、死、別愛情悲歡，把迷惘中的勞倫斯推向一個有夫之婦的德國女人懷中，成就了文學史上一段最為傳奇的浪漫情緣。

一九一二年一個陽光明媚的春日下午，西裝革履的勞倫斯來到英國諾丁漢東北部風光旖旎的梅普里山住宅區，探望住在那裡的威克利教授。當勞倫斯到來的時候，教授還沒回家，迎接他的是三十六歲的教授夫人弗里達。她看到身材修長、面目清秀的勞倫斯邁著輕盈的步伐走進客廳，就發現這個英國男人很像她曾經的情人，只是比他們更具魅力。二十六歲的勞倫斯見到這個風情萬種的德國女人，也立刻被她迷住，立即陷入了情網，稱她是「最美麗的女人」。等到威克利教授回家時，他的婚姻事實上已經畫上了句號。

兩個月後，勞倫斯帶著弗里達與《兒子與情人》的手稿私奔了，他們離開了德國。隨後勞倫斯和弗里達在義大利住下，並在那裡完成了他的書稿。《兒子與情人》對於勞倫斯，就如同一個展示他生平的側稜鏡，之中又映射出了他生命中的幾個重要的女性所散發出的縷縷光芒。

小知識：

大衛・勞倫斯（1885～1930），英國文學家，詩人。二十世紀英國最獨特和最有爭議的作家之一。代表作品有《查泰萊夫人的情人》、《兒子與情人》、《虹》、《戀愛中的女人》、《誤入歧途的女人》等。

父親就是萬物的尺度

卡夫卡和《變形記》

人們為了獲得生活，就得拋棄生活。——卡夫卡

也許，任何閱讀過《變形記》的人，都可以從作品中看出作者卡夫卡自傳式的影子——生活充滿苦悶與掙扎，無助地尋求解脫之路，而最後卻被迫向現實低頭。雖然在作品中，男主角已經被卡夫卡抽象為一隻甲蟲。

FRANZ KAFKA
VERWANDLUNG

KWV

Foto: Antiquariat Dr. Haack Leipzig

而卡夫卡心靈苦痛的源頭，很大一部分竟然是來自於自己的父親。在卡夫卡短暫的生命歷程中，父親的身影無所不在，似乎要遮蔽掉他生活裡的每一縷陽光。不論是童年生活還是求學生涯，不管是職業選擇還是婚姻大事，父親的影響總像噩夢般纏繞著他，壓得他喘不過氣來。

卡夫卡的父親赫曼，是一個白手起家、歷經苦難而創業成功的富商。他的體格健壯，高大魁梧，言談舉止間充滿了自信。但是赫曼卻脾氣火爆，獨斷專橫，容不得別人有半點質疑，在家裡有絕對的權威。卡夫卡本來有兄弟三人，但是他的兩個弟弟卻都還沒有長大成人就已經夭折，所以父親把所有的期望都寄託在卡夫卡身上。他期盼長子卡夫卡像自己一樣剛毅不屈，然而現實中的卡夫卡卻外表瘦弱、性格柔軟，簡直和父親有著天壤之別。在父親面前，卡夫卡總是自慚形穢。

　　父親赫曼對卡夫卡也總是很嚴厲，稍有不對就會對他嚴加懲罰，因此更是增加了父子之間溝通的困難。卡夫卡經常一連幾天把自己關在房間裡不出來，這更讓父親火冒三丈。赫曼似乎也從來不曾試著去理解兒子的才華，他甚至也不喜歡卡夫卡的所有朋友。雖然卡夫卡的母親個性極為溫柔，能給他些許安慰，但她屈於丈夫赫曼的威嚴，對丈夫也是百依百順，她能給卡夫卡的溫暖也就很有限。

　　在卡夫卡還很小的時候，有一次，為了找人跟他說說話，卡夫卡半夜找藉口說要喝水，無理取鬧，結果竟被父親扔到屋外的走廊，罰站了整整一夜。這對卡夫卡幼小的心靈傷害極大，也更加疏遠了他與父親的距離。赫曼也從來不在乎孩子的真正需求是什麼，每天餐桌上，他最在乎的只是卡夫卡有沒有遵循種種嚴苛的餐桌禮儀，而他自己卻可以狼吞虎嚥，吃得杯盤狼籍。卡夫卡稱父親是「坐在靠背椅上統治著世界」，說自己「像奴隸活在父親掌控的世界裡」，「已經喪失了說話的能力」，「父親的律法單單為他而設，他卻沒有能力完全滿足父親的要求」。

　　對卡夫卡而言，父親就是萬物的尺度。如果卡夫卡是個桀驁不馴的孩子，成年之後能夠走出家庭的陰影，或許還可以減少一些他的痛苦。然而，卡夫卡卻仍終究沒有做到。一九一一年底，卡夫卡的父親生病，要求卡夫卡每天下班後到工廠巡視，他也只好沉默不語地接受。工作的枷鎖壓得他實在透不過氣，常常發出悲觀厭世的言論，卡夫卡的一位叫布勞德的朋友給卡夫卡的母親提出警告，提醒她卡夫卡有自殺的意念。最終，卡夫卡的母親顫抖著雙手給布勞德回信，她也只好鼓起勇氣對丈夫撒謊，叫兒子不必再去工廠，同時積極尋找企業的合夥經營人。

　　一九一九年，卡夫卡在寫給父親的《給父親的信》中說：「最親愛的父親，你最近問我，為什麼我說我怕你。和往常一樣，我對你無言以對，部分由於我對你的畏懼，部分由於解釋這種畏懼涉及太多細節，突然談及，我一下子歸納不起來。」

　　三十六歲的成年男子，寫下一封這樣百餘頁的信，訴說自己內心的糾結。這份血淚的自我剖白，不是為了控訴，而是一種愛的嘗試。卡夫卡一生都在試著尋求和父親和解，盼望得到父親的認可，不過母親卻不敢將這封信轉交給父親。

　　正是這樣的家世經歷，讓卡夫卡寫出了《變形記》這樣的作品。大權在握的父親，加上軟弱的母親和冷漠的妹妹角色，正是卡夫卡家世的真實寫照。卡夫卡讓不完美的人，賤化為昆蟲，被原來愛他的親人嫌棄、厭惡。這部作品最能反映卡夫卡的殊異風格，如夢似幻的超現實意境，交織著縝密邏輯的寫實敘事，又含有悲愴的劇情因數，讀後，也讓人為卡夫卡悲劇性的一生深深惋惜。

小知識：

法蘭茲・卡夫卡（1883年7月3日～1924年6月3日），二十世紀德文小說家。常採用寓言體，背後的寓意言人人殊，其作品很有深意地抒發了他憤世嫉俗的決心和勇氣，別開生面的手法，令二十世紀各個寫作流派紛紛追認其為先驅。代表作有《變形記》、《美國》、《審判》、《城堡》等。卡夫卡出生於奧地利首府布拉格一個猶太商人家庭，是家中長子，有三個妹妹和兩個弟弟，不過兩個弟弟相繼夭折。自幼愛好文學、戲劇，十八歲進入布拉格大學，初習化學、文學，後習法律，獲博士學位。終生未娶，四十一歲時死於肺癆。

第四章

抒發理想的文字吶喊

心血澆築的武器

卡爾·亨利希·馬克思和《資本論》

勞動創造世界。──卡爾·亨利希·馬克思

《資本論》是馬克思的著作，運用唯物史觀的觀點和方法，深刻分析了資本主義生產方式，揭示了資本主義社會發展的規律，證明了社會形態的發展是一個不以人的意志為轉移的自然歷史過程。

一八四八年，歐洲大革命失敗了，馬克思和恩格斯認真地總結了革命失敗的經驗與教訓。他們體認到，只有打破舊的國家機器，建立無產階級領導的工農聯盟，才有可能真正建立無產階級政權。在此思想的指導下，馬克思領導了工人運動，也因此成了巴黎上層社會眼中「最不受歡迎的人」。

當時，馬克思住在巴黎百合花大街四十五號。一日，一批員警敲開了他的家門，奉命向他宣讀了驅逐令。這個消息對於當時正陷入「財務危機」的馬克思來說，無異於雪上加霜。家裡的所有積蓄、各類家具，甚至連一套銀質餐具都早已變賣全部用作革命經費。他的妻子燕妮·馬克思又即將分娩，此時被趕走相當於無家可歸，流落街頭。

但是，面對困難，從不輕易低頭的馬克思變賣掉所有日常用品，攜帶全家來到了倫敦。最初的時候，他們住在倫敦安德森大街四號。那裡每週六英

鎊的租金簡直要了馬克思一家的命，他們根本沒有多餘的錢吃飯。因拖欠房租，房東叫來了員警，收走了馬克思一家的所有財物，連女兒的搖籃車都被人殘忍地奪走了。

片瓦未留的馬克思一家，搬進了雷斯頓大街的一家旅館，那裡的租金每週五鎊。過了不久，他們又被老闆趕走。繼而，馬克思搬進了迪安大街四十五號。因房租問題，又遷到了這條街的二十八號，一家七口擠在兩個狹窄的小房間裡。

就這樣，因付不起房租，馬克思一次又一次被迫舉家遷移。幸運的是，這年的十二月，馬克思領到了一張英國倫敦博物館的閱覽證。從此，馬克思把閱覽室當成了半個家，每天待在博物館裡，從上午九點工作到下午八點。回到家中，他還要整理閱讀資料時所記錄的筆記，直到深夜兩、三點鐘才上床休息。

馬克思曾說，我為工人爭得每日八小時的工作時間，我自己就得工作十六小時。他在倫敦博物館裡日日孜孜不倦、嘔心瀝血，這是何等偉大的情操。就是在這座博物館裡，馬克思撰寫出了揭露資本主義罪惡的輝煌巨著──《資本論》。

早在一八四三年，馬克思就開始研究政治經濟學，他把主要精力集中運用到了這部書上。每日，他翻閱摘錄各類文獻資料，都是為創作《資本論》而準備的。據統計，在世界一流的倫敦博物館所藏圖書中，馬克思閱讀過的書籍有一千五百多種，所摘錄整理的筆記有一百餘本！為了更好地完成《資本論》，馬克思廣泛收集有關各學科資料，農藝學、工藝學、解剖學、歷史學、經濟學、法律學等一應俱全。只要與《資本論》有關的資料，無論多麼艱難，他都會尋找過去加以研究。

一八五六年十月，馬克思遷居到離倫敦博物館遙遠的肯蒂士鎮上。無論颳風下雨，他日日步行到博物館，從未間斷工作。餓了，啃一口乾麵包；渴了，喝一杯白開水；疲倦了，就站起來跳兩下。終於，在一八六七年的時

候，《資本論》第一卷出版了。馬克思懷著無比興奮的心情，緊緊地捧住了這部傾注心血的著作。

《資本論》的出版，在國際共產主義運動史上具有里程碑的意義。在這部作品中，馬克思透過大量事實，詳細而深刻地分析了資本主義的發展歷史，暴露了資本主義殘酷剝削工人階級的醜惡本質，揭示了工人階級之所以如此貧困的原因。馬克思斷言，資本主義必然滅亡與無產階級的必然勝利，是歷史發展的必然趨勢。這個理論武器，大大增強了無產階級革命抗爭的決心和信心，為國際共產主義運動抹上了氣宇軒昂的一筆！

小知識：

卡爾‧亨利希‧馬克思（1818～1883），全世界無產階級的偉大導師、科學共產主義的創始人，偉大的政治家、哲學家、經濟學家、革命理論家。他是無產階級的精神領袖，是近代共產主義運動的引領者。支持他理論的人被視為馬克思主義者。馬克思最廣為人知的哲學理論，是他對於人類歷史進程中階級鬥爭的分析。他認為這幾千年來，人類發展史上最大矛盾與問題就在於不同階級的利益掠奪與抗爭。依據歷史唯物論，馬克思大膽地假設，資本主義終將被共產主義取代。主要著作有《資本論》、《共產黨宣言》等。

文字使做刀槍用

魯迅和《狂人日記》

> 不滿足是向上的車輪，指引著不自滿的人，永遠向前進。——魯迅

　　《狂人日記》是魯迅先生創作的第一部短篇白話小說，同時也是中國現代文學史上第一篇真正意義上的現代白話小說。自從它誕生以後，「魯迅」這個名字響徹神州大地，魯迅先生用他那如投槍匕首般的文字，向黑暗的舊社會刺去，影響了無數的青年志士。而他當初之所以寫作《狂人日記》，背後還有這樣一個故事。

　　魯迅和錢玄同曾一同留學日本，都曾師從於章太炎，可以說是一對志同道合的同門師兄弟。據說錢玄同生性好動，上課時常做出一些小動作，於是魯迅還給錢玄同取了一個綽號叫「爬來爬去」。因此兩人早年關係甚好。

　　五四時期，魯迅和錢玄同因為志趣投合，好惡相近，所以經常來往。那時候，錢玄同他們正在辦《新青年》，為了使新生的雜誌能夠得以生存，經常要請一些有思想的人來寫文章，以給社會大眾更好的精神指導與激勵。

　　為了引起文學革命的社會注意力，錢玄同就曾化名王敬軒與劉半農演「雙簧戲」，鼓吹新文學革命。一九一八年三月，《新青年》上同時刊出了王敬軒給《新青年》編者的一封信和劉半農的回信。王敬軒本無其人，此信就是錢玄同綜合當時舊文人反對新文化運動的種種謬論寫成的。劉半農在回信中對這些謬論，一一做了痛快淋漓的駁斥，給新文化運動的反對者沉重一擊。

　　可是，總是這樣也不是辦法。於是錢玄同決定讓魯迅來給《新青年》寫文章。那時，魯迅在教育部工作，整日埋頭於舊紙堆，整理古籍，抄寫古碑

文，目的就是麻痺自己，減少內心的痛苦。這一日，錢玄同來到魯迅的寓所，看到魯迅仍在抄寫他的碑文，就對他說：

「你抄了這些有什麼用？」

「沒有什麼用。」面對好朋友的質疑，魯迅也不知如何回答，只好這麼說。

「那麼，你抄它是什麼意思呢？」錢玄同繼續追問。

「沒有什麼意思。」

「我想，你可以做點文章，我們正在辦《新青年》，需要你這樣的強勁筆墨……」

面對老朋友的邀請，當時的魯迅還是有所疑慮。隨後魯迅又發聲了：「假如一間鐵皮屋子，是絕無窗戶而萬難破毀的，裡面有許多熟睡的人們，不久都要悶死了，然而是從昏睡入死滅，並不感到就死的悲哀。現在你大嚷起來，驚起了較為清醒的幾個人，使這不幸的少數者來受無可挽救的臨終的苦楚，你倒以為對得起他們嗎？」

錢玄同於是便回覆道：「然而幾個人既然起來，你不能說絕沒有毀壞這鐵皮屋的希望。」

後來在魯迅的其他文章裡，我們也可以看到他那時的想法：「是的，我雖然自有我的確信，然而說到希望，卻是不能抹煞的，因為希望是在於將來，絕不能以我之必無的證明，來折服了他之所謂可有，於是我終於答應他也做文章了。」

於是，魯迅先生便開始了其在《新青年》上的創作。一九一八年四月，魯迅寫完了《狂人日記》，並把它交給錢玄同，發表了五月份的《新青年》上，從此魯迅便一發不可收拾，筆耕不輟，終成中國新文化運動的第一旗手。

小知識：

魯迅（1881～1936），中國現代文學家、思想家、革命家和教育家。原名周樹人、周樟壽，字豫山、豫亭、豫才、秉臣。出生於浙江省紹興東昌坊口，祖籍河南省汝南縣。小時候享受著少爺般的生活，慢慢家基衰敗變得貧困。青年時代受達爾文進化論和托爾斯泰博愛思想的影響。一八九八年魯迅從周樟壽更名為周樹人，十八歲始用「魯迅」為筆名寫作。魯迅的精神被尊為中華民族魂，他是中國現代文學的奠基人之一。魯迅一生的著作和譯作近一千萬字，其中雜文集共十六本，尤以雜文著稱。除筆名魯迅外，還有鄧江、唐俟、鄧當世、曉角等。一九三六年十月十九日逝世。

幽默大師的揮淚之作

林語堂和《京華煙雲》

一個人徹悟的程度，恰等於他所受痛苦的深度。——林語堂

大家都知道《京華煙雲》是林語堂的作品，然而最初的《京華煙雲》卻並不是用中文寫成，而是用英文首先創作發表的。那麼，為什麼身為中國人的林語堂，會先用英文寫作《京華煙雲》，而不是用中文呢？這裡面還有這樣一段小故事。

早在一九三六年林語堂旅居美國的時候，他就已經萌生了要寫《京華煙雲》的念頭，當然當初他只是心中有這樣一個想法，並沒有實際的去寫作。至於「京華煙雲」，這個書名只不過是後來的譯者加上去的。

在一九三八年的時候，林語堂求學於法國。法國是一個產生了無數的文學藝術大師的國度。徜徉於這樣一個國度，林語堂不能不受到其輝煌燦爛的文化影響。但林語堂心想，堂堂中華也有著無數的文學瑰寶，只不過由於文字文化的阻隔，西方人一直對於中華民族的燦爛文化知之甚少，於是林語堂就有了翻譯《紅樓夢》的想法。但他仔細一想，當時的中國正處在民族危難的當頭，整個國家都處在抗日戰爭的暴風驟雨中，要翻譯《紅樓夢》不是不可以，只是它離現時的中國太遠。於是，他就想仿照《紅樓夢》的結構，自己創造出一

部能夠反映當時中國現狀的鴻篇巨製，又出於讓世界能夠更容易地瞭解中國的原因，他決定用英文寫作。

林語堂的女兒林如斯也曾撰文寫道：「一九三八年的春天，父親突然想起翻譯《紅樓夢》，後來再三思慮而感此非其時也，且《紅樓夢》與現代中國距離太遠，所以決定寫一部小說。」而林語堂也曾在給郁達夫的信中如此說：「紀念全國在前線為國犧牲之勇男兒，非無所為作也……弟客居海外，豈真有閒情談說才子佳人故事，以消磨歲月耶？」由此可知，雖然當時林語堂身居海外，但他的心卻是時刻和祖國連在一起的。

一九三八年三月，林語堂開始構思如何寫作《京華煙雲》，為了寫作此書，他畫了許多表格，把每個人的年齡都寫了出來，列得整整齊齊的，把每個人重要的事件也記下來，這樣就形成了每個重要人物的「人生明細表」。一九三八年秋天，林語堂開始動筆寫作，為了盡快能夠完成，他日以繼夜加班趕點，僅僅用了一年的時間就完成了這部鴻篇巨製。值得一提的是，林語堂寫作此書前後不多不少，恰恰用了整整一年的時間，從一九三八年八月八日開始，到一九三九年八月八日結束。

林語堂為了完成此書，更是傾盡心血，寫到每每落淚。林如斯後來回憶道：「父親不但在紅玉之死後揮淚而已，寫到那最壯麗的最後一頁時，眼眶又充滿了淚，這次非為個人悲傷而掉淚，卻是被這偉大的民眾所感動，眼淚再也收不住了。」

一九三九年，《京華煙雲》的英文版在美國出版，副題就是「一部關於現代中國的小說」，全書共分三卷，共四十五回。出版後僅在短短半年時間內，它就賣出了五萬餘冊，被《時代》週刊評為「極有可能成為關於現代中國社會現實的經典作品」。

小知識：

林語堂（1895～1976），中國當代著名文學家、學者、語言學家，出生於福建省漳州市平和縣阪仔鎮一個基督教家庭，父親為教會牧師。原名和樂，後改玉堂，又改語堂。筆名毛驢、宰予、豈青等，一九一二年林語堂入上海聖約翰大學，畢業後在清華大學任教。一九一九年秋赴美哈佛大學文學系求學，一九二二年獲文學碩士學位，在法國寫《京華煙雲》等文化著作和長篇小說。一九四五年赴新加坡籌建南洋大學，任校長。一九四七年任聯合國教科文組織美術與文學主任。一九五二年在美國與人創辦《天風》雜誌。一九六六年定居臺灣。一九六七年受聘為香港中文大學研究教授。一九七五年被推舉為國際筆會副會長。一九七六年三月二十六日在香港去世。

用愛心書寫生活
比切‧斯托夫人和《湯姆叔叔的小屋》

寫了一部書，釀成一場大戰的小婦人。——林肯總統

《湯姆叔叔的小屋》被認為是「影響美國歷史的十六本書」之一，它在啟發民眾的反奴隸制情緒上，有非常重大的作用，被視為美國內戰的起因之一，深刻地改變了美國的歷史進程。在這本書的書寫過程中，更是一個蘊含愛的美麗故事。

一日，郵差給斯托夫人送來了一封來自白宮的信。斯托夫人訝異地拆開信件，裡面清清楚楚地寫著，林肯總統邀請她到白宮去：「我們都想聽聽妳是如何寫了那部導致一場偉大戰爭的書。」斯托夫人的眼淚頓時湧了出來⋯⋯

那是十多年前的一個悶熱的夏日，斯托夫人與朋友走進了肯塔基州的一個種植場，無意中，她目睹了黑奴駭人聽聞的生活。對斯托夫人來說，那種難以想像的慘狀簡直是一次殘酷襲擊。那一天，她坐在種植場黑奴的幽暗小屋裡，聽著從非洲來到這片土地上的黑奴世世代代的故事，她的淚水止不住地往下流，那種好似全身潮溼的冰涼浸入了她的肌膚、血液、骨髓，讓她的每一吋肌膚顫慄。

斯托夫人生長在一個牧師家庭，童年時隨家人搬遷到與南方蓄奴制只有

一河之隔的辛辛那堤。那裡有綠草如茵的河岸，有花香從窗戶吹進教室，有民眾對上帝的崇敬，有莊嚴的聖歌，有數不清的禮拜日……她的成長伴隨著耶穌偉大的愛。長大後的她嫁給了一位神學院的教員，孩子也一個接一個地順利出生了。家庭美滿的她教書育人，生活一帆風順。

而今日的所見所聞讓她的心如冰浸般得潮溼而痛苦，為何周遭還有這般悽慘的人？她想到這裡，就異常悲傷。從種植場回來，斯托夫人渴望去見她的兩位哥哥。一位曾在布魯克林教堂舉行「特殊的黑奴拍賣」，目的是為了讓黑奴獲得自由；另一位曾在波士頓教堂發表過慷慨激昂的廢奴演講。她忽然感到兩位哥哥是此刻精神上的特殊依靠。

遺憾的是，哥哥不在家。細心的嫂嫂愛德華·比徹夫人發現斯托夫人表情不對，就對她說：「妳必須告訴我，究竟發生了什麼？」斯托夫人把見到的悲慘景象一五一十地告訴了嫂嫂，嫂嫂在她的傾情講述中也潸然淚下。回家後的斯托夫人收到嫂嫂的來信，信中說：「妳不是會寫文章嗎？我請求妳，把妳講的故事寫出來吧！讓全國人民都能知道可惡的奴隸制是什麼樣子。」她把那信貼在胸前，對上帝說：「我只是寫過一些短文，哪裡能寫那麼遙遠、那麼漫長、那麼悲慘的故事呢？」沒有信心的斯托夫人沒有聽從建議動筆，但她的心已無法再平靜了。

在一個雷雨之夜，冥冥之中，斯托夫人聽到了上帝的聲音：「寫吧！孩子，妳有一顆偉大的同情心！」所見所聞在雷電中，一幕幕閃現，自己的一生難道不可以為他們做一點什麼嗎？她爬下床，給嫂嫂回信：「讓上帝幫助我吧！我會把我所瞭解的事情寫出來。只要活著，我就一定寫！」幾個月後，斯托夫人把寫好的小說前幾章寄給嫂嫂，然後緊張地等待著回應。嫂嫂很快回信了：「感謝妳，妳把我們全部都感動了！」斯托夫人喜極而泣：「不要感謝我。這部小說是上帝寫的，我只不過是上帝手裡的一支筆。」

從一八五一年六月起，《湯姆叔叔的小屋》開始在華盛頓一家週刊上連載。當時的林肯正領導南北戰爭，極需白人與黑人暫時摒棄矛盾，團結起來

共同作戰。在這決定美國統一的關鍵歷史時刻，斯托夫人用一支「上帝之筆」，在南北戰爭的槍聲中獨擋萬軍，讓「湯姆叔叔的小屋」成為最堅固的堡壘，守衛著美利堅合眾國的統一。她的作品使心甘情願投入林肯總統部隊的黑人不斷增多，最終使擴大戰鬥力的北方獲得勝利，維護了美國的統一，她的作品也風暴般地影響了拉丁美洲黑奴的解放，並漂洋過海傳遍歐洲，成為人們反對種族歧視的有力武器。愛心創造奇蹟，斯托夫人正是用她全心的愛，書寫了《湯姆叔叔的小屋》。

小知識：

比切・斯托夫人（1811～1896），美國女作家。出生於北美一個著名的牧師家庭，年少時隨全家遷辛辛那堤，與南部蓄奴州只隔一河之遙。她親眼看到南部的種植園奴隸主，如何殘酷地壓迫黑奴以及他們的悲慘命運。她本人也去過南方，親自瞭解了那裡的情況，《湯姆叔叔的小屋》便是在這樣的背景下寫出來的。其代表作品《湯姆叔叔的小屋》，一八五二年首次在《民族時代》刊物上連載，立即引起了社會上的強烈迴響，僅第一年就在國內印刷一百多版，銷售達三十多萬冊，後又被譯為幾十種文字在世界各地出版。美國圖書館協會前主席在浩如煙海的圖書中選出了「影響美國歷史的十六本書」，這十六本書中只有一本是女作家寫的，這就是斯托夫人寫的《湯姆叔叔的小屋》。

最偉大的英國人
邱吉爾和《第二次世界大戰回憶錄》

> 勇氣很有理由被當作人類德性之首，因為這種德性保證了所有其餘德性。——邱吉爾

　　邱吉爾不僅是一位傑出的政治家、演說家，也是一名出色的文學家，其撰寫的《第二次世界大戰回憶錄》書成之際，就受到諾貝爾獎委員會的青睞，以極具「歷史寫作和傳記價值」，一舉奪下文壇最高榮譽的桂冠，獲得了一九五三年諾貝爾文學獎。

　　第二次世界大戰剛結束後，邱吉爾被英國人民以選票請下臺，他因此有時間花費六年光陰完成這部名為《第二次世界大戰回憶錄》的曠世巨著，洋洋灑灑三百六十餘萬字，收錄了大量珍貴歷史檔和照片，卷帙繁浩，氣勢磅礴。全書記述了二十世紀三〇年代初到第二次世界大戰結束這一時期內，眾多重大國際事件，極具歷史文獻價值。

　　一九三九年九月一日早晨，二戰爆發。數小時後，英國首相張伯倫召見邱吉爾，邀請他加入戰時內閣，並重新任命他為海軍大臣。由於戰事進展不順，一九四〇年五月，下院議員們對張伯倫政府提出不信任議案，將矛頭直指張伯倫。張伯倫感到無法繼續執政，因此準備組建聯合政府，並讓出首相位置。張伯倫十分清楚，一旦邱吉爾離開，內閣就要垮臺。於是，張伯倫只得向國王提出辭呈，並建議由邱吉爾組閣。

　　一九四〇年五月，邱吉爾臨危受命組建了戰時政府並擔任首相。三天後他以首相身分出席下院會議，發表了著名的演說：「我沒有別的，只有熱血、辛勞、眼淚和汗水獻給大家——你們問：我的目的是什麼？我可以用一

個詞來答覆：勝利，不惜一切代價的勝利，無論多麼恐怖也要爭取勝利，無論道路多麼遙遠艱難，也要爭取勝利，因為沒有勝利就無法生存。」

上任後，邱吉爾首先訪問法國，而法國此時即將投降，驚訝之餘，他向法國領導人表示，即使法國投降了，英國仍不會放棄戰鬥。五月二十六日，邱吉爾下令撤出在法的英軍，短短八天的時間，被圍困在敦克爾克周圍一小塊地區的盟軍，奇蹟般地撤出三十三萬多人，史稱「敦克爾克大撤退」。邱吉爾在下院通報撤退成功之時，也不忘提醒大家，「戰爭不是靠撤退打贏的」。

一九四〇年八月，英、德之間的不列顛戰役正式打響，英、德空軍進行了人類歷史上第一次大規模的空戰。戰役期間德軍每天平均出動飛機一千餘架次，而英國皇家空軍的飛行員們人數上處於劣勢，一個人每天必須執行三次左右的任務。到了九月七日，德國突然決定停止空戰，改以轟炸倫敦，這給英國一個喘息的機會，也成為不列顛戰役最重要的轉捩點，為以後英軍的勝利奠定了基礎。

在邱吉爾的領導下，英國人民取得了抗擊法西斯的偉大勝利。但在一九四五年七月的大選中，他卻落選了。邱吉爾是世界歷史上的一位偉大人物，他的偉大之處就在於：當國家需要他獻身的時候，他會勇敢地站出來擔當神聖的使命；當國家不再需要他的時候，他便犧牲自己，回歸平常。一九四五年第二次世界大戰結束，邱吉爾與史達林有一段有趣的對話，史達林十分得意地說：「邱吉爾，你打贏了仗人民卻罷免了你。看看我，誰敢罷免我！」對此邱吉爾不以為然地回答：「我打仗就是保衛讓人民有罷免我的權利。」

在一九五一的英國大選中，保守黨重奪政權，邱吉爾再度出任首相，贏得了人們的尊重和愛戴。一九五三年，英國女王伊莉莎白二世即位，授予邱吉爾最高榮譽嘉德勳章，並封他為倫敦公爵以表彰其為英國所做出的偉大貢獻。

小知識：

溫斯頓・邱吉爾（1874～1965），政治家、畫家、演說家、作家以及記者，一九五三年諾貝爾文學獎得主，著有《第二次世界大戰回憶錄》，曾於一九四〇～一九四五年及一九五一～一九五五年期間兩度任英國首相，被認為是二十世紀最重要的政治領袖之一，帶領英國獲得第二次世界大戰的勝利。曾被評選為世界最有說服力的八大演說家之一，和有史以來最偉大的英國人。

滿懷理想的失落
賽萬提斯和《唐吉訶德》

筆是思想的舌頭。——賽萬提斯

《唐吉訶德》是文學史上的第一部現代小說，也是世界文學的瑰寶之一。《唐吉訶德》看似荒誕不經，諷刺誇張的藝術手法將現實與幻想巧妙地結合起來，蘊含著作者對現實的深刻見解。作者以農村為主要舞臺，以眾多平民為主要人物，以史詩般的宏偉規模，繪出一幅幅各具特色又互相聯繫的社會畫面。而賽萬提斯的一生經歷，如同遊歷的唐吉訶德一樣，是典型的西班牙人的冒險生涯。

唐吉訶德出生的年代是個風雲突變的時代，日益強大的西班牙從地域到宗教上都得到統一。在西班牙王室的資助下，哥倫布發現了新大陸，殖民主義隨之興盛

EL INGENIOSO
HIDALGO DON QVI-
XOTE DE LA MANCHA
Compuesto por Miguel de Ceruantes
Saauedra.

DIRIGIDO AL DVQVE DE BEIAR,
Marques de Gibraleon, Conde de Barcelona, y Bana-
res, Vizconde de la Puebla de Alcozer, Señor de
las villas de Capilla, Curiel, y
Burgillos.

Año, 1605.

Con priuilegio de Castilla, Aragon, y Portugal.
EN MADRID, Por Iuan de la Cuesta.

Vendese en casa de Francisco de Robles, librero del Rey nro señor.

起來。西班牙成為稱霸歐洲的強大封建帝國。但是專制君主腓力普二世驕奢淫逸，還對外發動了多次戰爭，均以失敗告終。這些行為既耗盡了國庫的資產，也逐漸使西班牙喪失了海上霸主的地位。

不肯安於現狀的唐吉訶德，參加了西班牙駐義大利的軍隊，投身於著名的勒邦德大海戰。西班牙王國和威尼斯共和國組成的聯合艦隊與奧斯曼帝國

的海軍展開了激戰，勒邦德海域上炮火連天，許多傷兵殘將躺在甲板上。受傷的賽萬提斯發了高燒，迷迷糊糊地說了很多話。

一天，交戰的炮火又打響了，發著高燒的賽萬提斯從船艙裡竄了出來，他跑到艦長那裡主動要求參加戰鬥。看著燒得滿臉通紅的賽萬提斯，艦長命令道：「賽萬提斯，你現在需要的是休息，而不是戰鬥。」「我不當怕死鬼躲在船艙裡，我一定要戰鬥。」賽萬提斯堅決地說。艦長只好答應了他的請求。勇敢的賽萬提斯與敵人展開肉搏，不顧傷痛堅持戰鬥，終於迎來了戰爭的勝利。這次戰鬥中，帶病堅守職位的賽萬提斯負了三處傷，甚至被截去了左手。

一五四七年，賽萬提斯請假回去探親。在返回西班牙的途中，他不幸遭到了海盜們地襲擊，與同行的弟弟被俘虜了。當時賽萬提斯懷揣著兩封聯軍統帥和西西里總督寫給西班牙國王的信，海盜們以為他是貴族，便強迫他給家人寫信索取鉅額贖金。賽萬提斯在海盜的手裡受盡了折磨，他們給他帶上了腳鐐和手銬，還壓迫他做一切勞苦的工作。五年以後，三十三歲的賽萬提斯才被解救出來。

回到馬德里的賽萬提斯，並沒有因為英雄的身分而受到腓力普國王的重視，他決定去謀求一份工作。可是，又有誰會要左手傷殘的賽萬提斯呢？他一面拾起放棄多年的文學寫起小說，一面在政府裡當小職員。在國內，封建貴族與僧侶還保持著特權，各種苛捐雜稅繁多，使得貧富分配不均的現象更為突出，階級矛盾日益激化。他因是繳納不起稅款或無妄之災，不只一次被捕下獄。經歷了大半生的賽萬提斯滿心失望，他打算寫一個滿懷理想的人在這個世界上的格格不入和荒唐可笑。於是，唐吉訶德就出現在了他的筆下。

賽萬提斯以其筆下的唐吉訶德在遊俠生活中的遭遇，抨擊教會的專橫，揭露了社會的黑暗，人民的困苦。《唐吉訶德》正是在他經歷坎坷、窮困潦倒的境遇下孕育出的作品，其中自然映照出作者對自己生存現狀的體驗和情感。

小知識：

賽萬提斯（1547～1616），文藝復興時期西班牙小説家、劇作家、詩人。他被譽為西班牙文學世界裡最偉大的作家。評論家們稱他的小説《唐吉訶德》是文學史上的第一部現代小説。他的一生經歷，是典型的西班牙人的冒險生涯。其代表作有：短篇小説集《訓誡小説集》，劇本《努曼西亞》、《喜劇和幕間短劇各八種》，長詩《帕爾納斯遊記》，長篇小説《唐吉訶德》、《貝爾西雷斯和西希斯蒙達》等。

一字千金動不得

呂不韋和《呂氏春秋》

> 欲勝人者必先自勝；欲論人者必先自論；欲知人者必先自知。——呂
> 不韋

呂不韋是戰國時期衛國的一位大商人，有一次，他到臨近的趙國邯鄲做生意，見到秦國公子子楚。由於當時各國之間戰亂常起，關係非常緊張，所以各國常以交換人質做為避免戰患的手段。於是，不受寵愛的秦國公子子楚，便做為秦國的人質被派到了趙國邯鄲。由於秦、趙兩國還是經常交戰，所以子楚在邯鄲的生活非常困窘，很不得意。

呂不韋知道這件事以後，看到了機會。他認為，子楚現在雖是寄居趙國的秦國人質，但卻是一個奇貨可居的人物，若是加以利用，以後一定能帶來不菲的回報。於是，他一到邯鄲就前去拜訪了子楚。

來到子楚的住處，呂不韋看到了生活困頓的子楚，便對他遊說道：「我能讓你的門庭光大，並能讓你成為秦國太子。」子楚看了看呂不韋，不屑地笑說道：「你還是先光大自己的門庭，然後再來光大我的門庭吧！」呂不韋看到子楚一臉的不信任，便說道：「只有你的門庭光大了，我的門庭才會光大啊！」子楚是聰明人，當然知道他的意

思。

於是呂不韋隨即說道：「如今秦王年歲已高，安國君被立為太子。安國君非常寵幸華陽夫人，而華陽夫人又沒有子嗣，這正是你唯一的機會。而你現在人都還寄居於異國，又怎能和你的那些皇兄們爭鬥，因此你只能討好華陽夫人來換得你的大好前程。」呂不韋的一席話說得子楚感慨萬千，他們當即商量具體對策，最後決定由呂不韋本人親自去遊說華陽夫人，並以珍奇玩物相贈。

回到秦國見到華陽夫人後，呂不韋向她獻上了沿途搜羅的珍奇寶物，並在華陽夫人身邊旁敲側擊地誇讚子楚，說他是如何的才華出眾以及結交廣泛，並且說子楚是如何的敬佩華陽夫人。一番甜言蜜語過去，華陽夫人便被呂不韋的話說得心花怒放。

之後，呂不韋又把大量錢財送給華陽夫人的姐姐，讓她又不失時機地勸說華陽夫人：「現在有幸得到寵幸，但是等到人老色衰自然也就無所依靠，不如現在就選一個合適的人選，立他為將來的太子，這樣自己老了以後也不會失勢。」

就這樣，經過呂不韋高超的政治手腕，終於在西元前二五一年，安國君繼位為王後，透過華陽夫人，子楚也被立為太子。隨後，呂不韋在秦國的地位也迅速上升。安國君和子楚都很短命，兩人在位總共不過四年，而等到太子嬴政繼位為王後，呂不韋已為相國，被尊稱為「仲父」了。

呂不韋由投機開始，從一個商人搖身一變，幾年時間成為一人之下萬人之上的顯赫人物，成了文武百官的當朝宰相。雖然朝中大小官員嘴上不敢說，心裡卻很不服氣。對此呂不韋也無辦法，但他知道提高自己聲望的最好辦法是讓別人服氣。

但怎樣才能迅速提高自己的威信呢？呂不韋竟一時不知所措。那時天下群雄並起，文化上也百家爭鳴，魏國有信陵君，趙國有平原君，楚國有春申君，齊國有孟嘗君，他們都禮賢下士，結交賓客，這些賢士則幫助他們治理

國家、著書立說。

　　於是，呂不韋便召集自己的門客進行商議。有人建議呂不韋統兵出戰合併中原，以此來樹立威信。有人卻立即反駁：「此舉有百害而無一利。而且最重要的是戰爭風險太大，誰都沒有必勝的把握，萬一戰爭失利，豈不適得其反。」

　　這時有人建言道：「孔子之所以聲望名赫，那是因為他寫了《春秋》以流芳百世，孫武能成吳國大將，是因為寫就《孫子兵法》熟知韜略。那我們何不著書立說，既能揚名當世，又能恩澤百代呢？」

　　呂不韋聽到這個主意後非常贊同，於是他便讓門客立即動手去做。當時呂不韋養有三千門客，他們齊心協力很快就寫出一部有二十六卷、一百六十篇文章的著作。然後就有人提議仿照孔子的《春秋》，把這本書命名為《呂氏春秋》。書稿寫成後，為了精益求精，呂不韋讓人把書稿的全文抄錄下來貼在咸陽城門上，並發出布告：誰能改動書中的一個字，便獎賞黃金千兩。但是布告貼出許久，都始終沒有一個人能改動一個字。而「一字千金」的佳話就這樣流傳下來。

小知識：

　　呂不韋（？～西元前235年），姜姓，呂氏，名不韋。戰國末年著名商人、政治家、思想家，後為秦國大臣，衛國濮陽（今河南濮陽滑縣）人。呂不韋是陽翟的大商人，故里在城南大呂街，他往來各地，以低價買進，高價賣出，所以累積起千金的家產。他以「奇貨可居」聞名於世，曾輔佐秦始皇登上王位，任秦朝相邦，並組織門客編寫了著名的《呂氏春秋》，其門客有三千人。《呂氏春秋》即《呂覽》，也是雜家思想的代表。

亂世紅塵書生夢
施耐庵和《水滸傳》

平日若無真義氣，臨事休說生死交。——施耐庵

提起四大名著之一的《水滸傳》，無人不知無人不曉。而作者施耐庵寫成《水滸傳》後，該書並沒有得到流傳，施耐庵卻因此書遭了牢獄之災，最後葬送了性命。

西元一二九六年，姑蘇城外的一戶施姓人家添了一個男丁。施家是孔子七十二弟子之一的施之常的後裔，這一支系傳到施耐庵的父親那裡已是十四世。施家一位有威望的長者給這個孩子取了個名字，叫彥端，意思就是行為端正的君子。這個襁褓中的嬰兒，就是後來寫出《水滸傳》的施耐庵。

幼年時的施耐庵家境貧寒，根本供養不起他讀書。但施耐庵聰明好學，人又勤奮，

經常借書看。就這樣，施耐庵也把四書五經都讀了個精透。少年時候的施耐庵，在鄉里就已小有名氣了，他不僅熟讀諸子百家，而且還喜歡看各種圖書，愛聽民間故事。當時的「晁蓋智取生辰綱」、「楊志賣刀」等故事，都曾引起了他的極大興趣。那時，姑蘇城裡經常說唱的話本和雜劇，如《青面獸》、《武行者》、《石頭孫立》、《花和尚》、《李逵負荊》等，也都是施耐庵的最愛。那時，少年的施耐庵就已經對這些「仗義英雄」、「綠林好

漢」崇拜異常。

西元一三三一年春，三十六歲的施耐庵，上京應試得中進士。不久，他就到錢塘擔任縣尹。但是，施耐庵由於不願屈服權貴，只當了兩年便辭官還鄉。施耐庵棄官回來，就在姑蘇城外的一隅開設私塾，四鄉八鄰，便紛紛慕其名前來求學。也就是在這期間，施耐庵招收了羅貫中做了自己的學生。

冬去春來，私塾的生活平淡無奇。有一天，施耐庵路過一家書鋪，看到一本名叫《張叔夜擒賊》的手抄元人話本，精彩異常，講的是梁山泊、宋江等眾多好漢的故事。看到書中精彩的故事，從小就積結在心中的江湖豪情一下子又在他心中點燃。施耐庵當即把此書買了下來，打算以此為線索，把其他梁山泊好漢的傳說放在一起，寫一部《江湖豪客傳》。

之後的一年多裡，施耐庵把自己的大部分時間和精力，都用在了寫作和修改《江湖豪客傳》上。在全書即將寫完的時候，施耐庵總覺得書名不夠含蓄，缺乏意蘊。羅貫中隨即建議老師用《水滸傳》這個名字。施耐庵覺得這個提議很好，很契合書中想要表達的意思，便給取了《水滸傳》的名字。

《水滸傳》寫成後，很快被傳抄到社會上。西元一三六八年冬天，朱元璋看到了《水滸傳》的抄本。朱元璋曾經幾次派人去請施耐庵出來做官，但都被施耐庵回絕。如今他看到了施耐庵寫了一部反抗意味很濃的書稿，心中自是不悅，於是就派人把施耐庵抓了起來，關進天牢。

不久，劉伯溫知道了這件事。劉伯溫和施耐庵素來相知，交情不錯。於是，他便到天牢裡探望施耐庵。劉伯溫看著曾經的好友遭受牢獄之災，心有不忍，便對施耐庵暗示說：「你是怎麼進來的，你還可以怎麼出去的。」

說完劉伯溫就走了，施耐庵反覆琢磨他這句話的意思。施耐庵是聰明人，心裡思忖：「我是因為寫書而坐牢的，《水滸傳》寫了宋江等人梁山泊樹起造反義旗，歌頌了綠林好漢的俠義，觸犯了朱元璋的忌諱。那麼，我只有透過寫書才能出去了！」於是，為了早日獲救，他不得不以宋江接受元朝招安為背景，續寫了《水滸傳》。

在獄牢裡，施耐庵用了將近一年的時間，按照既定的思路把《水滸傳》的後五十回續寫完成，呈給朱元璋閱覽。朱元璋看到施耐庵修改後的《水滸傳》，又加上劉伯溫的求情，最終同意釋放施耐庵。

經過獄牢裡一年多的身心折磨，出獄時的施耐庵已是瘦骨嶙峋，形容憔悴了。幸虧有弟子羅貫中還在身邊待奉他。就在施耐庵回途的路中，在淮安卻感染了風寒，只好暫住下來養病。西元一三七〇春天，施耐庵已經病入膏肓，此時他已是茶湯不進人事不省，沒過多少時日，施耐庵便撒手人寰了。

施耐庵死後，羅貫中把施耐庵留下的書稿又重新整理了一遍，即動身到當時全國最大的刻書中心福建的建陽去，準備把《水滸傳》刻印出來，讓施耐庵的作品得以永傳。可是，當他趕到建陽，那裡所有的書坊，居然沒有一家敢把《水滸傳》付梓。大約又過了一百五十年後，朝延派一個叫宗臣的進士到福建擔任「提學副使」，負責訓練壯丁，抗擊倭寇。這時，羅貫中的後人便以「鄉誼」之名去見宗臣，拿出《水滸傳》讓他閱覽。在得到宗臣的許可後，《水滸傳》才由坊間開始刻印出版。至此，《水滸傳》才得以廣為流傳。

小知識：

施耐庵（1296～1371），元末明初的文學家。原名彥端，字肇瑞，號子安，別號耐庵。漢族，江蘇興化白駒場人。自幼聰明好學，才氣橫溢，博古通今，十九歲時考中秀才，三十五歲曾中進士，後棄官回鄉，閉門著述，與拜他為師的羅貫中一起研究《三國演義》、《三遂平妖傳》等故事的創作。搜集、整理了關於梁山泊、宋江等英雄人物的故事，最終寫成我國古代「四大名著」之一的《水滸傳》。

科學真理的摯愛

法布爾和《昆蟲記》

我工作，是因為其中有樂趣，而不是為了追求榮譽。——法布爾

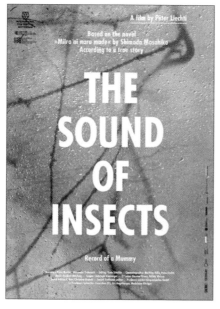

小時候，法布爾居住在村子裡。那裡小溪環繞，村子外樹林蓊鬱，環境十分優美。小法布爾對大自然裡的萬千事物都特別感興趣，他總喜歡提出一連串的問題：「魚兒睡不睡覺？」「鳥兒長不長牙齒？」「蝴蝶為什麼這麼漂亮？」……大人們常常回答不出來這些稀奇古怪的問題，小法布爾便自己留心觀察飛禽和昆蟲，希望尋找到答案。

有一次，趕集回來的父親給小法布爾買了一本寓言集。小法布爾對這本有許多禽獸、小蟲的精美插圖的寓言集愛不釋手。正是這本書的誘導，他癡迷上了對昆蟲的研究。

某日清晨，為了捕捉一隻螳螂，他一路追著牠氣喘吁吁地奔跑。後來螳螂停駐在一棵樹上，他也跟著偷偷地爬上了這戶人家的蘋果樹上，摒住呼吸觀察起來。正當他看得入迷的時候，樹下爆出一聲喝罵：「哈哈！這回你跑不了了！跟我到警察局去！」被人當成偷蘋果的小偷的法布爾，被這聲吆喝嚇得掉下樹來，摔傷了手臂。

　　包紮好傷口的法布爾被責令乖乖待在床上，他只好一個人無聊地躺在床上。突然，他看到床邊有幾隻凍僵了的昆蟲，立即把牠們放進自己的懷裡，想用自己的體溫溫暖牠們。看著昆蟲們慢慢地甦醒了，小法布爾開心極了，病痛也奇蹟般地消失不見。

　　在房間裡待著無聊的小法布爾，發現窗臺下有一大群螞蟻正在搬運一隻死蒼蠅。螞蟻們全民動員投入這項巨大的工程，分工有致、井井有條的。他頓時被這幅場景吸引住了，早忘了自己受傷，急忙跑出門，掏出放大鏡，趴在路邊一動也不動地觀察螞蟻們繁忙的勞動場面。早晨，下田勞動的人們經過他身邊時，看見他趴在那兒；傍晚，他們結束勞動回家時，驚訝地發現他還趴在那兒。他們無法理解小法布爾的行為，「這孩子大概中邪了！」

　　夜晚，睡在祖母身邊的法布爾聽到房屋外的荒草灘裡響起一陣陣的蟲鳴聲，「唧、唧、唧」的聲音清脆動聽。小法布爾的腦袋瓜子開始轉動了，這是蟋蟀嗎？不對，比蟋蟀的聲音小多了。是山雀？不對，山雀不會連續叫個不停，更何況現在是漆黑的夜晚呢！「奶奶，奶奶，這是什麼在叫呀？」小法布爾問。祖母迷迷糊糊地答：「睡吧！睡吧！乖孫子，也許是狼。」法布爾沒得到正確的答覆，他的心裡癢癢的，擋不住蟲鳴的誘惑，他悄悄地穿上鞋，摸黑到草叢中去，想探個究竟。不顧鋒利的野草，他在草叢中摸索了半天，一心只想把那隻小蟲找到。

　　可以看到，小法布爾的一天一直圍著蟲子在打轉。法布爾畢其一生從事生物學和昆蟲行為學研究，對未知世界的探索，可以始於興趣，但不能止於興趣。法布爾憑藉對科學真理的摯愛和追求精神探索昆蟲世界。在法布爾的筆下，螢火蟲是從明亮的圓月上游離出來的光點；金龜子是暑天暮色中的點綴，是鑲在夏至天幕上的漂亮首飾；步甲所從事的打仗這一職業，不利於發展技巧和才能；犀糞蜣是堅持在地下勞作，為了家庭的未來而鞠躬盡瘁……法布爾對昆蟲的描述充滿童心與詩意。

　　法布爾以畢生的時間與精力，詳細觀察了昆蟲的生活以及繁衍種族所進

行的爭鬥，記載下了詳細確切的筆記，最後編寫成《昆蟲記》。《昆蟲記》十大冊，每冊包含若干章，每章詳細深刻地描繪了一種或幾種昆蟲的生活。書中充滿了他對生命的關愛之情和對自然萬物的讚美之情，他以人性觀察昆蟲的本能、習性、勞動、婚戀、繁衍、死亡，以蟲性反觀社會人生，一部嚴肅的學術著作幻化成了優美的散文。

小知識：

讓一亨利・凱西米爾・法布爾（1823～1915），法國昆蟲學家、動物行為學家、作家。被世人稱為「昆蟲界的荷馬，昆蟲界的維吉爾」。一八二三年出生於法國南部普羅旺斯的聖萊昂的一戶農家。童年他在農村度過，從小就對鄉間的花草和蟲鳥非常感興趣。透過勤奮自學，法布爾先後取得了教學學士學位、物理學學士學位、自然科學學士學位和自然科學博士學位。一八七九後的三十餘年裡，他不知疲倦地從事獨具特色的昆蟲學研究，終於撰寫出十卷科學巨著《昆蟲記》。

一書猶如泰山重

老子和《道德經》

> 道可道，非常道。名可名，非常名。無名天地之始。有名萬物之
> 母。——老子

老子在生前並沒有想過自己是否要寫一本傳世的著作，而他之所以寫《道德經》卻是受人之託，於是今天我們才能看到這部充滿了辨證哲理的、只有短短五千字的「巨著」。

老子聰慧過人，曾經做過周朝的守藏史官。他善思好學，博學多聞，且對整個世界有著自己一套獨特的看法與理解，漸漸成了當時的一位非常有名望的學者，許多人都來求學於他。

有一年周王室發生動亂，景王駕崩後，王子朝發生叛亂但遭到挫敗。失敗後，他從守藏室裡帶走了大量的典籍逃匿到楚國。因為這件事情的緣故，老子也被牽連，他就索性自行辭去了官職，離開周都，準備就此隱居世外，遠離紛爭。

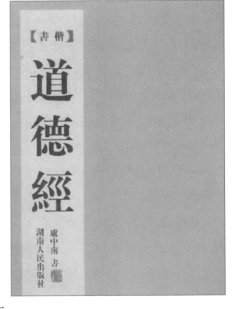

可是，當老子走到函谷關的時候，卻發生了一件足以改變他一生命運的事情。函谷關是著名的雄關要塞。它北靠黃河，南接秦嶺，西臨高原，十多里道路全在山谷之中，深險異常，是進入秦國的必經之地，自古就有「一夫

當關，萬夫莫開」之稱。

當時，駐守在函谷關的關令名叫尹喜。尹喜飽讀詩書知書達理，全然不同於一般的武將。一天早上，他站在函谷關的高臺上眺望，忽然看見關外的路上，一位老者身穿黃袍騎著青牛正向這邊趕來。這老者白髮銀鬚，飄飄如仙，氣宇非凡。尹喜知道定是高人前來，趕忙跑下關樓前去迎接。待他問到老者名姓，他萬萬沒有想到站在他對面的就是大名鼎鼎的老子。尹喜非常激動，連忙行禮，情不自禁地說：「不知先生駕臨，有失遠迎，還望包涵。晚輩對於先生早有耳聞，今日又得面見，真是三生有幸！」

老子聽到此言一驚，從牛背上下來，驚奇地看著眼前這位身著將服的人，似乎自己以前從來沒有見過這個人。

尹喜看著老子略帶迷惑的面容，急忙又說：「先生，我是函谷關的關令名叫尹喜。二十年前，先生還在周朝王室中做守藏史官時，我曾向您查閱過書籍，還曾請教過先生不少問題。這些晚輩至今仍牢記在心！」說著便挽著老子向關內走。

老子見此情景，一時也是盛情難卻。老子也只好在關裡住下，尹喜對他的照顧也周到異常，整天圍繞在老子的身邊，向他請教問題。

就這樣日子不知不覺地過去，老子幾次打算離開，尹喜總是不肯。眼看著住了將近一旬，尹喜對老子依然是熱情不減，仍然盛情招待、服侍他。老子心中十分過意不去，決意要走，態度異常堅決。尹喜見此，只得無奈，便問道：「不知老人家以後有什麼打算？」

「我要去秦國講學，然後便隱居世外。」老子認真回答道。

「您說的這些也都不是急著要辦的，況且您若是就此隱居，晚輩以後恐怕再也見不到您了。您實在要走的話，晚輩也留不住您，只是有一事相求，希望先生能寫一部書以流芳後世，也能讓晚輩時常拜讀。」

老子聽到尹喜要他寫書做為紀念，心中不免一驚。但是看到尹喜一片真情，不免心動，感到人情難卻，於是只好答應寫書的事情了。

　　於是，尹喜親自動手，給老子取來了筆、墨、木簡，以備他寫作之需。老子坐在東間窗下的桌案旁邊，手裡緊握著狼毫竹筆，思緒萬千。他提起筆來寫道：「道可道，非常道。名可名，非常名……」

　　就這樣老子廢寢忘食奮筆疾書，經過數天的努力，終於寫成了八十一章、五千餘字的《道德經》。他以極為精練的語言，精髓的思想，用五千字，以一當百，完成了一部上至高天，下至大地，中至人律的宇宙奇書。

　　《道德經》誕生以後，對後世產生了極其深遠的影響，它對中國古老的哲學、科學、政治、宗教等，都有不同程度的論述，並促進了這些學科的發展。無論是對中華民族的性格鑄成，還是對政治的統一與穩定，都起著不可估量的作用。越來越多的西方學者，也開始不遺餘力地探求《道德經》之中的科學奧祕，以圖透過它來探究更深層的智慧哲理。

小知識：

　　李耳（約西元前580年～前500年之後），漢族，字伯陽，又稱老聃，後人稱其為「老子」。世界百位歷史名人之一，老子是我國古代偉大的哲學家和思想家，是道家學派創始人，世界文化名人。著有《老子》一書，又名《道德經》或《道德真經》。《道德經》分為上、下兩冊，上、下共五千字左右。

超越時空的享受
普羅斯佩‧梅里美和《卡門》

簡潔是天才的姐妹。——普羅斯佩‧梅里美

《卡門》是梅里美經過十五年精心構思的結晶，小說將瑰麗的異域風光，引人入勝的故事情節和性格鮮明的人物結合起來，形成一幅瑰麗的畫面。這部悲劇小說因經法國音樂家比才改編成同名歌劇，而取得世界性的聲譽，「卡門」這一形象亦成為西方文學史上的一個經典。或許是原始本性中追求強力和渴望自由的慾望，觸摸到了人類內心最隱密柔軟的一面，卡門這位狂放不羈且反覆無常的江湖女子，竟成為有史以來文學作品中最受歡迎的女性形象之一。究竟卡門這個形象源自何處？

一八三〇年，梅里美在西班牙旅行時結識了蒙蒂若女伯爵。女伯爵向他講述了這樣一個真實的故事：西班牙北部山區的一個納瓦人，愛上了一位波希米亞女郎，他們之間擦出愛情的火花。波希米亞女郎天生愛好自由，她伶俐潑辣，能歌善舞，野性十足的特點令納瓦人愛得相當瘋狂。喪失了理智的納瓦人妒忌心強烈，為了獨自佔有她，他殺害了波希米亞女郎的丈夫。波希米亞女郎發現納瓦人因愛做了錯事，甚至處處干涉剝奪她的自由，不願因為愛情淪為奴隸，她明確堅決地對他說自己

已不再愛他了。納瓦人得不到波希米亞女郎的愛，竟因愛生恨，偏執地舉刀殺死了自己的所愛。納瓦人追求愛情不惜剝奪情人的自由和生命，波希米亞女郎追求自由寧可犧牲自己的愛情和生命，兩人的人生態度截然相反，愛情悲劇不可避免。

聽了這個故事的梅里美受到了深深地震撼，波希米亞女郎的形象一直在梅里美腦海裡縈繞，彷彿呼之欲出，而每次當他提筆書寫卻總覺得缺了些什麼。後來一次，梅里美在莫爾維德羅附近的一個鄉村野店，受到一位叫嘉爾曼西塔美麗女孩的接待。目睹了她的巫術表演後，梅里美突然意識到波希米亞女郎如同這個巫術般永遠無法全部探索清楚，而自己需要做的就是把這種神祕用文字表現出來。

一八四四年，梅里美收集了大量有關波希米亞的風俗習慣和生活諺語，完成了對波希米亞流浪民族廣泛的社會調查，這些都為《卡門》的創作提供了素材。最後，他在研究唐佩德羅國王歷史時，意外地發現瑪麗亞‧帕迪利亞女王是「波希米亞人的偉大女王」，即波希米亞巫術的老鼻祖。於是，梅里美終於給小說女主角嘉爾曼找到了「燈街」這個富有傳奇色彩的活動基點。自此，一個在世界文壇、樂壇、影壇上大放異彩的波希米亞女郎形象脫穎而出。梅里美延續了一貫簡潔的寫作風格，把長篇小說的題材高度濃縮成短篇小說，他用精益求精的創作態度把《卡門》雕琢成了細針密縷的藝術精品。

梅里美對現實的不滿和批判，是透過嘉爾曼這個藝術形象淋漓盡致地表現出來的。嘉爾曼生活的時代，正是資產階級戰勝封建階級的時代。動亂過後，取而代之的是赤裸裸的強烈的財富佔有慾望，就連女人和愛情也淪為商品。曾對資產階級革命抱有幻想的知識份子大失所望，他們從反封建的立場轉入對社會現實的不滿，在文學領域掀起了批判現實主義的大浪潮。而《卡門》正是一個令人拍案叫絕的控訴！

小知識：

普羅斯佩‧梅里美（1803～1870），法國劇作家、短篇小說大師、歷史學家、考古學家。他出生於巴黎一個畫家家庭，原攻讀法律，但對希臘語、西班牙語、英語、俄語及這些語種的文學有著更濃厚的興趣。十九歲開始創作，其代表作有劇作《克拉拉‧加蘇爾戲劇集》、《雅克團》，長篇小說《查理九世的軼事》，中、短篇小說《馬特奧‧法爾哥內》、《攻佔稜堡》、《塔芒戈》、《高龍巴》、《費德里哥》等。

書籍「做媒」，中法聯誼
羅曼‧羅蘭和《約翰‧克里斯朵夫》

要散布陽光到別人心裡，先得自己心裡有陽光。——羅曼‧羅蘭

在《約翰‧克里斯朵夫》的創作中，有一段被人稱頌的中法友誼。二十世紀二〇至三〇年代，由於翻譯等事宜，作家、翻譯家身分的敬隱漁與羅曼‧羅蘭，有過一段時間的交往。他們之間的故事，在中法文化的交流上譜下了動人的篇章。

一九二四年，剛從北京大學法文系畢業的敬隱漁喜歡上了《約翰‧克里斯朵夫》，並有意將其譯為中文發表。為獲得作者支持，他致函羅曼‧羅蘭，表達了自己想翻譯這部巨著的想法。沒想到，他很快就收到了羅曼‧羅蘭的回信。當年的信件猶存，字跡歷歷在目：「親愛的敬隱漁：你的信使我很愉快。中國人的精神常常引起了我的注意：我驚佩它已往的自主和深奧的哲智，我堅信它能為將來創造不可測的涵蘊。你要把《約翰‧克里斯朵夫》譯成中文，這是我很高興的。唯願我的約翰‧克里斯朵夫給你們青年的朋友，就如給你一樣，替我獻一次多情的如兄如弟的握手。」羅曼‧羅蘭支持敬隱漁翻譯《約翰‧克里斯朵夫》，並表達了他對中國的感受和期望。

一九二五年一月，羅曼‧羅蘭應敬隱漁的請求特地為《約翰‧克里斯朵

夫》的中文譯本寫下〈約翰‧克里斯朵夫向中國的弟兄們宣言〉。此〈宣言〉清楚點明了作品男主角克里斯朵夫的立場，以及羅曼‧羅蘭的堅定認識。

在這段翻譯期間，敬隱漁多次與羅曼‧羅蘭通信。這段信箋交流史拉近了敬隱漁與羅曼‧羅蘭的關係，也為他們深厚的友誼打下了基礎。

譯本完成之後，敬隱漁決定赴法國留學。終於，在一個陽光明媚的早晨，敬隱漁專程到羅曼‧羅蘭當時居住的瑞士沃德州去拜望他。雖已聯繫很久的兩人還是第一次碰面，兩人相談甚歡，直到傍晚時分才離開。之後，兩人不僅在學術著作上相互幫助，在羅曼‧羅蘭的協助下，敬隱漁還開始將中國一些現代作家的作品譯成法文。與此同時，國內著名雜誌《小說月報》也開始刊登敬隱漁翻譯的《約翰‧克里斯朵夫》；而且在私人生活上也相互關心。

有段時間，敬隱漁在生活及精神方面遇到不少麻煩。這段時間，他多次寫信給羅曼‧羅蘭，傾吐自己心聲，這引起了羅曼‧羅蘭的深切關注，甚至焦慮。一九二九年十月十七日，當時在歐洲遊學的中國留學生梁宗岱，拜訪了住在這附近新城的羅曼‧羅蘭先生。在照例的寒暄之後，羅曼‧羅蘭便問起了敬隱漁的消息。梁宗岱記述羅曼‧羅蘭表情時說：「從他那微微顫抖的聲音，我感到他的關懷是多麼深切，真摯的關切溢於言表啊！」但羅曼‧羅蘭似乎不知道敬隱漁的實況，所以仍十分擔心他。直到一九三四年時，翻譯家傅雷因為翻譯之事與羅曼‧羅蘭通訊，他又一次在信中特意提到敬隱漁，希望能得知他的確切消息。傅雷在回信中說：「至於敬隱漁，苦於無法獲知確切情況，一說此人已瘋，似較可信，因已聽說不只一次。一說已去世，尚無法證實。」

羅曼‧羅蘭曾在《約翰‧克里斯朵夫》的序言中指出，他塑造的英雄形象不是叱吒風雲的人物，而是具有「偉大的心」的一般人，他說：「真正的英雄之所以偉大，是因為他有偉大的心，這是這部小說的主導思想。」正是

他這顆偉大的心，才會對敬隱漁這般真切關心，才會有如此的良善襟懷，才會譜寫出這樣一曲動人的友誼之歌。

羅曼‧羅蘭將對光榮的夢想和渴望，以及對英雄的仰慕與追懷，熔煉入著作之中，以致於作品盈溢著一種及對人類無限深情的眷愛。他像一把精緻的小提琴，既能演奏出無限溫柔的妙唱，也能合奏出洶湧澎湃的洪音，他的思想在席捲歐洲的戰爭風暴中巍然不動，正如約翰‧克里斯朵夫一樣，一路向北，追尋音樂。

小知識：

羅曼‧羅蘭（1866～1944），法國思想家、文學家、法國批判現實主義作家、音樂評論家和社會活動家。一八六六年一月二十九日出生於法國中部高原上的小市鎮克拉姆西。一八九九年，羅曼‧羅蘭畢業於法國巴黎高等師範學校，通過會考取得了中學教師終身職位的資格。其後他入羅馬法國考古學校當研究生，歸國後，在巴黎高等師範學校和巴黎大學講授藝術史，並從事文藝創作。這時期他寫了七個劇本，以歷史上的英雄事件為題材，試圖以「革命戲劇」對抗陳腐的戲劇藝術。二十世紀初，他的創作進入一個嶄新的階段，連續寫了幾部名人傳記：《貝多芬傳》、《米開朗基羅傳》、《托爾斯泰傳》，共稱《名人傳》（羅曼‧羅蘭憑此書獲得一九一五年諾貝爾文學獎），同時發表了他的長篇小說傑作《約翰‧克里斯朵夫》。

上帝是誰生的呢？

達爾文和《物種起源》

我之所以能在科學上成功，最重要的一點就是對科學的熱愛，堅持長期探索。——達爾文

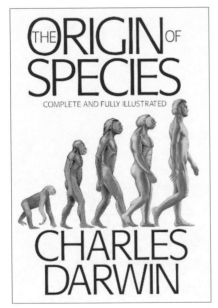

一八二八年的一天，一群大學生在倫敦郊外的樹林裡野餐，遍地美味的食物，一片歡聲笑語。而一位大學生卻脫離了這熱鬧的人群，獨自一人興致勃勃地圍著一棵老樹轉圈。他雙目放光，彷彿眼前是棵千年寶樹。他拿出放大鏡，細心觀察著這棵老樹的生長狀況，不時發出嘖嘖的驚嘆聲。

突然，他發現在即將要脫落的樹皮下有生物蠕動，便急忙剝開老樹皮，兩隻奇特的甲蟲出現在他眼前。牠們似乎感覺到危險的接近，正加速地向前爬去。這位大學生看到如此新奇的甲蟲，當然不會讓牠們溜走，他馬上左右開弓，想要一併抓獲牠們。果然，飛速逃竄的兩隻甲蟲抵不過這位眼明手快的大學生，被他牢牢抓住。他捏著這兩隻蟲子，興奮地觀察起來。

正在這時，老樹裡又跳出一隻甲蟲。大學生瞥見這隻甲蟲，立即想據為己有，不料自己卻已無手將牠擒獲。情急之下，他迅速把手裡的甲蟲藏到嘴裡，騰出手把第三隻甲蟲抓到。這位大學生愛不釋手地將牠放在手心裡，只顧得意地欣賞手中那剛擒獲的甲蟲，早已把藏在嘴裡的那隻給忘記了。直到

嘴裡的那隻甲蟲在悶熱的口腔中憋得受不了，瞬間放出一股辛辣的毒汁，把這大學生的舌頭螫得又麻又痛，他這才想起嘴裡還有一隻。大學生張口把牠吐到手裡，然後滿心歡喜地向劍橋大學走去。他根本忘記了口中的疼痛，也早已忘記自己此行是與同學們來野餐的，只忙著趕回去研究甲蟲。這個大學生就是查理斯·羅伯特·達爾文。

達爾文不是因為大學所研讀的專業才喜歡上生物的，他自幼對花草樹木、鳥雀蟲魚這些自然界的生物，就有著濃厚的興趣。

記得在達爾文小的時候，有一次，他和媽媽到花園裡為小樹培土。小達爾文好奇地問媽媽：「為什麼小樹需要這看起來灰灰髒髒的泥土呢？」媽媽對小達爾文說：「泥土是個寶，小樹有了泥土才能生長。別小看這泥土，是它長出了青草，餵肥了牛羊，我們才有奶喝，才有肉吃；是它長出了小麥和棉花，我們才有飯吃，才有衣穿。泥土太寶貴了！」小達爾文問：「媽媽，那泥土能不能長出小狗來？」「不能呀！」媽媽笑著說，「小狗是狗媽媽生的，和泥土裡長出來的植物是不一樣的。」達爾文又問：「我是媽媽生的，媽媽是外婆生的，對嗎？」「對呀！所有的人都是他媽媽生的。」「那最早的媽媽又是誰生的？」「是上帝！」「那上帝是誰生的呢？」媽媽回答不出來了，她對達爾文說：「孩子，世界上有好多事情對我們來說是個謎。你像小樹一樣快快長大吧！這些謎等待著你們去解開呢！」

這個疑惑在幼小的達爾文心中烙下了深刻的印記，他對生命物種的起源生長產生了強烈的好奇心。正是這份好奇心促使他騎馬、釣魚、打獵、捕捉昆蟲、採集礦石、鑽進樹林觀察鳥類的習性，一生堅持探索研究大自然的奧祕。

對達爾文來說，整個世界就是一個大問號，要探索思考的事情多如繁星。正是因為他對科學真理的不懈探索與追求，對生物物種那層出不窮的疑問以及始終如一地觀察、記錄、思索、深入論證、找尋依據，才在生物學上創造了一本劃時代的巨著，完成了一次歷史性的革命。

小知識：

查理斯·羅伯特·達爾文（1809～1882），英國生物學家，進化論的奠基人。他曾做了歷時五年的環球航行，對動、植物和地質結構等進行了大量的採集和觀察。他出版了《物種起源》這一劃時代的著作，提出了生物進化論學說，進而在科學上摧毀了各種唯心的神造論和物種不變論。除了生物學外，他的理論對人類學、心理學及哲學的發展都有著不容忽視的影響。

在戰爭與和平交替中
列夫‧托爾斯泰和《戰爭與和平》

> 只有一個時間是重要的，那就是現在！它之所以重要，就是因為它是我們有所做為的時間。——列夫‧托爾斯泰

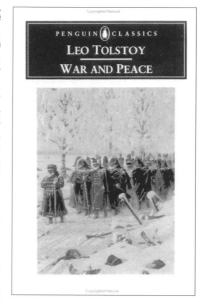

　　《戰爭與和平》這座巨大而宏偉的歷史藝術殿堂，是在廣博而紮實的生活根基上建築起來的。這部卷帙浩繁的巨著，以史詩般廣闊與雄渾的氣勢，生動地描寫了一八〇五至一八二〇年俄國社會的重大歷史事件和各個生活領域。作者托爾斯泰投身於高加索和克里米亞兩次戰爭的經歷，為他創作這部小說開闢了更廣闊的天地。

　　《戰爭與和平》中娜塔莎的形象，就是托爾斯泰以他的妻子索菲雅與妻妹丹尼雅為原型創造出來的。作品中的自然環境，某些場面與事件大多是從他所經歷的上流社會和出生地雅斯納雅‧波良納的生活中提煉出來的。小說中保爾康斯基一家居住過的童山的環境，那些挺拔的勁松，那棵粗大無比的百年老橡樹，那條「寬闊的大路」，那座已經按「英國方式」毀掉的古老的花園與雅斯納雅‧波良納何等相似！托爾斯泰在生活中有著極其廣泛的受好與興趣，他酷愛運動、能騎善獵，這些在《戰爭與和平》中都有生動的反映。

　　從一八六三年起，他開始創作這部最終花了六年時間的巨著——《戰爭

與和平》。一八六四年秋，托爾斯泰利用創作《戰爭與和平》的空檔時間，騎上他最喜愛的英國純種馬，帶上兩隻獵犬狩獵去了。行至半路，草叢中忽然蹦出一隻兔子。托爾斯泰本無心去打，但是獵犬迅猛地追著兔子狂奔起來，他只好放開馬韁，跟著獵狗馳騁起來。不幸的事發生了，由於剛下過雨的道路打滑，馬在飛奔中突然失蹄，倒了下去。托爾斯泰立刻從馬背上墜落，順著土坡一路滾，昏厥了過去。不知過了多久，托爾斯泰甦醒了，他感覺自己渾身疼痛。為了不讓妻子看見傷痕累累的自己而擔心受怕，托爾斯泰沒有立即回家，他在附近的一個農民的家中住下了。

然而，聞訊趕來的妻子索菲雅堅持要把他接回家，並連夜請來大夫為他接骨。索菲雅細心地照顧托爾斯泰的衣食起居，但由於傷勢過重，他一直未癒。後來，托爾斯泰聽從岳父貝爾斯的建議前往莫斯科治療。在莫斯科的醫院裡，專家們重新為他施行了手術。在索菲雅的陪伴照料下，托爾斯泰身體逐漸好轉。

經歷了這次災難的托爾斯泰，一直都沒有停止《戰爭與和平》的創作。在莫斯科治療期間，他迫不及待地把故事情節口授給妻妹丹尼雅和大女兒麗莎。回到雅斯納雅‧波良納後，他整理出一個房間用來創作，並要求絕對的安靜。這期間，索菲雅成了托爾斯泰最得力的助手。每到夜晚，她到仍在埋頭創作的托爾斯泰那裡取了白天所寫的文稿，然後獨自坐在小桌旁，抄寫被丈夫塗改得相當零亂的手稿。就這樣，她把《戰爭與和平》謄寫過七次之多。索菲雅不但不對這單調枯燥的工作感到厭倦，反而把它視為「美的享受」。或許，她在抄寫的過程中，也在一遍一遍地體會這部曠世之作的美妙吧！有時，托爾斯泰的創作遇到瓶頸時，夫妻倆會共同坐在鋼琴前，四手聯彈海頓、莫札特等人的奏鳴曲，來舒緩壓力，尋找靈感。

托爾斯泰的一生都在經歷著戰爭與和平，在心靈的寧靜與不安中跌宕起伏，正是這般深切的體會與勤奮地創作，才讓他寫出《戰爭與和平》這樣恢宏巨集的作品。

小知識：

列夫・尼古拉耶維奇・托爾斯泰（1828～1910），俄國作家、思想家，十九世紀末二十世紀初最偉大的文學家，十九世紀俄國偉大的批判現實主義作家，世界文學史上最傑出的作家之一。他被稱頌為具有「最清醒的現實主義」的「天才藝術家」。他寫了自傳體小說三部曲：《童年》、《少年》、《青年》，主要作品有長篇小說《戰爭與和平》、《安娜・卡列尼娜》、《復活》等，也創做了大量的童話，是大多數人所崇拜的對象。他的作品描寫了俄國革命時的人民的頑強抗爭，因此被稱為「俄國十月革命的鏡子」。

用想像和推測修復歷史

索福克勒斯和《俄狄浦斯王》

我想用一個作品，把這種神祕的內在聯繫揭示出來。——索福克勒斯

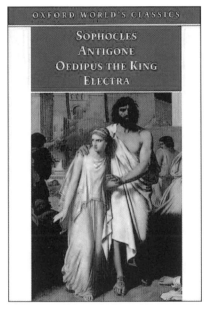

瞭解歷史的人知道，古希臘著名的政治家伯里克利斯與當時著名的悲劇《俄狄浦斯王》之間，存在著某種影射關係。索福克勒斯曾說，「我想用一個作品，把這種內在聯繫揭示出來。藝術不同於歷史。在歷史的鏈結因為時間久遠而斷裂的地方，藝術可以用想像和推測來修復。」

歷史記載，伯里克利斯和索福克勒斯是一對非常知心的朋友。伯里克利斯是古希臘偉大的政治家，他擔任首席執政官時領導的雅典時期，是古希臘歷史上最輝煌的時代。索福克勒斯是古希臘三大悲劇家之一，他是西元前四四〇年左右執掌最高權力的「十將軍」之一，但他骨子裡是個悲劇詩人，而不是政治家。

西元前四三一年，雅典和斯巴達爆發了著名的「伯羅奔尼撒戰爭」。由於戰爭的影響，第二年，瘟疫悄悄襲來，雅典城陷入一遍恐慌之中。瘟疫肆無忌憚地蔓延著，民眾痛不欲生。伯里克利斯提著長劍從戰場歸來，他想籌集經費以填補戰爭的耗用。彼時的索福克勒斯，正專心致志地指揮眾人試排他的新劇本。全城最富有的公民賽柯勒斯身為反對派的首領，成功地使公民

大會通過議案：凡是移用戲劇經費於戰爭者，處以死刑。這讓此行準備籌款的伯里克利斯十分焦急。無可奈何的他，去找好友索福克勒斯商量對策，沒想到索福克勒斯竟然支持賽柯勒斯的議案，他對伯里克利斯說：「戰爭是暫時的，戲劇才是永久的事業。」兩人發生激烈的衝突，伯里克利斯拋下「絕交」兩字匆匆離去。情急之下，伯里克利斯只得命令士兵們，到神廟裡摘取雅典娜身上的金葉以補充戰爭經費。由此，士兵們和祭司發生了激烈衝突。賽柯勒斯趁機挑唆憤怒的祭司，他暗示爆發的瘟疫正是上天的神意，是對伯里克利斯所做所為的懲罰。

反對派利用民眾的無知和迷信，把瘟疫歸咎於執政官伯里克利斯。公民大會通過決議解除了伯里克利斯的職務，賽柯勒斯得意地大聲宣布表決結果，伯里克利斯默默拿下執政官的標誌，走出會場。眾人譁然，伯里克利斯的支持者和反對者激烈地爭吵著。聽聞此訊的索福克勒斯衣衫不整地趕來，好不容易擠上臺，他聲嘶力竭地向民眾呼籲，回報他的卻是一陣陣的嘲笑。索福克勒斯轉向祭司希望得到他的幫助，可是是祭司卻轉過了頭無視他的祈求。最後索福克勒斯一腳踩空，從臺階上滾了下來。他傷痕累累地黯然離去。回到家，他撕掉了原來的劇本，以全部熱情請出了俄狄浦斯的亡靈，他一邊忘我地寫著，一邊與亡靈對話。

由於罷免了伯里克利斯，戰爭局勢開始一面倒，雅典處於不利的地位。儘管城外戰火紛飛，一年一度的戲劇節卻依然如期舉行，雅典的環形體育場人山人海。悲劇開臺了。索福克勒斯新創作的《俄狄浦斯王》上演，劇本細膩逼真地展現了古代忒拜城遭受瘟疫襲擊的悲慘景象，和現實中雅典何其相似，全場觀眾驚詫地沉默了。舞臺上，俄狄浦斯被可怕的命運所左右，但他剛強正直、勇於向命運抗爭、勇於承擔沉重的責任，最後那一大段悲憤的對白結束後，全場一片沉默。忽然，觀眾席上爆發性地喊出了：「俄狄浦斯！俄狄浦斯！」民眾湧進伯里克利斯家裡，喊著：「俄狄浦斯！俄狄浦斯！」將他抬了起來。伯里克利斯發現了默默站在一旁的索福克勒斯，他掙扎著跳

下地，緊緊地抱住了老朋友，兩位好友冰釋前嫌。不久以後，公民大會重新做出決議，恢復了伯里克利斯的領導職務。但那時伯里克利斯已身染瘟疫，很快就病死了。

　　也許，索福克勒斯的《俄狄浦斯王》正是為伯里克利斯而作，才會寫得如此一腔憤慨，如此熱情飛揚，如此飽滿生動；才會如此細膩逼真地讓當日的雅典觀眾看懂了它，並進行了深刻地反省；才會如此迅速改正錯誤，給了伯里克利斯完美的平反。

小知識：

　　索福克勒斯（約西元前496～前406），古希臘三大悲劇作家之一。他一生共創做了一百二十三部悲劇和滑稽劇，其作品流傳至今的只有七部，即《埃阿斯》、《俄狄浦斯王》、《安提戈涅》、《厄勒克特拉》、《特拉喀斯少女》、《菲羅克忒忒斯》和《俄狄浦斯在科羅諾斯》。

詩意地棲息
泰戈爾和《吉檀迦利》

我的心是曠野的鳥，在你的眼睛裡找到了它的天空。——泰戈爾

「由於他那至為敏銳、清新與優美的詩，這詩出之於高超的技巧，並由於他自己用英文表達出來，使他那充滿詩意的思想業已成為西方文學的一部分。」這就是一九一三年諾貝爾評選委員會，對於泰戈爾的詩集《吉檀迦利》獲得當年諾貝爾獎的頒獎詞。

《吉檀迦利》本是由泰戈爾用孟加拉文寫成，後來他又親自翻譯成英文。泰戈爾曾在寫給英迪拉‧黛維的信裡說：「從前某種情感的和風喚醒了心中的歡愉情趣；如今，不知為什麼又透過其他語言的媒介，焦急不安地體驗著它。」泰戈爾五十歲時，在準備啟程前往歐洲時，突然病倒。在心愛的帕德瑪河畔的什拉依德赫養病期間，他第一次翻譯了幾首《吉檀迦利》中的詩。當身體康復後，他重新上船去倫敦。風平浪靜的海上生活，給了他充裕的時間翻譯《吉檀迦利》。

泰戈爾抵達舉目無親的倫敦後，直接投奔曾結識他的叔叔、卻不知道他自己是何許人的畫家威廉‧羅森斯坦爵士處。住在爵士家的日子裡，泰戈爾把譯在小本子上的《吉檀迦利》原稿交給了爵士。爵士閱讀了那些詩後，感

到這是一種新類型的詩，是神祕主義高水準的偉大詩作。他把詩歌給愛德魯‧布萊德雷看。布萊德雷細細閱讀後，很同意羅森斯坦的觀點，他欣賞地評價說：「看來一位偉大詩人終於來到了我們之中。」羅森斯坦不敢完全相信自己身為畫家身分的眼光，他想要請一位詩歌內行者來鑑定這批作品的價值，他當即想到了葉芝。葉芝在收到羅森斯坦第一封信時，並沒有太在意，他甚至沒有回信。但當羅森斯坦再次致函葉芝，陳述這批詩歌的重要性，葉芝讓他把原稿寄去。收到原稿後，葉芝閱讀了泰戈爾的詩歌，當即被震撼了，「心潮起伏，多年來還沒有什麼作品這樣打動過我。」「當我坐在火車上、公共汽車上或餐廳裡閱讀到它們時，我不得不經常合上本子，掩住自己的臉，以免不相識的人看見我是如何激動。」

七月三十日，羅森斯坦邀請了一批朋友到自己家裡作客，有美國詩人艾茲拉‧龐德、英國詩人艾利斯‧邁奈爾等，目的就是為行家們奉上精美的詩歌大餐。葉芝專程趕到倫敦參加了這個聚會，興奮的他用歡愉的音樂般的聲音，一首接著一首地朗誦著這些詩作。那絕美的詩歌、充滿著無垠心空的愛的誦讀懾服了在場所有的人。相互交流之後，羅森斯坦建議為泰戈爾出版詩集，葉芝立即同意為詩集寫序。一九一二年十一月一日，《吉檀迦利》英文本第一版面世。在《吉檀迦利》前面，葉芝這樣寫道：「這些譯文手稿在我手中已有一些時日。這些抒情詩——據我的印度朋友告訴我，孟加拉文的原作充滿了微妙的韻律，不可翻譯的輕柔的色彩以及創新的格律——以其思想展示了一個我生平夢想已久的世界。這些詩歌是高度文明的產物，然而又顯得極像是一般土壤中生長出來的植物，彷彿青草或燈心草一般。如果孟加拉文化是毫不間斷地保存下來，如果那普通的心靈——像人們揣度的那樣——流貫眾生，而不是像我們這樣分裂成十多個彼此毫無瞭解的心靈。那麼，泰戈爾的這些詩歌中的哪怕是最微妙之處，幾代以後，也會流傳到乞丐那兒。」

葉芝、龐德等人對於泰戈爾不遺餘力地推介，為詩歌史留下了彰顯寬廣

胸懷、高尚品格的佳話。而《吉檀迦利》的美好，也成為詩歌史上的最具有自然氣息的寧謐。泰戈爾與大自然渾為一體，他平靜地宣揚著人和上帝之間、人和自然之間的友情，他詩意地棲息，與西方的鋼鐵和機器時代形成了鮮明的對比。

小知識：

羅賓德拉納特・泰戈爾（1861～1941），印度詩人、哲學家、印度民族主義者。一九一三年他獲得諾貝爾文學獎，是第一位獲得諾貝爾文學獎的亞洲人。他的詩含有深刻的宗教和哲學的見解，在印度享有史詩的地位。其代表作有《吉檀迦利》、《飛鳥集》等。

經濟學領域中的「牛頓定律」
亞當‧斯密和《國富論》

包含著某些真理因素的謬誤是最危險的。——亞當‧斯密

在十八世紀二〇年代，一個名叫柯卡爾迪的英國小鎮上有一家鐵匠鋪。五個年輕健壯的鐵匠，在那裡做著製作鐵釘的工作，日復一日，月復一月。有一天，一個小男孩偶然路過這裡，暫態間就被鐵匠鋪裡一番爐火熊熊、熱氣騰騰的景象給吸引住了。這個長相清秀的男孩著迷似的看著五個鐵匠井然有序的分工：第一個負責把鐵絲抽出來，第二個則把鐵絲拉直，第三個負責把鐵絲切開，第四個再把鐵絲燒紅，第五個則揮動鐵錘，把燒紅的鐵絲打成鐵釘。「叮噹！叮噹」的聲響，熊熊的爐火，五條身強力壯漢子的一舉一動，在這個小男孩看來，一切都是那麼有趣。

這個孩子就是亞當‧斯密。他不可能想到的是那天他在鐵匠鋪看到的場景，會在斗轉星移四十多年後，出現在他的驚世巨作《國富論》中。

亞當‧斯密出生於一七二三年六月的英國柯卡爾迪，在他還只有幾個月大的時候，身為軍法官的父親就已經去世。由於家庭關係的原因，亞當‧斯密從小文靜內向，喜歡思考和鑽研問題。後來亞當‧斯密進入格拉斯哥大學

求學，並隨後赴牛津大學深造。

一七四八年至一七六三年，亞當‧斯密在格拉斯哥大學任教期間，寫出了其早期的成名作《道德情操論》。書中，他運用比喻的手法提出了「內在的人」的概念，提出了在「人人為自己」的利己活動背後，道德透過每人內在的良知而起著調節作用。此書一出版，便引起轟動。亞當‧斯密成了英國第一流的哲學家。而亞當‧斯密本人也因此當上了格拉斯哥大學的校長。

亞當‧斯密十分注意資料的整理和搜集，為了寫《國富論》，他更是廢寢忘食般地工作。後來亞當‧斯密在海光工作的時候，有一次去上班，守門的警衛對他行持槍禮致敬。他竟然也模仿這警衛把手杖隨手托起，也向警衛還之以持槍禮。那位警衛見此情景大吃一驚，趕忙後退一步給亞當‧斯密讓路，沒想到他也重複警衛的動作後退一步。警衛趕緊把他引入大樓。他也乖乖地緊跟著警衛，邁著與警衛相同節奏的步伐走到了會議廳門口，警衛退一步後再次向他敬禮，他也後退一步再次向警衛敬禮。旁邊亞當‧斯密的同事看到這一切大為驚詫，上前問他在做什麼時，亞當‧斯密這才如夢初醒。原來他剛才壓根兒就沒有留意到自己的一舉一動，而只是全心投入地陷於沉思中，如同演了一齣滑稽戲。

經過多年研究，在一七七六年三月，亞當‧斯密終於寫出了《國富論》。文章中生動地再現了亞當‧斯密當年所見的鐵匠鋪場景。書中從生產鐵釘的分工現象說起，統計出十個工人一天可以生產出鐵釘四萬八千根，遠遠大於一人從頭包到底的效益，指出了分工是勞動生產力提高的最根本原因。

亞當‧斯密生活的年月，正值歐洲各國相繼完成了農業革命，進入殖民地大擴張的時代。生產力迅速發展，財富不斷增長，卻沒人提出適應這個時代的新的經濟觀念。當時，人們對經濟的認知還比較膚淺，以為財富的增長意味著獲得更多的金銀；以為世界的財富總數是一個恆量；以為一國財富的增多必然意味著另一國財富的減少等等。

　　《國富論》的出現，對上述觀念形成強烈的衝擊。該書是亞當‧斯密花了十二年的時間閱讀和思考的結果。《國富論》開創了現代意義上的經濟學這門學科。它的劃時代意義是十分明顯的，人們把它比喻為經濟領域中的「牛頓定律」。《國富論》還總結了諸如貨幣、資本、價值、市場、公共財政等一整套概念和規則，這些經濟學的原理從此影響了人類世界長達兩百餘年。直到二十世紀中葉，它的一些論點才為凱恩斯的政治經濟學理論所修正。

　　該書第一版半年後便銷售一空。但斯密並未以此為滿足，而是不斷補充和增訂。當時他已被任命為蘇格蘭的海關關長，工作變得非常繁忙。因此他只好利用業餘時間，趕緊分分秒秒來思考問題。

　　長期緊張的工作與思考損害了亞當‧斯密的健康，他於一七九〇年七月逝世。然而後人只要提起《國富論》，就會想起亞當‧斯密——現代經濟學的始祖。

小知識：

　　亞當‧斯密（1723～1790），是現代經濟學的主要創立者。一七二三年亞當‧斯密出生在蘇格蘭法夫郡的寇克卡迪。亞當‧斯密的父親也叫亞當‧斯密，是一位律師，也是蘇格蘭的軍法官和寇克卡迪的海關監督，在亞當‧斯密出生前幾個月去世；亞當‧斯密一生與母親相依為命，終身未娶。一七六八年亞當‧斯密開始著手著述《國家康富的性質和原因的研究》，簡稱《國富論》。一七七三年時《國富論》已基本完成，但亞當‧斯密多花三年時間潤飾此書，一七七六年三月此書出版後引起轟動，影響所及除了英國，連歐洲大陸和美洲也為之瘋狂，因此世人也尊稱亞當‧斯密為「現代經濟學之父」。

第五章

玉困於成的刻苦書寫

十年辛苦不尋常

曹雪芹、高鶚和《紅樓夢》

滿紙荒唐言，一把辛酸淚！都云作者癡，誰解其中味。——《紅樓夢》

　　曹雪芹還沒有來得及寫完《紅樓夢》，就淚盡而逝，留下的不僅是只有前八十回的《紅樓夢》，還有後人無盡的遺憾。儘管如此，乾隆年間《紅樓夢》的手抄本，仍然流傳非常廣泛，其行文故事深得當時的文人墨客的喜愛。只是，傳世的《紅樓夢》只有前八十回的殘章，讀來未免不能盡興。在那個時候，使有許多好事之士，在《紅樓夢》的基礎上，或作書為續，或收集校評，仿其手法而另起爐灶以圖超越。而高鶚就是其中的一位。高鶚對於《紅樓夢》似乎達到了癡迷的程度，甚至他給自己取了一個別號就叫「紅樓外史」，由此可見一斑。

　　高鶚自己平時也喜歡舞文弄墨，寫一些詩詞歌賦。這一天，高鶚正在書房裡批閱《紅樓夢》，卻遠遠看見好友程偉元來訪，而且尾隨他的還有一個三十來歲的陌生人。那年輕人倒也算一表人才，應是書香門第的子第，只是外表看起來稍顯落魄。高鶚隨即起身相迎，兩位好友見面相互寒暄之後，程偉元便向高鶚引薦那年輕人，並聽他自號為「西樓居士」。

　　高鶚並不知道程偉元用意如何，心中正在嘀咕程偉元為什麼帶這位「西樓居士」來見他的時候，程偉元說道：「這位西樓居士與小弟也是舊時相知，氣味甚是相投，我兩人都知兄臺對《紅樓夢》癡迷至甚，因此特來有一事相商。」說到這裡，程偉元望了望西樓居士一眼。只見那年輕人不慌不忙地從懷裡掏出一個布包，放在桌子上，說：「請高先生賜教。」

　　高鶚備感納悶，便立即打開那布包，只見裡面有一部書稿，封面有三個大字，題為《金玉緣》。他隨即略略一翻，見其中語句風格極似《紅樓夢》的神韻，只是人名、稱謂稍有不同。高鶚放下書稿，問道：「二位究竟是何用意？」

　　程偉元並沒有回答，只是把目光轉向了西樓居士。西樓居士隨即說道：「在下幼讀《紅樓夢》，心慕異常，但自知才疏學淺，不敢狗尾續貂，便效仿《紅樓夢》章法，寫了這部共四十三卷的《金玉緣》。望先生能夠盡補《紅樓夢》，使之能夠得以永續。」高鶚聽到此言欲言又止，不知如何作答。程偉元於是說道：「高兄不必此刻答覆，等兄臺閱讀完書稿再做決定也不遲。」高鶚於是望了望桌上的書稿，默首答應了。

　　兩人走後，高鶚立即讀起那本《金玉緣》。他發現其文筆、情節均極似《紅樓夢》，若是沿著此脈絡續寫《紅樓夢》前八十回，再做些添加刪減，真可謂天衣無縫。於是他當即決定動手續寫《紅樓夢》。

　　乾隆五十六年，即西元一七九一年，經過高鶚的辛勤努力，刪改嫁接後的《紅樓夢》一百二十回文本終於完成。高鶚和程偉元第一次以活字排印出版《紅樓夢》，也就是我們現在看到的大致文本。書刊行後，立即贏得了人們的喜愛。高鶚使《紅樓夢》成為一部情節完整的小說。儘管後人對此褒貶不一，但無疑小說的完整性也讓《紅樓夢》擁有了更強的傳播性和趣味性。

小知識：

曹雪芹（？～1763），清朝小説家。名霑，字夢阮，號雪芹、芹溪、芹圃。滿洲正白旗「包衣」人。自其曾祖起，三代任江寧織造六十餘年。雍正初年，在皇室內部政治鬥爭牽連下，曹家遭受重大打擊，曹雪芹隨家遷居北京，家道衰落，趨於困苦。晚期居北京西郊，貧病而卒，年未及五十。曹雪芹喜詩愛畫，嗜酒健談，性情高傲，具有極其深厚的文化素養和卓越的藝術才能。

高鶚（約1738～1815），清朝文學家，乾隆年間進士。字蘭墅，一字雲士。因酷愛《紅樓夢》，又號「紅樓外史」。漢軍鑲黃旗內務府人，祖籍鐵嶺。

慘遭滅門的四口之家
楚門·卡波提和《冷血》

夢想只要能持久，就能成為現實。──楚門·卡波提

《冷血》是最終奠定卡波提文壇地位的作品。卡波提在《冷血》中，集傳統小說的想像力與新聞報導的紀實性於一身，獨創了「非虛構小說」的文體形式，由此開創了美國紀實小說的先河。《冷血》正式出版後，盤踞暢銷書榜首位長達一年之久。讀者紛紛讚賞小說帶來的接近超現實之美的閱讀感受。那麼，是什麼促使卡波提寫出了這樣精彩絕倫的作品？

彼時，已在文壇小有成就的卡波提，一直希望能夠創造出一種文體，把他寫作中的小說技巧和新聞報導的時效性能夠結合在一起。機會就這樣降臨了，一九五九年十一月十五日，在美國堪薩斯州霍康姆小鎮上發生了一件駭人聽聞的血案，一個四口之家慘遭滅門。血腥的暴力案件震驚了整個美國，包括卡波提在內的全國民眾，都在關注這件血案的偵破進展。

卡波提主動請纓，在《紐約客》雜誌的委派下，他邀請了兒時的夥伴哈波·李一同親赴堪薩斯州霍康姆小鎮，想要查出血案背後的故事。他們一邊採訪、報導整個案件的發展過程，撰寫相關的紀實文章，一邊投入大量的時

間和精力進行採訪調查，記載了六千多頁的筆記。隨著時間的推移，嫌疑犯最終也難逃法網，鋃鐺入獄。

卡波提常常與業已定罪的殺人犯貝利‧史密斯深談，他逐漸對貝利的成長環境、生存狀態有了深入的瞭解。貝利在童年時就被父母拋棄的悲慘遭遇，更令卡波提產生了一種超乎友誼的同情和愛憐。卡波提自己也是個棄嬰，雖已成為事業有成的人，但他的卑微出身卻在他的心裡留下極度敏感與自卑的烙印。理所當然，相同的經歷讓卡波提與貝利之間有種惺惺相惜的親切感。這種心態使卡波提陷入一種絕望的困境：一方面，身為作家的他需要理智地期待貝利這樣的殺人犯被送上絞架，這樣他的撰寫才能圓滿地畫上一個句號；另一方面，他又感性地認為社會如此冷酷地處死一個從小就備受欺凌，一直過著悲慘生活的小人物是多麼的缺乏公平性。

其實，身為知名作家的卡波提是有能力替貝利請位好律師的，或許爭取上訴的，貝利在好律師的辯護下可能得以倖存，不被絞死。究竟該怎麼做才好？卡波提在痛苦掙扎，最終，他的冷血佔了上風。他敏銳地捕捉住了這個事件的獨特之處，給予貝利渴望的友誼，卻也利用貝利的好感套取寫作素材，他為了拖延時間爭取訪問資料而花錢幫貝利請律師上訴，他等到得到了所有貝利的日記，以及家人和朋友寫給貝利的信，聽貝利交代了事發當晚的一切細節，他整理出所有的資料後，給書取了個能強烈抓住讀者目光的名字：《冷血》。

做完這些事情的卡波提斷然抽身，拒接貝利的電話，拒絕貝利要求探監的請求，撤走了貝利的律師，甚至日夜期盼法官早日行刑。他的願望很快就實現了，貝利被絞死了。歷經六年之後，費盡思慮的卡波提終於完成了《冷血》的創作。《冷血》一問世，迅速在美國造成轟動效應，殺人犯貝利成為了書中最具個性的人物。《冷血》大獲成功，而卡波提卻因無法面對自己的靈魂而精神崩潰了。

《冷血》創造了一種嶄新的紀實文體，涉及了犯罪心理學、美國中西部

心臟地帶的民風民情等多方位內容，極高的文學價值使它成為美國文學史上重要的里程碑。而當我們看到「冷血」二字的書名，面對這本著作的前因後果，對於人世的冷血又怎麼不會熱血沸騰！

小知識：

楚門‧卡波提（1924～1984），美國文學史上著名的南方文學作家，兩次獲得歐‧亨利短篇小說獎。一九二四年生於新奧爾良，他自幼父母離異，十七歲便高中輟學，受雇於《紐約客》開始寫作生涯。其代表作有小說《米利亞姆》、《其他的聲音，其他的房間》、《第凡內早餐》、《冷血》、《草，豎琴》等。

掙扎在死亡邊緣

希薇亞·普拉絲和《瓶中美人》

性格決定命運，心態決定高度。——希薇亞·普拉絲

綜觀藝術史，那些一流的作家和藝術家，大多處在一種精神崩潰的邊緣；有的甚至直接走向精神崩潰的深淵，而這些異常的心理恰恰正是導致他們作品非凡的根源。希薇亞·普拉絲正是其中的一位，她的經歷成就了她享譽世界的傳記體小說——《瓶中美人》。

才女希薇亞·普拉絲從小到大各門功課都很出色，拿著全額獎學金進入美國規模最大的女子學院，讀著優等生專科課程，在全國頗具影響力的大賽中脫穎而出，身後還有一個念醫科的帥哥緊追不捨，她走向成功的路看起來一帆風順。

像所有天才少年一樣，光鮮亮麗的背後有著焦灼不安與脆弱單薄的意志。在遭遇未能進入哈佛夏季寫作研討班的挫折後，這個一向在創作上自負的才女深受打擊，陷入失眠和憂鬱中難以自拔，她甚至無法閱讀和寫字。瀕臨崩潰的希薇亞吞下大量安眠藥，躲進地下室不為人知的窄小空間。所幸，她自殺未遂。神經錯亂的她始終無法恢復健康，甚至被可怕的電擊治療毀得面目全非。黑暗混沌中終究出現了一線光明，一位也曾患過憂鬱症的富有小

說家欣賞她的才華,將她送到了美國最好、最昂貴的精神病院。普拉絲在一位她很喜歡的女醫生的治療下,奇蹟般地康復。

一九五六年,希薇亞‧普拉絲憑著一筆獎學金去英國劍橋留學。一次晚會上,希薇亞‧普拉絲邂逅了英俊的英國詩人泰德‧休斯,兩人一見鍾情。一小時後,感情火速升溫的他們就難以自持地熱吻,希薇亞咬破了泰德的臉頰,泰德也順勢摘走了希薇亞的耳環。

滿腹才氣與創作熱情的兩人的愛情,與詩歌水乳交融。不久,他們就戴上了婚戒,結為伉儷,新婚夫婦回到了希薇亞的故鄉——美國。彼時的希薇亞還在創作中苦苦摸索,而丈夫泰德很快就成為了詩壇耀眼的一顆明星。希薇亞出版的詩集反應平平,她的才華始終沒能得到認可。在丈夫的光環陰影下,希薇亞逐漸憂鬱與迷惘。

泰德的才氣與天生的男性魅力,引來無數年輕女人的欽慕,她們主動投懷送抱,這給希薇亞帶來了強烈危機感。她悲哀地意識到他們的愛並不牢固,且逐漸出現裂痕。嫉妒使希薇亞變得神經質,她拼命折磨自己和情人,她也試圖挽救這份愛情,但每次都以不歡而散告終。

在事業與感情的雙重打擊下,希薇亞的生活開始變得混亂不堪。為了重建自己在婚姻和創作中的位置,希薇亞不顧親人的反對,搬遷到了英國。

不幸的是,一切事情都以更惡劣的趨勢發展著,泰德竟與希薇亞的好朋友阿西婭‧維威爾染上關係。希薇亞無法面對情人不忠、友人背叛的事實,終於被徹底擊垮。絕望在一點點地吞噬著希薇亞,這痛苦中迸發的強大力量點燃了她的寫作靈感,她發瘋般地將全部生命投入到創作中,用文字逃避現實,宣洩情感。因此,包括《瓶中美人》在內的一系列著作誕生了。一九六三年,倫敦的冬天異常寒冷,希薇亞掙扎在死亡邊緣,她在孤寂無助的黑洞裡越墜越深。二月十七日,希薇亞打開了寓所中的煤氣,結束了自己年僅三十一載的生命,留下了「一桌璀璨的文字」。

小知識：

希薇亞‧普拉絲（1932～1963），美國自白派詩人的代表。她出生於美國麻薩諸塞州的波士頓地區，八歲時父親去世，由母親撫養長大。一九五五年，她以優異成績畢業於著名的史密斯女子學院，之後獲得富布賴特獎學金去英國劍橋大學深造，在那裡遇到了後來成為桂冠詩人的泰德‧休斯。兩人於一九五六年六月結為連理，育有一子一女。而後婚姻出現裂痕並於一九六二年九月份居，她獨自撫養兩個孩子。一九六三年二月二十一日，她在倫敦的寓所自殺。主要作品有：《巨人及其他詩歌》、《瓶中美人》、《愛麗爾》、《渡湖》、《冬樹》、《普拉絲詩全集》、《約翰尼‧派尼克與夢經》等。

著成青史照塵寰

司馬遷和《史記》

史家之絕唱，無韻之離騷。——魯迅

司馬遷的父親是西漢一個非常博學的史官，剛正不阿，治史態度嚴謹。從小受到父親的耳濡目染，司馬遷身上有一種大器凜然的正義感，並且一心想像父親那樣著寫青史。因此從小司馬遷就博覽群書，刻苦學習，打下了非常厚實的基本功和嚴謹的治史精神。

司馬遷二十歲時決定遊歷中國，一路上他不斷的搜集整理民間故事傳說，考察文物古蹟，搜集歷史資料。這些活動極大地豐富了他的閱歷，增加了他的知識面，他也堅定了自己要寫一部偉大史學著作的決心。經過一番遊歷，年輕的司馬遷回來後像父親一樣做了一個史官，記錄朝廷內外發生的重大事件。

西元前九九年，那時候漢朝正在和匈奴交戰，雙方經常在邊疆地區發生激戰。這年夏天，漢武帝派自己的寵妃李夫人的哥哥、將軍李廣利率兵西去討伐匈奴，保衛邊疆。另外，還派李廣的孫子李陵隨從李廣利輔助作戰。李陵是漢朝名將李廣的孫子，他武藝精湛品德又好，愛兵如子，常常身先士卒，深受漢武帝的喜愛和士兵們的擁護。

　　當李廣利和李陵來到西域後，匈奴單于親自率領二十萬大軍南下，連奪漢朝西北方大片領土，並把主帥李廣利團團圍住。李廣利只好讓李陵派兵援助。接到求救信號後，李陵率領五千步兵火速前往，策應主帥李廣利夾擊匈奴。一路上李家軍日夜兼程，到達敵營附近時，趁敵人不意夜間突襲敵營。一時間敵營亂成一團，李陵揮軍直入，如同天降神兵，殺得匈奴大軍落花流水。李廣利看見敵營火光沖天，知道救兵已到，就率兵傾巢而出殺下山來，就這樣雙方合作作戰，殺出了匈奴的包圍圈。

　　李陵率領部眾浴血奮戰，殺敵上萬餘人，令匈奴單于心驚膽顫，但是自身也損失慘重。就在匈奴準備退兵之時，不幸的是李陵的部下管敢竟然投降匈奴，招供出李陵已經孤軍無援且已彈盡糧絕，毫無招架之力。得知這個消息後，匈奴率軍又大肆反擊，李陵率軍拼死抵抗，戰到最後五千精兵只剩幾十人，且都傷痕累累。而由於李陵牽制住了匈奴大軍，李廣利卻僥倖生還。

　　看著匈奴大軍越來越把包圍圈縮小，李陵深知這一次是無法逃脫了。但是就這次就此戰死，還是暫且屈辱於敵人刀下，來日再見機立功。看著傷痕累累、赤手空拳的部下，李陵最終決定投降匈奴。匈奴單于欣賞李陵的英雄氣概和才華，願意把女兒許配給他，並讓他過上尊貴的生活，期望他能效忠於匈奴，但是李陵始終不為所動。

　　李陵投降匈奴的消息傳到朝廷後，朝野震驚。漢武帝本希望他能戰死，也算留個為國捐軀的名分，聽到他平日鍾愛的武將卻投了降，異常憤怒。一氣之下便把李陵的母親和妻兒都抓進了監獄，並且召集大臣一起商議李陵的罪行。

　　平日那些看似和李家關係不錯的大臣，這時候都見風轉舵，一起譴責李陵不該貪生怕死投降匈奴，實在有辱漢庭，也辜負了皇室對李家幾代以來的恩寵。這時候只有司馬遷在為李陵說話，而平日司馬遷和李陵的交往並不多。他之所以這樣做完全是為了正義，為了讓忠心衛國的人不受冤屈，也是為了忠於歷史。在文武百官齊列的大殿上，司馬遷說：「李陵將軍向來對朝

廷忠心耿耿，並無二心。這次李陵將軍西征，帶去的步兵不滿五千人，他深入敵腹，不顧個人安危殺敵過萬，如果真有二心，那他又為什麼要做這些。如果他真想投降，剛開始豈不時機更好。李陵將軍不肯馬上去死，說不定他是另有打算，也許他是在等待合適的機會，將功贖罪來報答漢室。」

漢武帝聽了司馬遷的話後勃然大怒，認為司馬遷是在為李陵辯護，存心反對朝廷。隨即連司馬遷也給定了罪打入大牢。司馬遷被關進監獄後，案子由當時臭名昭著的酷吏杜周審判，杜周自然知道漢武帝對這件事情的態度，就把司馬遷定了死罪。

根據漢朝的法典，死刑有兩種辦法可以減免：一是拿出五十萬錢贖罪；二是受「宮刑」。司馬遷向來清貧，哪裡能拿出五十萬錢贖罪，他也想到一死了之，但是這樣的話歷史的真相就會再也不為人知。為了能實現自己的價值，寫成一部真實反映歷史的傳記，司馬遷忍受了身心的痛苦，屈辱地活下來。就這樣日復一日，年復一年地默默書寫，才終於寫成「史家之絕唱，無韻之離騷」的《史記》。

小知識：

司馬遷（約西元前145～前87年後），我國西漢偉大的史學家、思想家、文學家。字子長，西漢夏陽（今陝西韓城）人，著有《史記》，又稱《太史公記》，記載了上自中國上古傳說中的黃帝時代，下至漢武帝太初四年（西元前100年），共三千多年的歷史。《史記》是中國歷史上第一部紀傳體通史，對後世的影響極為巨大。

一波三折的「諾貝爾獎」

巴斯特納克和《齊瓦哥醫生》

> 尋求真理的只能是獨自探索的人，和那些並不真心熱愛真理的人毫
> 不相干。——巴斯特納克

巴斯特納克曾說：「當我寫作《齊瓦哥醫生》時，我時刻感受到自己在同時代人面前負有一筆巨債。寫這部小說是在試圖償還債務。當我慢慢寫作時，還債的感覺一直充滿我的心房。多少年來我只寫抒情詩或從事翻譯，在這之後我認為有責任用小說講述我們的時代。」那時的巴斯特納克，根本沒想到這部作品的得獎會演繹得如此一波三折。

一九五六年，巴斯特納克嘔心瀝血十年之久的長篇小說《齊瓦哥醫生》終於結稿了。小說描寫了外科醫生齊瓦哥在十月革命前後，約四十年的坎坷人生經歷，反映了知識份分子對十月革命的迷茫。小說一方面高度評價了十月革命這一空前壯舉的積極意義，另一方面也渲染了十月革命中的偏激行為和導致的失誤。

巴斯特納克滿懷期待地將小說手稿投寄給蘇聯《新世界》雜誌，沒想到很快就被退回了原稿。因為涉及敏感的政治話題，小說無法在蘇聯出版。無奈之下，巴斯特納克委託他的義大利朋友安吉洛，將手稿帶往歐洲出版。一九五七年，一位義大利出版商看中了《齊瓦哥醫生》，並很快以義大利文在米蘭出版發行。小說出版後立即風靡義大利，隨即法譯本和英譯本也在歐美各國暢銷一時。同時，該作品卻遭到了蘇聯政府和媒體的猛烈炮轟。

一九五八年初，因為《齊瓦哥醫生》所取得的藝術成就和世界性影響，瑞典文學院再次考慮授予巴斯特納克諾貝爾文學獎。糟糕的是，根據諾貝爾

文學獎的評獎規則，作品應當要有作家本民族語言的版本才能參選諾貝爾獎。當時的《齊瓦哥醫生》沒有俄文版，這就意味著巴斯特納克不能得到該獎項。而那時小說顯然不可能在蘇聯出版。冷戰時期的西方世界對蘇聯的圖書需求量也很少，同樣沒有書商願意出版俄文版的《齊瓦哥醫生》。

就在事情僵持無果的時候，美國中央情報局得知了此事，本著「書籍是最重要的戰略性宣傳工具」的宗旨，他們決定幫助出版俄文版《齊瓦哥醫生》。當特工找到擁有小說原稿的巴斯特納克的義大利朋友安吉洛時，他一口回絕了在歐洲名聲很差的中情局的「美意」。美國特工們只得另謀出路。而自從美國特工拜訪後，安吉洛唯恐手稿遺失，就一直隨身攜帶著。但在一次旅行中，安吉洛乘坐的飛機由於受到恐嚇迫降在米蘭，乘客們在飛機上等了兩個小時。特工們利用這個機會行動了。安吉洛的手提箱神祕失蹤了三個小時。在這期間，特工們從手提箱裡取出了手稿，拍攝完後又將原稿放回，將手提箱送回。成功獲取原稿資料的美國中央情報局開始籌劃俄文版的《齊瓦哥醫生》。為避免留下把柄和引起注意，手稿被分成幾個部分在不同的地方印刷，分到每個工人手上的也就幾頁紙。

一九五八年八月，諾貝爾評審會委員的案頭出現了俄文版的《齊瓦哥醫生》。經過仔細查閱，細心的評審們發現沒有出版商與印刷商的俄文版《齊瓦哥醫生》是徹頭徹尾的盜版書。無奈之下，原本打算蒙混過關的中情局，出錢收買了一位義大利書商，出版了俄文版的《齊瓦哥醫生》。

一九五八年十月，諾貝爾文學獎終於花落巴斯特納克。得知消息的巴斯特納克致電瑞典皇家學院：「極為感謝！激動！榮耀！驚訝！慚愧。」但巴斯特納克的處境卻因為這個獎項不斷惡化。四天後，由於蘇聯眾多輿論的反對，他被蘇聯作家協會開除會籍。甚至有人舉著標語遊行，要求把他驅逐出境：「猶大──從蘇聯滾出去！」他只好拒絕領獎，又致電寫道：「鑑於我所從屬的社會對我被授獎所做的解釋，我必須拒絕領獎，請勿因我的自願拒絕而不快。」

　　就這樣，巴斯特納克與諾貝爾獎失之交臂。所幸的是，一九八六年蘇聯作家協會正式為巴斯特納克恢復名譽，並成立了巴斯特納克文學遺產委員會。一九八九年十二月十日，其子代領了這個一波三折的「諾貝爾文學獎」。巴斯特納克總算能瞑目了。

小知識：

　　鮑里斯‧列昂尼多維奇‧巴斯特納克（1890～1960），蘇聯時期著名的詩人和小説家。主要作品有詩集《雲霧中的雙子座星》、《我和妹妹的人生》，中短篇小説《柳威爾斯的童年》、《空中路》，自傳體散文《安全證》等。他因發表長篇小説《齊瓦哥醫生》於一九五八年獲諾貝爾文學獎。二〇年代後期，巴斯特納克受到拉普（俄羅斯無產階級作家聯合會）攻擊，很難發表作品，轉而翻譯外國文學作品。他翻譯了許多西歐古典文學名著，如莎士比亞的《哈姆雷特》、《羅密歐與茱麗葉》、《安東尼與克莉奧佩特拉》、《馬克白》、《奧賽羅》、《亨利四世》、《李爾王》、《浮士德》、《瑪麗亞‧斯圖亞特》等。

讓優點成為成功的利劍
大仲馬和《三個火槍手》

生活沒有目標就像航海沒有指南針。——大仲馬

　　在十九世紀時的法國，有一個為生活所迫窮困潦倒的青年，從鄉下流浪到巴黎，渴望能夠找到一份謀生的工作。來巴黎之前父親曾告訴他，如果實在找不到工作，可以去找他的一位朋友尋求幫助。

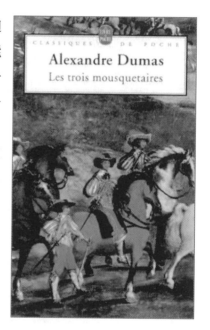

　　就這樣這個青年懷揣著夢想和熱情，在這個城市找尋流浪。而這個城市似乎並不對他那麼熱情。無奈之下，他找到了父親的那位朋友，希望他能夠幫自己找到一份工作，使自己能在這個大城市中有一席立足之地。

　　雙方見面寒暄之後，父親的朋友就問他：「年輕人，你有什麼特長或者愛好呢？精通法律嗎？」

　　青年不好意思地搖搖頭。

　　「歷史、地理怎麼樣？」青年還是沉默地搖下頭。

　　「那麼數學或別的學科呢？」青年再一次窘迫地低下頭。

　　「會計如何……」父親的朋友接著問。

　　就這樣持續了好長時間，面對父親朋友的一連串問題，他備感慚愧，但也都只能以搖頭作答。這似乎在無聲地告訴對方：自己真是一無所長，不學

無術一無是處，居然連一個優點也找不出來。

　　然而面對此景，父親的朋友並沒有對這位青年失去耐心，他對青年說：「那你先把自己的地址寫下來吧！我再想一想其他的辦法，看能不能幫你找一份適合你的工作。」

　　青年的臉早已漲得通紅，恨不能立刻就奪門而出。他羞愧地寫了下自己的住址，就急忙想轉身離開這個令自己深感恥辱的地方。可是，就在他留下地址剛要走的時候，卻被父親的朋友叫住了，「年輕人，你的字寫得很漂亮啊！這就是你的優點啊！」

　　青年在心裡盤思，字寫得漂亮有什麼用呢？青年疑惑地望著父親的朋友，但他很快就在父親朋友的眼裡看到了肯定的答案。隨即，父親的朋友又問了一些他這方面的問題，知道這位青年有很好的文學修養與豐富的想像力。父親的朋友於是說：「年輕人，你不該只滿足找一份養活自己的工作啊！你應該做你真正喜歡並且擅長的工作，何不拿起自己的筆去創作呢？」

　　告別這位父親的朋友，青年走在路上浮想連翩：對啊！我為什麼不發揮自己的特長，去做自己想做的事情呢？很多時候，也許放大自己的優點就是我們戰勝困難的最好方法。許多成功都源於找到了自身的優點，並努力地將其放大，讓自己變得更加自信，成為了自己明顯的優勢。

　　受到了積極的自我暗示之後，這個青年開始奮發學習，並且堅持練筆，不斷地進行文學創作以期提高自己的寫作水準。就這樣數年後，這個原來沮喪失望的青年經過自己持續不段的努力，終於向世人證實了自己的實力，寫出了享譽世界的經典之作《三個火槍手》。並且之後一發不可收拾，創做出了許多膾炙人口的優秀作品。他成為了一名非常傑出的作家——他就是家喻戶曉的法國著名作家大仲馬。他的小說《三個火槍手》和《基度山恩仇記》流傳至今，成為世界文學史上的經典之作，深得人們的喜愛。同時，大仲馬也被別林斯基稱為「一名天才的小說家」，而他也是馬克思「最喜歡」的作家之一。

小知識：

亞歷山大‧仲馬（1802年7月24日～1870年12月5日），出生於法國的維勒一科特萊，十九世紀浪漫主義作家。大仲馬自學成材，一生著作達三百卷之多，主要以小說和劇作著稱於世，代表作有《三個火槍手》和《基度山恩仇記》等。大仲馬信守共和政見，反對君主專政。其父為法國軍官，其母為一女黑奴，由於他的特殊身分，其一生都受種族主義的困擾。二○○二年，在去世一百三十二年後，大仲馬的靈柩終於被移入了法國先賢祠。

迫於生計的無奈之作
格蘭特和《格蘭特將軍回憶錄》

我知道取締有害或討厭的法律最有效的方法是嚴厲地去執行它。——
格蘭特

格蘭特將軍曾是美國南北戰爭時期聯邦軍總司令，內戰結束後，他當選為美第十八、十九任總統。卸任後，他根據自己生平所寫的《格蘭特將軍回憶錄》，更是被廣泛認為是一部不可多得的傑作，在二十世紀初，曾被評為「影響美國歷史的五十本書之一」。歷史人物中很難有傑出的文學作品問世，而格蘭特將軍雖然武將出身，但是他的《格蘭特將軍回憶錄》卻一直被譽為自凱撒的《高盧戰記》以來戰爭紀實作品中最了不起的一部。

而當初，格蘭特將軍之所以寫作《格蘭特將軍回憶錄》卻是出於無奈。格蘭特並非出身高貴，是南北戰爭讓他崛起於時代的草莽江湖，一躍成為彪炳史冊的偉大人物。在南北戰爭中，格蘭特充分地展示了他的軍事才能。過人的膽識、謹慎的思考以及堅韌執著的精神，使得他在西部戰場上如魚得水，取得了節節勝利。尤其是憑維克斯堡和葛底斯堡的勝利，使得戰爭局勢開始向著有利於北方的方向發生根本地轉變，奠定了整場戰爭勝利的基礎，也使得格蘭特贏得了超高的威望。這些成功也最終鋪就了他前往白宮的路。

　　一八七七年，格蘭特任期屆滿離開白宮後，開始了他環遊世界的旅程。結束旅程回國後，格蘭特開始在紐約定居下來。在紐約，他與人合夥開辦了一家投資公司，可是戰場上的英雄，對於如何在商戰中取勝卻並沒有多少經驗，結果，格蘭特被合夥人騙得傾家蕩產、負債累累。而恰恰在那段時間，他卻又知悉自己得了喉癌，為了盡快還清債務，供養家庭，格蘭特決心在生命中剩下不多的時間裡著作回憶錄。

　　那時候，馬克・吐溫與姪子在哈特福德也創辦了自己的出版社，馬克・吐溫迫不及待地想從自己出版的書集中牟取暴利。當他得知格蘭特將軍已經與世紀公司達成協定，同意出版自己的回憶錄，但尚未簽訂最終的合同條款時，馬克・吐溫就專程前往紐約拜訪了格蘭特，試圖為自己的公司爭取到格蘭特回憶錄的出版權。馬克・吐溫知道格蘭特寫回憶錄的主要目的就是為了賺錢，於是，他向格蘭特允諾了不可思議的百分之七十的書稿利潤，此舉一下就爭取到了格蘭特的回憶錄的出版合約。

　　一八八四年夏天，格蘭特開始動筆撰寫回憶錄。剛開始，格蘭特只是在位於紐約第六十六街的家中寫作。而隨著他的健康的每況愈下，他只好遷到紐約薩拉托加溫泉以外的一處度假勝地繼續自己的寫作。通常他是親筆書寫，其他的時間則是向某個家人或者助手口述一些章節。從一八八五年三月開始，馬克・吐溫出版社的推銷員就爭取到了一批又一批的關於格蘭特回憶錄的訂單。與此同時，隨著格蘭特的病情不斷惡化，一種極端的痛苦都在纏繞著他和家人。整個春天，公眾也都在密切地關注著格蘭特的身體狀況，而格蘭特一心想盡早完成書稿，也顧不得自己的身體了，甚至有次曾口述了一萬多字。

　　一八八五年七月二十三日，就在完成個人回憶錄最後清樣不到一週的時間後，格蘭特終於積勞成疾，病逝於紐約避暑勝地阿迪朗達克的麥克雷格山。在他逝世後，整個國家都陷入了極度的悲慟之中，他的回憶錄隨即公開出版，取得了驚人的銷量。

格蘭特親自完成了自己回憶錄的絕大部分工作，《格蘭特將軍回憶錄》從個人的角度詳細描述了墨西哥戰爭以及美國內戰，具有突出的史料價值和文學價值。在寫作回憶錄的時候，格蘭特將軍已得知自己身患癌症，在一年不到的時間裡就完成了兩卷回憶錄的寫作，這簡直是一項壯舉。《格蘭特將軍回憶錄》當時就取得三十萬冊的銷售紀錄，為格蘭特的遺孀贏得了大約四十五萬美元的版稅，也在一定程度上，告慰了格蘭特將軍的在天之靈。

小知識：

尤利西斯‧辛普森‧格蘭特（1822～1885），美國第十八任總統，軍事家、政治家，美國內戰後期聯邦軍總司令，陸軍上將。原名是海勒姆‧尤利西斯一格蘭特。一八二二年四月二十七日，出生於俄亥俄州一小業主家庭，父親傑西‧魯特‧格蘭特是一位皮革小商人，母親漢娜‧辛普森是位農場主的女兒，格蘭特的名字是家人用抓鬮的方式取的。格蘭特畢業於西點軍校，發跡於美國南北戰爭。

靜靜頓河下的激流
肖洛霍夫和《靜靜的頓河》

不要向井裡吐痰，也許你還會來喝井裡的水。——《靜靜的頓河》

一九六五年十二月十日，瑞典首都斯德哥爾摩，天空中還迷漫著鵝毛大雪，刺骨的寒意正籠罩著北歐。而在金碧輝煌的斯德哥爾摩音樂大廳裡卻熱情洋溢，舉世矚目的諾貝爾獎頒獎儀式正在這裡舉行。

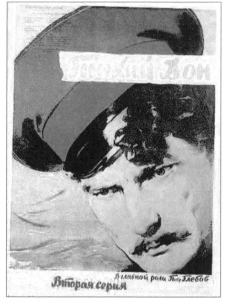

一位中等身材、神態莊重的俄國人，站在大廳中間，從瑞典國王手中接過諾貝爾文學獎的獎章和證書，證書上寫著短短的幾行字：授予米·亞·肖洛霍夫一九六五年度諾貝爾文學獎，藉以讚賞他在描寫俄國人民生活各歷史階段的頓河史詩中，所表現的藝術力量和正直品格。

這無疑是肖洛霍夫一生中最輝煌的一天。瑞典皇家學院評審們字斟句酌地寫下的這段評語，雖只有短短幾十個字，卻凝練而莊重地道出了肖洛霍夫四十年來的文學創作成就和取得的價值。然而這一路走來，肖洛霍夫卻走過了別人無法想像的艱辛。

肖洛霍夫動筆寫《靜靜的頓河》的時候，才年僅二十一歲；當他完成了這本四部頭的長篇巨著時，也才三十五歲。以作家通常中年達到創作成熟期而言，肖洛霍夫無疑是一個早熟的天才。因此在肖洛霍夫剛寫出《靜靜的頓

河》第一、二部時，一個流言就在暗中傳播：這部小說是肖洛霍夫剽竊別人的！

「別人」亦不是憑空捏造，而是有名有姓，他是一位叫謝‧哥洛烏舍夫的評論家，也寫過一本叫《靜靜的頓河》的書。謠傳如同長了有翅膀的魔鬼，它的傳播速度常常比公開發表的新聞還要快。沒多久，在蘇聯文學界這個謠傳就像瘟疫一樣流傳開來。

從一九二八年開始，肖洛霍夫就已經被漫天的謠傳所深深困擾，到了《靜靜的頓河》第三部發表的一九二九年上半年，這種謠傳已達到了公開發表的地步。

一九二九年，肖洛霍夫實在忍無可忍，便把自己的苦惱寫信告訴給自己的恩師、文學界德高望重的老作家綏拉菲莫維奇，希望能夠平息這種謠言對他的傷害。他並且宣稱，願意給謠言的製造者們兩個月的時間，讓他們能拿出真正的證據以證明他真的是抄襲。並且他把自己在寫作《靜靜的頓河》時的草稿，都寄給了《真理報》，以證實自己的清白。

那麼，究竟是什麼樣的怨恨讓謠言的製造者們如此痛恨肖洛霍夫呢？難道肖洛霍夫與謠傳的製造者們，有什麼私人恩怨或者在政治上不共戴天之仇嗎？其實都沒有。謠傳產生的原因其實很簡單：肖洛霍夫如此年輕就取得驚人的成就讓他們非常嫉恨他。而世上恰恰有一個謝‧哥洛烏舍夫的評論家又寫過一本《靜靜的頓河》，不過那不是一部小說，而是一本旅行札記和生活隨筆。但是，他們仍然找到了影射中傷肖洛霍夫的資本。雖然這本書與肖洛霍夫的《靜靜的頓河》風馬牛不相及，唯一相同之點就是兩本書都冠以同樣的書名。

在肖洛霍夫痛苦得難以繼續《靜靜的頓河》第三部的寫作的時候，一九二九年三月二十九日，以綏拉菲莫維奇為首的幾位著名作家，受當時俄羅斯無產階級作家聯合會書記處的委託，在俄共中央機關報《真理報》上發表了一封公開信，進一步證實肖洛霍夫的清白。

　　然而謠言並沒有因此止息，到一九二九年底時，圍繞《靜靜的頓河》產生的各種爭論又掀起軒然大波，其餘波蕩漾，繼續影響著肖洛霍夫的寫作。一九三〇年三月，《十月》雜誌編輯部通知肖洛霍夫，將不再發表有爭議的《靜靜的頓河》第三部。這讓肖洛霍夫再度陷入困境。

　　事情的轉機出現在一九三〇年，肖洛霍夫在困境中又重獲了新生。當時蘇聯文學界的泰斗高爾基邀請肖洛霍夫赴義大利作客；隨後蘇聯最高領導人史達林又兩次會見了肖洛霍夫，其時間兩位偉人的肯定，讓肖洛霍夫在俄國文壇的地位牢牢確立，至此之後，就再也沒有人對於《靜靜的頓河》產生懷疑了。

小知識：

　　米哈伊爾·肖洛霍夫（1905～1984），作家，諾貝爾文學獎得主。是二十世紀蘇聯文學的傑出代表。代表作品有《靜靜的頓河》、《被開墾的處女地》、《一個人的遭遇》等。一九〇五年五月二十四日出生在頓河維約申斯克鎮，一生中絕大部分時間在那裡度過。他僅受過四年教育靠自學成材。一九六五年，肖洛霍夫因其《靜靜的頓河》而榮獲諾貝爾文學獎。第二次世界大戰期間，肖洛霍夫兩次被授予「社會主義勞動英雄」的稱號，一九三九年他獲列寧勳章，一九四一年獲史達林獎金，一九六〇年獲列寧文學獎金。一九八四年肖洛霍夫在他的出生地克魯齊林諾村去世。

一個家族的「血淚史記」
班固、班昭和《漢書》

（《漢書》）言皆精練，事甚縝密。——劉知幾

　　司馬遷寫成《史記》後，該書一直受到後人推崇。但《史記》的記事只是止於漢武帝太初年間，所以後來有不少人續寫漢武帝以後的歷史，但大都是狗尾續貂，無法與《史記》媲美。東漢初年，學者班彪才華橫溢又熱心於著述，他搜集西漢史料，旁及軼聞雜說整理編撰，寫成了《史記》的後傳數十篇。

　　從小受到父親的耳濡目染，班彪的長子班固繼承父業，完成《漢書》。《漢書》是繼《史記》之後，又一部如實記錄中國古代歷史的宏偉巨著，而《漢書》的完成卻是經歷了常人難以想像的艱難困苦。

　　對於治史情有獨鍾的班固，接過父親的筆繼續以誠實之心書寫歷史，同時還培養自己的小妹班昭努力學習歷史知識，夯實文學功底。而班昭也是一個非常有才學的女子。班固還收了兩名弟子和妹妹一起學習。大弟子馬續，善良溫厚，忠實勤勉；二弟子曹壽，聰慧貌美，才學斐然。

　　那時候寫書著述還非常辛苦，因為沒有紙張，文字都是記錄在竹簡上。因此，要不斷地上山砍竹子，做成竹簡，既耗力又費時。而整理編纂歷史資

料的工作又繁雜浩大，班固積勞成疾，身體日漸衰微，想到身後之事，就想給妹妹班昭找一個託付。於是，班固決定在兩位弟子中為班昭選一個女婿，輔助妹妹完成《漢書》的編纂工作，於是就選中了曹壽。

曹壽和班昭結婚後，卻無心於《漢書》的整理工作，醉心於功名。對於班家兄妹的才學，當朝皇太后非常賞識。她想讓班固寫一篇頌揚自己的美賦。班固自然不肯趨炎附勢，一直推託。而曹壽卻看準了這個高升的機會，苦思冥想多日，終於完成了一篇辭章華麗卻無內容的辭賦，得到了皇太后的垂青。

後來班固遭人陷害，慘死獄中。而此時曹壽卻不顧恩師情緣，竟還跑到皇宮博得太后歡心。此舉令班昭傷心之至。沒有完成《漢書》是班固的一大遺憾，於是，班昭毅然對天許願，誓要完成《漢書》。之後，班昭日以繼夜埋頭整理書稿，而此時的曹壽卻貪圖奢華，做了皇太后的「面首」，疏離了班昭。

而溫厚的馬續卻仍如從前那樣，一直輔助班昭整理書稿。幾年後的一天，馬續向班昭告別。因為《漢書》裡有一章關於山川氣候的描寫，此章必須遊歷山川曠野才能收集而成。而之前班固苦於身體不濟，一直未能如願。忠厚的馬續為了完成班固的遺願，決定遠行以期完成此章。長期孤獨困苦的班昭雖然捨不得師兄離去，但為了《漢書》，只能忍痛割捨。而就在此時，恰巧皇太后駕鶴西去，並在死前留下遺囑，封曹壽為侯，一生為其守靈。此時，曹壽已經無法左右自己的命運，苦不堪言，最終一死了之。

兩位師兄的先後離去，讓班昭變得孤苦無依。在一個狂風暴雨的夜裡，家中又突然遭到雷電襲擊，書稿損失多半，被毀掉的必須重新整理。殘酷的現實讓班昭心灰意冷。後來她寫了一篇〈女誡〉，深得新皇太后的賞識，被尊入宮，進入皇宮。昔日的班氏草堂則是人去樓空。

皇家書院的生活自是怡然自得，班昭整日陪著皇妃們飲酒作詩，遊樂戲耍，寫書的雄心漸漸消磨。冬去春來，時光荏苒，轉眼二十年的時光就過去

了。在一個漫天風沙的日子裡，班昭突然接到有人來報，曾經的大師兄馬續帶著滿滿的一箱書稿回來了。與班昭相見後，馬續看到皇家生活的安逸反而削弱了班昭的志氣，令他非常傷心，就請求班昭把曾經的書稿給他，讓他來完成老師班固的遺願。

受到師兄的感染，班昭感動異常，毅然決定回到班氏草堂，重新恢復《漢書》的編纂工作。然而，皇太后卻不讓班昭離開，她只好在書院裡繼續編纂工作。為了能幫助班昭完成師父的遺願，馬續自請「宮刑」，陪她一起整理《漢書》。就這樣，班超和馬續又花了近二十年的時間，終於完成了《漢書》。

小知識：

班固，字孟堅，扶風安陵人，出生於東漢光武帝建武八年。父親班彪是一個史學家，當代的大文豪，曾作《後傳》六十五篇來續補《史記》。《漢書》就是在《後傳》的基礎上完成的。《漢書》的體例與《史記》相比，已經發生了變化。《史記》是一部通史，《漢書》則是一部斷代史。

班昭，字惠班，又名姬，字惠班，扶風人，班彪之女，班固、班超之妹，曹世叔妻，早寡。班昭是我國古代第一位傑出的女史學家。

在心靈煉獄中涅槃重生
大江健三郎和《個人的體驗》

這是深深紮根在我的現實生活中的課題。——大江健三郎

　　一九六四年諾貝爾文學獎獲獎作品《個人的體驗》，正是作者大江健三郎在創作的一部以自身經歷為背景的長篇小說。他將自己所經歷的精神煉獄昇華為文學作品。他說：「這是深深紮根在我的現實生活中的課題，如果不去寫它，那麼對我來說，小說就是毫無意義的東西。」

　　一九六三年對二十八歲的大江健三郎來說，是個非常重要的年份。在這一年，他的長子大江光出世了。有了孩子原應該是件喜事，但與年輕的大江夫妻所憧憬的不同的是——嬰兒的頭蓋骨先天性缺陷，腦組織外溢，尚在襁褓中就接受了腦部手術，雖經治療免於夭折，卻也留下了無法治癒的後遺症。此事給這位二十八歲的青年作家蒙上了厚厚的陰影。望著整天躺在救護玻璃箱子裡的幼子，看起來彷彿長著兩個腦袋，每日掙扎在瀕死邊緣線上，大江健三郎一度精神恍惚，產生了頹廢情緒。他在家庭的災難性遭遇體驗中，感受到前所未有的精神壓力。「必須坦言的是，期間自己曾多次想到過要從那種體驗中逃離開去——如果有那種可能的話。」大江健三郎如是說。

　　對於大江光的誕生，醫生直言生存的可能性只有百分之三十，倘若手術獲得成功，智力肯定也會嚴重受損。剛出生的嬰兒沒有自我意識，無法為自己的生存做出選擇。此時，面對整個事件，只有身為父親的大江健三郎，他決定承擔起自己應盡的責任。他堅持讓醫生全力以赴進行手術，即使這樣做只能延續嬰兒短暫的生命。他堅定地說，如果世人認為僅能活一個星期的人生沒有意義的話，那麼自己二十八年的光陰也同樣沒有任何意義。

　　弱智的大江光在家庭的呵護下，溫暖而幸福地成長，長大後成為日本小有名氣的作曲家。冬日的一天，家人從東京來看望獨自生活在普林斯頓公寓裡的大江健三郎。弱智的兒子在陌生的異鄉環境中感到無比的恐慌，但當在樹影婆娑的林子裡聽到野鴨的鳴聲從湖面升起時，大江光一直低垂著頭突然抬起，眼神中煥發出光澤，彷彿心中有了萬千感悟。翌日，大江光在普林斯頓大學老音樂廳舉辦的音樂會上演奏了剛譜寫的《E大調——加拿大野鴨》。曲畢，音樂廳內掌聲雷鳴，全體聽眾起立喝采。在場的聽眾中，有一位同樣是諾貝爾獎得主的經濟學家約翰・F・納許教授，他快步走到大江健三郎面前，激動地向大江祝賀，並開心地說自己與作曲家大江光是同一天生日。大江健三郎當即流下淚水，他慶幸自己當初不放棄的愛才給了彼此存在的幸福。

　　從兒子的成長中，大江健三郎由衷地感受到了做父親的幸福。他曾說：「我強烈地體認到，除了和兒子共生，我別無選擇。也無法想像每次度過苦難後所感受到的生的喜悅。」厄運的不期而遇，不但給予他精神上的重生，也給大江的文學帶來了新的轉機。他在創作中注入了對存在本質和邊緣狀態的獨特理解，他意識到死亡並且將這種生活態度與自己的文學創作結合起來。

　　在大江的作品《個人的體驗》中，年輕的父親鳥面對殘疾兒的現實苦惱、動搖，甚至想把孩子弄死，但他最後終於勇敢接受事實，走過心靈煉獄，決心和殘疾的孩子一起共同開創生存的道路，獲得了新生。而這正是大江真實生活的寫照！愛是一縷射入黑暗痛苦的陽光，它拉起了跌倒的靈魂。愛，溫潤而強大，它慰藉了彼此的心靈，鍛造了人格的成長，也鑄就了精神的重生！

小知識：

大江健三郎（1935～），日本作家。學生時期發表了《奇妙的工作》、《死者的奢華》、《人羊》、《他人之足》、《飼養》、《在看之前便跳》等短篇小說，長篇小說《摘嫩菜打孩子》、《我們的時代》和隨筆《我們的性世界》等作品。而後，發表了《個人的體驗》、《核時代的森林隱遁者》等，一系列以殘疾人和核問題為主要題材的作品，主要作品還有《日常生活的冒險》、《洪水淹沒我的靈魂》等長篇小說。此外，在隨筆和文學評論領域著有《廣島日記》、《身為同時代的人》和《小說方法》等作品和文論。

征服世界的魔法師

J. K. 羅琳和《哈利波特》

> 既然活著，就要滿懷希望，尤其在困境中。一個滿懷希望的人，才
> 會有光明的前途。──J. K. 羅琳

羅琳小時候是個相貌平平的女孩，有點害羞，但她想像力豐富，熱愛寫作，熱衷講故事，她常常把她那些天馬行空的奇思妙想編成故事講給妹妹聽。上了大學以後，她雖主修法語，卻對英國文學異常喜愛。

大學畢業，羅琳到葡萄牙去做了英語老師，愛上了當地的一個記者，並且與他結成連理。可惜這段婚姻並沒有受到太久的祝福。兩人離婚後，堅強的羅琳帶著才剛剛三個月大的女兒回到英國愛丁堡，在找不到工作的情況下，靠著微薄的失業救濟金生活。

那是一段真正暗無天日的日子，羅琳那七十英鎊的失業救濟金剛好只夠付房租，連六百英鎊的押金都是朋友幫忙墊付的。她一度陷入深刻的沮喪和絕望裡，不只一次考慮過自殺，好在她即時接受了心理醫生的認知行為治療，從追逐死亡的道路上撤了出來。過後回想起來，羅琳從不逃避，甚至慶幸這段人生的小插曲，她坦言：「從來沒有為自己曾經憂鬱沮喪而感到羞恥，從來沒有。有什麼好羞恥的呢？我度過了一段真正艱難的時光，我非常驕傲我能脫離那種生活。」

也是在那段日子，靈感突如其來襲上心頭，羅琳在曼徹斯特前往倫敦的火車途中，偶然遇到了一個瘦弱、戴著眼鏡的黑髮小巫師，一直在車窗外對著她微笑。似乎像命中註定了一樣，他一下子闖進了羅琳的生命，使她萌生了創作一部魔幻小說的念頭。於是，在經歷過一系列的困苦之後，一個讓世

界為之著迷的十歲小男孩誕生了：他身材瘦小，黑色的頭髮亂亂地蓬在頭頂，碧綠的眼珠明亮透徹，戴著老學究一樣的圓形眼鏡，前額上有一道細長、閃電狀的傷疤——他就是哈利‧波特。

寫書的那兩年，羅琳沒有任何其他收入來源，書稿完成之後，她便完全不知道下一步該怎麼辦，直到最後才有了投稿的打算。幾經周折，她的書稿投到了文學經紀人里特的手裡。里特盡心聯繫了九家出版社，沒有一家買帳，他們的理由多種多樣，有的說羅琳的小說情節拖沓，有的嫌故事太長，還有的竟然說對孩子來講，這書的文學性太強。

後來，布魯姆斯伯里出版集團的總裁奈傑爾‧牛頓帶著羅琳的書稿回了家，他有個八歲的女兒，他認為這稿子也許能給女兒解解悶。誰知小女孩看完第一章就上了癮入了迷，奈傑爾於是決定出版這本書，他認為，兒童文學作品只要對孩子產生吸引力，就足夠了。

一九九七年六月，《哈利‧波特——神祕的魔法石》一經問世就佳評如潮，常銷不衰，至今為止已發售一點零七億冊。羅琳本人也因為這本書不僅擺脫了窮困潦倒的生活，獲得了前所未有的財富和聲譽。如今，哈利‧波特系列被翻成六十多種文字，在全球狂銷超過三億本，羅琳的身價也暴增為五億英鎊，這位現代灰姑娘似乎已經創造屬於自己的傳奇。

小知識：

J. K. 羅琳，英國女作家，創做了風靡全球的《哈利波特》系列叢書。一九六六年七月三十一日出生於英國的格洛斯特郡。一九九〇年開始寫作哈利‧波特系列魔法故事的第一部《哈利‧波特——神祕的魔法石》，二〇〇七年七月七日，哈利‧波特系列小説的第七部也是最後一部《哈利‧波特——死神的聖物》正式完結，羅琳完成了這部巨著的終結篇。

汗水與智慧的結晶

霍金和《時間簡史》

活著就有希望。——霍金

一九四二年一月八日的倫敦，正籠罩在法西斯的狂轟濫炸中。而霍金就出生在這樣一個戰火連天的日子裡。在戰爭歲月的動亂中，霍金在倫敦附近的小鎮上度過了自己的童年。

小時候的霍金就熱衷於弄清楚一切事物的來龍去脈，喜歡追根究底。因此，每當他看到一件新奇的東西時，總喜歡把它拆開來，想把每個零件的結構都弄個明白——不過他也常常很難再把它們裝回去，因為他的手腳遠不如頭腦那樣靈活。

在霍金十七歲的時候，他進入牛津大學學習物理學。那時的霍金仍舊和一般的學生沒有兩樣。身為戰後成長起來的一代，他和其他的年輕人一樣迷茫，不知道生活的意義到底是什麼，對一切都感到厭倦，覺得沒有任何值得努力追求的東西。在學校裡，霍金與同學們一同玩樂遊蕩、喝酒、參加青年人的狂歡派對。

然而，一件事情還是改變了他一生的命運。而這件事對當時的霍金來說，無異於晴天霹靂。從童年時代起，霍金就不太喜歡運動，文靜得像個女

孩子。到牛津讀書第三年的時候，霍金注意到自己的身體變得更加笨拙了，有幾次甚至沒有任何緣故地跌倒在地。

直到一九六二年霍金轉到劍橋讀研究所的時候，他的母親才注意到兒子身體的異常狀況，隨後便帶著兒子去了醫院。在醫院裡住了兩個星期，經過各種檢查，最後霍金被確診患上了「漸凍人症」，即運動神經細胞萎縮症。醫生對他說，他的身體將會越來越不聽使喚，只有心臟、肺和大腦還能正常運轉。到最後，心和肺也會停止運轉……霍金被「宣判」還只剩下兩年左右的生命。那是在一九六三年，這對一個只有二十二歲、還處在人生最美年華的年輕人來說，是一種怎樣的殘酷無情！

在得到這一消息時，對霍金的打擊可想而知，他幾乎要崩潰了，隨即也放棄了所有的學業和研究。因為他認為自己不可能活到完成碩士論文的那一天了。最初，病情惡化得相當快，連霍金都始料未及。他只好整日以醫院為家，而且時時還得有專人照料。就是在這期間，有兩件事情極大地震撼了霍金。甚至可以說，正是因為這兩件事才成就了今天的霍金。

一是他住院期間，他目睹了對面病床上一個男孩死於肺炎。他在日後曾這樣寫道：「這是個令人傷心的場合。很清楚，有些人比我更悲慘。只要我覺得自哀自憐，就會想到那個男孩。」第二件事是在他出院後不久，做了一場自己被處死刑的夢。他突然意識到，現在的自己正在被判「緩刑」，這樣的話，他仍舊還有許多事情值得去做。於是，他又重新拾起自己的課本，以前所未有的勇氣和毅力去鑽研。

隨著時間的推移，霍金的病情也日漸加重。除了大腦還能正常思維外，他只有右手的兩根手指尚能輕微活動，身體的其他部位幾乎已全部失靈。一九七〇年，在學術上日漸聲隆的霍金已無法自己走動，他開始使用輪椅。直到今天，他再也沒有離開過它。

一九八五年夏天，在日內瓦的歐洲核子研究中心，霍金被診斷得了肺炎。醫生告訴他的妻子珍說霍金已經沒有任何希望了，甚至可以考慮撤走維

生系統。但是珍堅決不同意。霍金被送回劍橋，一位知名的外科醫生為他做了穿氣管手術。這個手術挽救了霍金的生命，但是也讓霍金再也無法說話。

在養病期間完全退出學術界的一段時間後，霍金的聲音再次響起。但這已經不是他本人所發出的聲音，而是帶有金屬磁性的語音合成器的聲音。奧祕就在霍金面前支起的一個小螢幕，當移動的游標停留在霍金所選取的單字上時，他就用透過眼睛或手指的動作來完成選字。當累積到一定的單字能夠組成一個句子時，便可以送進語言合成器裡「說話」，或存在磁碟中「寫作」，速度是每分鐘造五、六個字，為了合成一個小時的錄音演講，霍金就需要十天的時間。而就是透過這種方式，經年累月，霍金最終完成了科普巨著《時間簡史》。可想而知，霍金在寫作《時間簡史》的過程中，付出了多大的努力和勇氣。

《時間簡史》出版後，在全世界創下高達兩千五百萬冊的銷量。從一九八八年出版以來，一直雄踞科普暢銷書榜，也創下了暢銷書的一個世界紀錄。在這本書裡，霍金力圖以一般人能理解的方式來講解黑洞、時間旅行和宇宙的起源等。可以說這本書裡的每一個字，都是霍金汗水與智慧的結晶。

小知識：

霍金（1942～），英國劍橋大學應用數學及理論物理學系教授，當代最重要的廣義相對論和宇宙論家，被稱為在世的最偉大的科學家。一九四二年一月八日出生於英國的牛津。一九六三年霍金被診斷患有運動神經元疾病，隨後全身高度癱瘓。一九七八年獲世界理論物理研究的最高獎愛因斯坦獎。一九八八年其出版的《時間簡史》一書，獲沃爾夫基金獎，成為科普類書籍最暢銷的書。

沒有英雄的小說
薩克萊和《浮華世界》

世界是一面鏡子，它照出每個人的形象。——薩克萊

《浮華世界》是薩克萊的成名作，也是
他的代表作。在《浮華世界》裡，雖然因為
劇情的需要也附帶寫到一些大貴族，但是
全書的重點仍然是那些資產階級爆發戶、沒
落的小貴族、地主以及中小商人。《浮華世
界》裡沒有英雄，小說的副題就是「沒有英
雄的小說」，而這也是最初小說的名字。薩
克萊之所以能用一支筆描繪出上流社會的百
醜圖，也和他的親身經歷密切相關。

　　一八一一年，薩克萊出生在印度。他的
父親是東印度公司的稅收員，相當富裕。在
薩克萊四歲的時候，他的父親不幸去世。
身為獨生子的他，繼承了一萬七千英鎊的遺
產。在那時這可是一筆巨大的財富，足以讓他一生過上優質的生活。六歲
時，母親帶著薩克萊回到了英國，按部就班，他進了一所專為世家子弟開設
的學校。

　　然而薩克萊對學校裡的生活似乎並不感興趣，他對任何功課都不感興
趣，卻非常愛閱讀課外的文藝書籍。稍大後，他又去了重理工科的劍橋，而
他所涉獵的文學在那時卻是被人所看不起的。還沒有等到他拿到學位，他就

跑去德國遊學，不過也只是到處遊蕩。回國後他在倫敦學法律，可是他又非常厭惡法律。這些豐富的經歷倒是讓他把倫敦中上層社會的生活摸得很熟悉。儼然，那時的他也已經成為他們其中的一份子。如果只是這樣，那麼他也只是一個混天度日、一事無成的浪蕩子。然而，一件意外事情的發生，把這一切都改變了。

一八三三年冬天，薩克萊存款的銀行突然倒閉，銀行根本無力償付儲戶的存款，而薩克萊所有的財產幾乎都存在這家銀行裡。這對一個過慣了遊手好閒生活的人來說，無疑是一個重大的打擊。他的財產幾乎全部化為烏有，每年只剩下一百英鎊的收入。

剛開始他便經常去上層社會的朋友那裡混吃混喝。而當他的那些朋友們知道了他的經濟狀況後，好像都一下子變了個人似的，像躲瘟疫般躲避著他，自然對他的態度發生了一百八十度的大轉彎。這讓薩克萊十分痛心，他沒有想到曾經和自己那麼要好的朋友，在自己遇到困難的時候，竟然都會落井下石，連一個願意幫助他的人都沒有。但這也讓他看清了那些表面上光鮮的上層社會人物背後的醜惡嘴臉。

而日子總得繼續過下去，這讓他不得不從懶惰中振奮起來。貧困的唯一好處，是讓他解除了曾經的社會地位所帶給他的束縛。由於從來不專注學業，他在當時幾乎一無長技。律師、法官、醫生、教士、軍官，這些上流社會熱衷的體面職業似乎都已經和他無緣。而這時，他又想到了讓他醉心的文藝，於是他拿起了筆，希望用自己的文字來養家糊口，並用來控訴這個讓他深深失望的社會。

於是，薩克萊幾乎把他的所有時間都用在了文字創作上。他用了許多筆名，不停地在報刊雜誌上投稿。皇天不負苦心人，漸漸地他的作品開始發表在各式各樣的報刊上，並且受到不少的好評。從中他也得到了不少的樂趣。當時他在給母親的信上說：「我應該感謝上天使我貧窮，因為我有錢時遠不會像現在這般快樂。」

　　然而，那時的薩克萊畢竟還沒有功成名就。他一心想創作一部反映當代英國社會的偉大著作。於是，他幾乎調動了他所有的社會閱歷，前後用了幾年時間，終於寫成了《浮華世界》。一八四七年，他的《浮華世界》在《笨拙》雜誌上發表的時候，引起了轟動的效應。

　　薩克萊以辛辣諷刺的筆法，真實描繪了十九世紀早期，英國上流社會各色人物的醜惡嘴臉以及爾虞我詐、弱肉強食的人際關係。薩克萊因《浮華世界》而叱吒英國文壇，贏得了與當時的狄更斯一樣的名望。

小知識：

　　薩克萊（1811～1863），英國小說家。一八一一年七月十八日出生在印度加爾各答附近的阿里帕。四歲時父親去世，母親改嫁，六歲時被送回英國上學。一八二九年公學畢業後進入劍橋大學。一八三三年主辦《國旗》週刊，同年十月前往巴黎專攻美術，後又半途而廢。一八三六年任倫敦《立憲報》駐巴黎記者。代表作品有《浮華世界》、《當差通信》、《凱薩琳》、《霍格蒂家的大鑽石》、《亂世兒女》等。

第六章

托物於文的勵志宣言

將人道主義進行到底！

維克多‧雨果和《悲慘世界》

反對暴力、以愛制「惡」。——維克多‧雨果

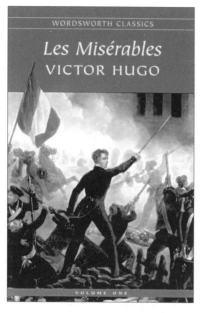

　　維克多‧雨果出生於法國東部的省城貝桑松，他傾其一生的興趣自始至終在於寫作。雨果一生著作等身，涉及文學的所有領域。在這其中，有一部小說的創作歷時三十餘年。從一八二八年開始構思，到一八四五年動筆，直至一八六一年才終於寫完全書，這樣的耗時長久在雨果的小說創作中是絕無僅有的。

　　這部小說的創作動機，來自於一個窮苦農民所經歷的事情。

　　一八〇一年，一位叫彼埃爾‧莫的窮苦農民蜷縮在牆角。天氣寒冷，他卻只能穿著一件破破爛爛的單衣。商店裡的食物五花八門，飢餓的他卻連買一個饅頭的錢都沒有。人來人往的大街上，卻沒有一個人將目光投注到這個可憐的人身上。乞討的飯碗空空如也，那些紳士、貴婦連彎腰投一個硬幣的施捨都不願給予。走投無路的彼埃爾‧莫，無助地在大街上徘徊，他彷彿看到死神正一步一步地向自己靠近。正在這時，前方的一家店鋪裡一籠熱氣騰騰的麵包出籠了。黃橙橙的麵包散發的誘人香味，一個勁地往飢寒交迫的彼埃爾‧莫的鼻孔裡鑽。他再也忍不住了，按捺著撲通撲通跳的心，使出渾身力氣，衝上前抓了一個麵包就跑。

　　整個世界都安靜下來，彼埃爾‧莫再也聽不見什麼了，他慌亂地只知道一個勁地往前跑。忽然，他被什麼東西給絆倒了。趴在地上的彼埃爾‧莫顧不得爬起來，就連忙把手裡的麵包拼命往嘴裡塞。正在這時，追著他一路跑的巡警出現了。不顧彼埃爾‧莫的苦苦哀求，他們把他扭送到了法官面前。周圍都是剛才漠不關心現在等著看好戲的行人，彼埃爾‧莫為自己辯護著，可是誰又會聽呢？就這樣，因為偷了一個麵包，彼埃爾‧莫被飽食終日的法官判了五年苦役。

　　在監獄裡，彼埃爾‧莫遭受了非人的折磨。同屋的囚犯們看他瘦弱貧窮，就命令彼埃爾‧莫服侍他們，稍有不合意，就對他拳打腳踢。管理犯人的獄卒們天天剝削他們，安排他們做這做那，只要沒有完成任務，就不給飯吃。有一次，勞累了一上午的彼埃爾‧莫在搬石頭的過程中一個踉蹌，摔了出去。獄卒們聞聲趕來，大聲斥責，甩開鞭子就打起來。彼埃爾‧莫被打得血肉模糊，絲毫動彈不得。五年的苦役生涯中，無情地鞭打，肆意地辱罵，讓彼埃爾‧莫飽受盡折磨與摧殘。

　　艱辛的五年後刑滿釋放，離開苦役生涯的彼埃爾‧莫持黃色身分證四處討生活。本以為可以憑藉自己踏踏實實的態度謀得一份工作養活自己，沒想到他卻處處碰壁，遭人鄙視與嫌棄，以致於最後窮困潦倒，死在街頭。觀其一生，這個農民的命運何其淒苦，最終以飢寒至死收場。他當初無可奈何的犯錯，卻成了他一生的污點，這其中飽含著多少辛酸與不公啊！

　　這件事引起了雨果的關注，使他產生了同情憐憫之心並萌生為此創作一部小說的想法。從一八二八年起，雨果醞釀著寫一個釋放的苦役犯受聖徒式的主教感化而棄惡從善的故事。他把這個事件做為小說男主角尚萬強的故事藍本，他賦予尚萬強終生遭到法律迫害的悲慘命運，並以此做為主要線索與內容，又以傅安婷、珂賽特、泰納第等其他社會下層人物的苦難做為補充，使人物形象、故事情節變得豐盈完整。他在小說裡傾注了真誠的人道主義同情，它是那麼清晰地滲透瀰漫在整個悲慘世界裡，使人產生一種浩博之感。

正是雨果對事件的關注，以及執著地追尋與體驗，才誕生了這部偉大的巨著——《悲慘世界》。

貫穿雨果一生活動和創作的主導思想正是人道主義——反對暴力、以愛制「惡」。在《悲慘世界》裡，與無處不在的人道主義同情同時存在的，是雨果對黑暗的社會現實的強烈抗議。由此可見，雨果的人道主義思想，不僅是他同情勞動人民的理論依據，也是他進行社會批判的一種尺度。

小知識：

維克多‧雨果（1802～1885），十九世紀浪漫主義文學運動領袖，人道主義的代表人物，被人們稱為「法蘭西的莎士比亞」。雨果的創作歷程超過六十年，其作品包括二十六卷詩歌、二十卷小說、十二卷劇本、二十一卷哲理論著，合計七十九卷之多，給法國文學和人類文化寶庫增添了一份十分輝煌的文化遺產。其代表作是：長篇小說《巴黎聖母院》（又譯：鐘樓怪人）、《悲慘世界》（又譯：孤星淚）、《海上勞工》、《笑面人》、《九三年》，詩集《東方詩集》等。

追逐青春的尾巴
馬賽爾・普魯斯特和《追憶逝水年華》

心愛的人，既是痛苦的淵源，又是緩解痛苦、加深痛苦的藥劑。——
普魯斯特

《追憶逝水年華》是普魯斯特對於自己青春的無限懷念與追憶。普魯斯特在兩百萬字的鴻篇巨作中，沿著紛繁複雜的回憶去尋找、重建了那些被時間緩慢摧毀的過往世界。在被時間銷蝕的歲月中，那些回憶的碎片四處凋零散落。普魯斯特將這些信手拈來，復甦了每一個碎片後的真實世界。它們在漫不經心地互相追逐中逐漸建構起了一座回憶的大教堂，龐大而結實，簡單而穩重。

這座大教堂最引入勝的彩色壁畫，是普魯斯特在人生不同階段愛上的三個女人。當她們在回憶裡慢慢浮現時，彩色的色調散發出令人暈眩沉醉的光芒。而正是因為這三個女人，才有了最終的《追憶逝水年華》。

普魯斯特愛上的第一個女人是希爾貝特。童年時代的普魯斯特常隨父母去小鎮貢佈雷度假，而希爾貝特正是住在他隔壁的鄰家小女孩。當普魯斯特在桃紅色山楂花園裡初見到希爾貝特時，便對她一見鍾情了。可是這個滿臉

雀斑、天性驕傲的小女孩卻對他不屑一顧。伴隨著普魯斯特離開貢佈雷，這
段可憐的單相思也不了了之。再次相遇時，希爾貝特已經成為一個熱衷於在
香榭麗舍公園打球、溜冰的紅髮少女。追逐年少情感的普魯斯特，每天在香
榭麗舍公園守候，但是他始終無法走進少女的內心，他那近乎崇拜的愛慕和
極度敏感的自尊，甚至使希爾貝特起了反感。連友誼也不存在的兩人漸行漸
遠。

　　第二個女人亦是在貢佈雷結緣。在親眼見到蓋爾芒特公爵夫人之前，普
魯斯特已經愛上了她的姓氏。普魯斯特是法蘭西古老文化的傾心愛慕者，而
這個姓氏是屬於貢佈雷的領主的，它閃耀著中世紀桔黃色的神祕光輝，守護
著周圍的一切。當普魯斯特第一次在貢佈雷的教堂見到前來觀禮的蓋爾芒特
夫人時，他很快見證了教堂壁畫上那些領主們的世襲特徵。蓋爾芒特夫人無
論是身體、臉部的生理特徵，還是神情舉止中都流露出與古老的彩色壁畫相
互輝映的高貴氣質，這使得夫人煥發出迷人的光芒，牢牢吸引住了普魯斯
特。她是個魅力十足的女人，她的藍色眼睛如同森林和古堡的晴朗天空，她
謙遜溫柔，天真迷人，才華橫溢。這一切在普魯斯特看來都是那麼美！他對
夫人的愛慕之心是如此強烈，他憑藉自己的聰敏和才華在社交場上贏得了夫
人的讚許，成了蓋爾芒特夫人的好朋友。他們的友誼漫長而芬芳。

　　在這三個女人中，阿爾貝蒂娜是最普通的。她不是從少年夢想中誕生出
來的，也不是沐浴著文化審美的光輝出現的，但是在她的身上折射了普魯斯
特最多的自我與情慾。二十歲那年的夏天，普魯斯特去海濱城市巴爾貝克度
假。在那兒，他結識了阿爾貝蒂娜，並逐漸愛上了她。隨後，因為一些偶然
事件，普魯斯特對阿爾貝蒂娜的純潔起了疑心，突如其來的佔有慾使得普魯
斯特的愛情急劇升溫。最終，阿爾貝蒂娜順從地做了普魯斯特的未婚妻。而
被佔有慾折磨的普魯斯特處處限制未婚妻的行動，派人跟蹤，收集謠言。而
她為了爭取自由的權利和人格的尊重，而不惜與普魯斯特決裂。普魯斯特發
出請求和解並承諾讓步的電報，卻收到了她的死訊。這是個多麼戲劇的結局

啊！

　　一切都處於永恆的流逝和銷蝕之中。安德列‧莫羅亞說：「人類畢生都在與時間抗爭，他們本想執著地眷戀一個情人、一位友人、某些信念，但是，遺忘從冥冥之中慢慢升起，淹沒他們最美麗、最寶貴的記憶。」我們看到，普魯斯特正在用他那可以重建一切的回憶，追逐著青春的尾巴，找尋著失去的時間。

小知識：

　　馬塞爾‧普魯斯特（1871～1922），法國二十世紀偉大的小說家，意識流小說大師。他出生於法國奧特伊市。中學時開始寫詩，為報紙寫專欄文章，後入巴黎大學和政治科學學校鑽研修辭和哲學，對柏格森直覺主義的潛意識理論進行研究，嘗試將其運用到小說創作中。他和同窗好友創辦雜誌《宴會》，從一八九二年起，在該雜誌發表短篇小說和隨筆。一八九六年他將已發表過的十多篇作品，收集成冊以《歡樂與時日》為題出版。其主要作品有《讓‧桑特依》、《駁聖‧勃夫》、《追憶似水年華》七冊（《在斯萬家那邊》、《在少女們身旁》、《蓋爾芒特家那邊》、《索多姆和戈摩爾》、《女囚》、《女逃亡者》、《重現的時光》）等。

史學雙璧照青史

司馬光和《資治通鑑》

王者不欺四海，霸者不欺四鄰，善為國者不欺其民，善為家者不欺
其親。——《資治通鑑》

在中國史學界，有一對久負盛名的「雙璧」。其中之一就是司馬遷的
《史記》，而另一部就是司馬光的《資治通鑑》。而與司馬遷獨自寫完《史
記》不同的是，《資治通鑑》是群策群力的結果，其中起到關鍵作用的就是
司馬光。「司馬光砸缸」的故事可以說在中國婦孺皆知，然而，讓司馬光之
所以能夠流芳百世的卻是他所寫的這部書。

司馬光出身於官宦世家，書香門第，家學淵源深厚。因此，吟詩作賦的
事情對司馬光來說，也是再平常不過。而之所以讓司馬光興起了寫一部史書
念頭的，則是他政治上的對手——王安石。他們之間在對國家應該如何改革
的問題上，產生了嚴重的分歧。

在政治上，司馬光是一位守舊派，與主持變法的王安石在許多問題上都
有不同的看法。因此司馬光曾幾度上書反對王安石的新法。他說：「新建刑
法的國家使用較輕的法典，混亂的國家就要用重刑法。治理天下就如同對待
房子一樣，壞了就加以修整，如果不是嚴重毀壞的話，就不用重新建造。」

一○六七年，宋神宗即位，王安石和司馬光同時都得到重用，輔佐他治
理國家。就竭誠為國家服務的心願上來說，司馬光與王安石兩人是完全一致
的，可是在治理國家的具體措施上，他們卻各有偏向。圍繞著當時財政、軍
事上存在的問題，王安石主張透過大刀闊斧的經濟、軍事改革來解決燃眉之
急，以期幫助國家度過困境，走向富強。司馬光則認為在國家相對安寧的時

期，應偏重於透過社會秩序、倫理綱常的整頓，來維持社會的正常運轉。即使真要改革，也一定要以穩妥為前提，因為「如果重建房子的話，除非有好的工匠和好的材料，而今二者都沒有，要把舊的房屋拆掉的話，恐怕以後連個遮風擋雨的地方都沒有了」。

在兩人的政治鬥爭中，王安石日漸趨於佔得上風。於是，司馬光選擇了離開京城，退居洛陽。偏居一隅的司馬光遠離了政治鬥爭的漩渦中心，內心倒得到幾分安寧。宋朝在立國之初，即重視從前代的興亡經驗裡探尋得到治國之要富強之術，因此對於文化建設也極為重視，這也在一定程度上影響了司馬光。冷靜下來的司馬光，想以編纂一本史書來抒發自己的抱負，也同樣用以排遣自己的幽憤。

宋神宗得知司馬光想要編寫一部史書之後，給了他充分的肯定並提供給他大量的幫助。漸漸地，司馬光甚至忘了當初自己原先編寫這部書的目的，全心全意地投入到這部書的編寫中了。為了更好、更快地編寫此書，他甄選了大量的優秀人才來幫助他來完成這一項巨大的工程，在確保他們在史學觀點一致的基礎上，放手讓他們去做。

相傳為了編寫《資治通鑑》，司馬光用圓木做了一個枕頭，取名為「警枕」，用以時刻警惕自己不要貪懶。因為如果他睡覺時枕在這樣一個枕頭上，只要稍微一動，「警枕」就會滾動，把他驚醒。這樣他就可以爭取到更多的時間來寫書。

就這樣在西京洛陽，司馬光前後歷時十九年，終於編寫完成《資治通鑑》這部巨著。也許身為政治家的司馬光是保守的，但身為史學家的司馬光卻是嚴謹勤奮的。雖然《資治通鑑》的初稿有幾百萬字之多，但司馬光卻都是用非常漂亮的楷書抄成，全書幾乎連一個潦草字都沒有。《資治通鑑》寫成後，在司馬光洛陽住所存放的未用殘稿，就有兩大間房子。《資治通鑑》記載了從戰國時期到五代時期的史實，極大地幫助了後人瞭解那段歷史。這部煌煌巨著和《史記》一樣，是我國史學上無比璀璨的明珠。

小知識：

司馬光（1019～1086），北宋時期著名政治家、史學家、散文家。字君實，號迂夫，晚年號迂叟，世稱涑水先生。中進士甲科。北宋陝州夏縣涑水鄉（今山西運城安邑鎮東北）人，漢族。司馬光年方二十，宋英宗繼位前任諫議大夫，宋神宗時初拜翰林學士、御史中丞。去世後，追贈太師、溫國公、謚文正。司馬光自幼好學，尤喜《春秋左氏傳》。司馬光的主要成就反映在學術上，其中最大的貢獻莫過於負責編寫《資治通鑑》。

鮮血澆築的壯麗詩篇

尤利烏斯‧伏契克和《絞刑架下的報告》

英雄就是這樣一個人，他在決定性關頭做了為人類社會的利益所需要做的事。──尤利烏斯‧伏契克

一九三九年三月，已是第二次世界大戰前夕，德國法西斯軍隊佔領了捷克，伏契克毅然留在布拉格領導抗爭。希特勒的蓋世太保瘋狂搜捕革命份子，數以千計的共產黨人和愛國志士被逮捕，遭受到酷刑與屠殺。在這樣的危急日子裡，黨的第一個地下中央委員會被破壞了，伏契克不顧危險，以堅強的毅力和無畏的精神，建立了第二個中央委員會。

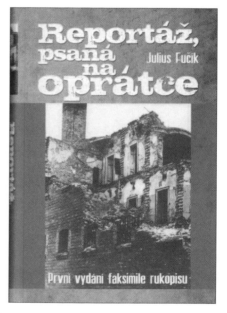

他的行為很快引起了敵軍的關注。由於叛徒的出賣，一九四二年四月二十四日，伏契克在布拉格被捕了。而《絞刑架下的報告》就是他在龐克拉茲蓋世太保監獄裡，在得到一個捷克看守的幫助下，用鉛筆頭在碎紙張上寫成的。

從被捕的那天起，伏契克就受到極其殘酷的拷問和毒打。他頻繁地遭到酷刑，備受折磨。他也深知自己隨時都有被送上絞刑架的可能。很多次，血肉模糊的他被送回牢房時，都已是掙扎在死亡的邊緣，難友們都為他做了臨終祈禱。但他卻以堅強的毅力，不願解脫離去，一次又一次從死神手裡救回

了自己。他想要完成《絞刑架下的報告》，想要將更多的思想教導遺留給還活著的人們。

敵人見各式各樣的刑具都無法使伏契克屈服，便換從精神上誘惑或折磨他。敵人帶他去他所熱愛的金色布拉格，當著他的面蹂躪他的愛妻，毒打他的戰友……伏契克清楚地知道，面對這一切精神上的挑戰，倘若有一分鐘的動搖、一瞬間的猶豫、一閃念的恐懼，便可毀滅畢生的信念。他抵制住了這一切非人的折磨，他承受住了肉體上和精神上最嚴峻的考驗。

伏契克發誓，只要存活一天就要與敵人抗爭一天。他組織並領導「獄中集體」向納粹匪徒進行不屈不撓的抗爭。「為了把鐵窗裡的今天和自由的明天連接在一起」，他用筆做刀槍使，在獄中堅持寫作。伏契克不懼怕死亡，他鼓勵獄友說：「死，對怯懦者來說，具有無比的威脅力量；然而在英雄們面前，它卻是那樣地簡單、平常。」他清楚地知道，一旦落到蓋世太保手裡，就不會再有生還的希望。那麼，就絕不能因為生存而放棄原則與信仰。他堅信，所有受盡折磨的戰友兄弟般的友愛，會把大家凝結成一個整體，最終取得抗爭的勝利。在布拉格龐克拉茲納粹監獄裡，伏契克被監禁了四百一十一天後，被殺害於柏林的勃洛琛斯獄中，結束了自己偉大的一生。

「人們，我是愛你們的！你們可要警惕啊！」這是《絞刑架下的報告》一書的結語，也是伏契克留給後人的珍貴箴言，它充分地表明了他對人民的深沉的愛和對敵人的刻骨的恨。《絞刑架下的報告》是一種用鮮血和生命換來的、不可征服的力量，是一個優秀的共產主義戰士用鮮血凝成的一部壯麗的詩篇。他冒著生命危險，以火一般的熱情，忠實地雕塑了一座座高大的英雄雕像。這些也將永遠鼓舞著人們為自由、民族獨立和美好的未來進行英勇頑強的抗爭。

小知識：

尤利烏斯‧伏契克（1903～1943），捷克斯洛伐克優秀的共產主義戰士、民族英雄、革命的新聞工作者、作家、文學戲劇評論家。出生於布拉格工業區。他從小喜歡戲劇，上中學時就開始從事文學創作，後來進入布拉格大學文學院攻讀文學。一九二一年五月捷克斯洛伐克共產黨剛剛成立，十八歲的伏契克就加入了黨的隊伍。他長期從事新聞工作，曾任捷共中央機關報《紅色權利報》編輯、該報駐蘇記者和黨的文化刊物《創造》主編等職。希特勒德國吞併捷克斯洛伐克後，伏契克在布拉格等地從事反抗納粹佔領的地下活動。後來，伏契克不幸被德國蓋世太保逮捕。在獄中，他在隨時都有可能遭到殺害的情況下，寫下了《絞刑架下的報告》這部不朽著作。一九四三年九月八日，他懷著堅定的共產主義信念，高唱《國際歌》英勇就義，犧牲時年僅四十歲。

戰火洗禮中的毀滅

海明威和《戰地春夢》

人生來就不是為了被打敗的，人能夠被毀滅，但是不能夠被打敗。——海明威

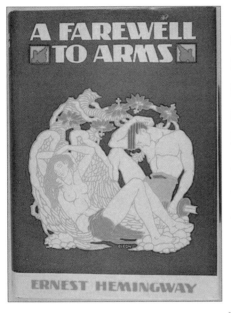

在把個人的傳奇生涯與創作的輝煌業績結合起來的作家中，海明威是獨一無二的。海明威是二十世紀的傳奇式人物，他練拳擊、打壘球、鬥牛、騎馬、滑雪、打獵。他參加過兩次世界大戰、西班牙內戰，作戰中身上中彈九處，頭部受傷六次。他一生多次負傷，僅腦震盪就有十幾次，還出過三次車禍，經歷兩次飛機失事。最終，他把一支用銀鑲嵌的獵槍的槍口放在嘴裡，兩手一齊扣動扳機，結束了自己傳奇的一生。

《戰地春夢》是海明威對多年戰爭的回顧與思考。而在這本書中，一直有一個讓他揮之不去的身影，那就是海明威的一位昔日戀人。

一九一八年，深受戰爭吸引的海明威開始了這場探險。戰爭期間，他志願在義大利當紅十字會車隊的司機。一個星期日的下半夜，當他在一個村落為士兵分發巧克力的時候，突遭奧地利炮彈襲擊。在海明威附近的兩個士兵，一個當場犧牲，一個受了重傷。海明威趕緊拖著傷兵轉移。槍林彈雨

中，他被機關槍打中了膝部，痛得寸步難行。但他不願放棄傷兵，咬著牙將他背回了掩護所，而後他卻立刻倒下了。醫生和護士們都以為渾身鮮血淋淋的海明威必死無疑，沒想到經過搶救，他活了過來。醫生在身中了多槍、左膝蓋被機關槍打碎的海明威體內，整整取出兩百三十七塊碎彈片，還為他換了一個白金膝蓋。海明威在醫院裡住了三個月，動了十幾次手術。所幸的是，大多數彈片都取了出來，但還有少數彈片至死都存留在海明威的體內。

受傷後的海明威在醫院療養期間，遇到了那位讓他心儀的護士。相處中，他們產生了甜蜜的愛情。離開療養院後，繼續抗戰的海明威幾乎每天寫一封情書給她，他真心愛著這位女孩，對這場愛情投入了全部的感情。而在一次大戰之後，回到美國的海明威，收到了這位戰爭中結識的女友的絕交信。這位比他大十歲的黑髮女孩在信中明確表示自己將與他分手，且馬上就要嫁給一位有錢的英國人了。

這件事給了海明威巨大的打擊，他一度痛苦失望，意志消沉。十年後，海明威以女護士凱薩琳的形象寫進了《戰地春夢》。小說中的凱薩琳在最後出人意料地死了，這顯然是海明威的有意安排，寓意著自己的愛情的逝去。

在初戀的失敗與戰爭中可怕的負傷陰影的影響下，海明威徹底改變了對戰爭與現實世界的看法。真摯感情的破壞搗毀了生活的最後一根支柱，海明威瞬間有了一種徹底的失敗感，一種人生的悲劇意識。他在《戰地春夢》裡說：「我相信生活就是一場悲劇，而且知道它只能有一個結果。」從此，海明威走上了一條虛無主義道路，不再相信感情，不再負有責任，不再擔心死亡，孤獨的硬漢的奮鬥和個人主義的及時行樂成了唯一的信仰，逃避的哲學和藝術一直支配著他的創作活動。在海明威一生的創作中，可以明顯看到他在這一時期形成的世界觀的影響，看到愛情、死亡、失敗、絕望等人類主題的種種折射，看到一種深刻的人生悲劇意識。不得不說，戰火洗禮中，他的很多東西毀滅了。

關於《戰地春夢》的結尾，海明威前後修改了三十九遍。凱薩琳死於難

產，海明威並沒有藉此大段描寫男主角亨利的感情世界。海明威卻連一個動情的詞都沒有用，他寫道：「但是，我將他們趕了出去，關了門，滅了燈，也沒有什麼好處。那簡直是在跟石像告別。」

客觀簡潔的敘述，卻又充滿了暗示，令人不由得想起海明威那回味無窮的一生。

小知識：

海明威（1899～1961），美國小說家，一九五四年獲諾貝爾文學獎。他於一八九九年生於芝加哥附近的一個醫生家庭，曾參加第一次世界大戰，後擔任駐歐洲記者，並以記者身分參加了第二次世界大戰和西班牙內戰。晚年患多種疾病，精神抑鬱，一九六一年自殺。他的早期長篇小說《太陽依舊升起》、《戰地春夢》成為表現美國「迷惘的一代」的主要代表作。三〇、四〇年代，他塑造了擺脫迷惘、悲觀，為人民利益英勇戰鬥和無畏犧牲的反法西斯戰士形象《第五縱隊與四十九個故事》，長篇小說《戰地鐘聲》。五〇年代，塑造了以桑提亞哥為代表的「可以把他消滅，但就是打不敗他」的「硬漢形象」，代表做為《老人與海》。

樹德建言於文理

劉勰和《文心雕龍》

操千曲而後曉聲，觀千劍而後識器。——劉勰

　　劉勰雖然出身於官宦世家，書香門第，但是他的家庭到了他這一代時已經沒落。父親在一次戰役中犧牲，母親也隨後去世，只剩下孤苦伶仃的他艱難度日。好在劉勰自己刻苦勤奮，並不畏懼困難，一有時間就盡可能的讀書學習，希望將來能夠出人頭地，光耀門楣。

　　但是為了生計，劉勰也不得不出去做一些能力所及的工作養活自己。在離劉勰的家不遠處，有一戶姓高的大員外，家財萬貫，人又樂善好施。於是劉勰便去高員外家做一些零星的工作。高員外見劉勰一表人才，對他也還不錯。話說這高員外膝下有一個年方十八的女兒，名叫蓉芳，出落得花容月

貌。高員外視她為掌上明珠，分外疼愛。可是讓高員外憂心的是一直沒有一個合適的人選，可以讓他把女兒許配給他。

有一次清明節，蓉芳要去寺廟裡燒香還願，高員外便讓劉勰也跟隨前往照顧小姐。由於平日劉勰都文質彬彬、溫文儒雅，因此高小姐對於劉勰也一直很喜歡，這次有機會得以長時間近距離的接觸，自然也是歡喜非常。由於前往寺廟的道路崎嶇，蓉芳一不小心扭傷了腳，根本無法走路，只好由劉勰背起小姐趕路。雙方的心裡對於彼此又多了一份好感。

從此之後，兩人的接觸就慢慢多了起來。久而久之他們就產生了感情，漸漸難捨難分了。但是劉勰和蓉芳都知道，高老爺是不會讓蓉芳嫁給一個貧困書生的。而就在這時，恰巧有人又給蓉芳提了一門親事，對方也是遠近有名的一戶人家，雙方可以說是門當戶對，彼此見面之後，當即就答應了這門親事。

由於古代的婚姻嫁娶大事都是由父母說了算，子女根本是沒有什麼發言權的。但是出於對劉勰的愛慕，芳蓉還是向高員外說出了自己的心事，但是高員外已經答應了那門親事，怎麼可能隨便反悔，況且對方也確實不錯。雖然高員外對劉勰也一直不薄，可是說到讓他把小姐許配給他，自然心裡還是不願意的。

但若就此讓劉勰流落街頭，高員外也是於心不忍。於是他就給自己遠在定林寺的摯友寫了一封信，讓劉勰去投靠他，這樣一來劉勰也有了個去處，二來也稍微安撫了一下小姐的心。高員外之所以把劉勰舉薦到定林寺，是因為當時的定林寺可不是等閒之輩，當時的寺廟住持僧佑和皇室有著非常密切的聯繫，因此寺廟的僧眾也經常有機會接觸到達官貴人。

劉勰來到定林寺後，芳蓉的身影還是在他心裡揮之不去的，但是無奈現實已是如此。這次的情傷對劉勰產生了很大的影響，以致於他終生未娶。在寺廟裡安頓下來之後，劉勰便用心讀書，潛心向學。經常在三更半夜別人都已經熟睡了的時候，還在佛殿裡藉著微弱的燭光奮發讀書，一段時間裡，寺

廟裡的僧眾們每到凌晨半夜都會聽到讀書聲，還以為寺廟裡鬧鬼了呢！後來有人發現是劉勰在讀書，眾人才打消了疑慮。

就這樣憑藉著勤奮刻苦的努力和堅強的意志，劉勰的才學漸漸得到了大家的認可。而劉勰在平時日積月累的學習中，也漸漸地悟出了一些讀書治學的道理，於是就寫出了這本我國文學史和文學批評史上的顯要著作──《文心雕龍》。

劉勰博學多聞，文章又寫得出色，自然受到了一些達官貴人的青睞。而劉勰本身由於受到儒家思想的影響，也渴望能夠建立一番事業，因此後來劉勰就出去做官了。時光過去了一兩千年之後，劉勰在自己的官職上，做了什麼，做得怎樣，我們都知道的不多或者不想知道，但是他寫的《文心雕龍》卻永遠地流傳在後世。

小知識：

劉勰（約465～520），字彥和，南朝梁人（今山東莒縣），南朝齊梁時期傑出的思想家。劉勰出生於士族官僚家庭，漢城陽王後裔，終生未娶。曾任縣令、步兵校尉、宮中通事舍人等官職，在歷史上有清名。其寫作的《文心雕龍》奠定了他在中國文學史和文學批評史上的重要地位。

有其母必有其子

茅盾和《子夜》

命運，不過是失敗者無聊的自慰，不過是懦怯者的解嘲。人們的前
途只能靠自己的意志、自己的努力來決定。——茅盾

家庭幾乎是每個人的第一所學校，父母往往就是孩子的第一任老師。在歷代的文化名人中，許多都有一定的家學淵源。或許並不是書香門第，而只是出身寒門，而透過自己的言傳身教，他們依然可以影響自己的子女。現代文學巨匠茅盾就曾不只一次地宣稱：「母親是我的第一個啟蒙老師，沒有母親的教育，或許我根本就無法寫出《子夜》。」

在茅盾還很小的時候，他的父母就商量著要給兒子做啟蒙教育。當時，茅盾的祖父在家裡開設私塾，茅盾的叔、伯父家的孩子們便都在那裡讀書習字。由於茅盾祖父年事已高，性情開朗，教起書來並不認真，有時就讓學生們自己玩耍，他卻去喝酒或者會友去了。由於受到封建思想根深蒂固的影響，茅盾祖父教授的課本也不外乎四書五經之類的書籍，已經根本不適應時代的潮流，對於開拓茅盾的視野也都絲毫沒有幫助。

茅盾的父母都是知書達理的人，心想要是讓茅盾這樣玩耍下去，得不到

嚴格的訓練，那還不毀了他以後的人生。於是他們便決定自己在家裡教育兒子。為了能讓茅盾得到更好的教育，學習到最有用的知識，茅盾的父母特意挑選了當時上海澄衷學堂的一套教材，包括《地理歌略》、《史鑑節要》、《字課圖識》、《天文歌略》等，他們還根據《史鑑節要》的內容，用文言編成一節一節的歌謠用來學習背誦，由茅盾母親負責施教。

在教學的時候，每當母親講述古典小說或歷史典故時，茅盾都表現出極大的興趣，聽得津津有味。這些早期的啟蒙教育，對茅盾思想的形成起了重要的作用。同時，「新學」中先進的科學民主思想以及母親開明、通達的性格也深深地影響了茅盾幼小的心靈。

在茅盾七歲那年，家鄉一些青年受維新運動的影響，創辦了一所新式學堂——立志小學。學校剛一開設，茅盾的母親便送他進了新式學堂讀書。然而不久茅盾的父親便身染重病，臥床不起。母親一個人在家自然是忙不過來，而弟弟尚又年幼，茅盾只好經常請假回家照顧父親。母親看在心裡，疼在心上，為了不讓茅盾功課落後，便決定拿茅盾在學校的課本自己教他。即便是這樣，茅盾每月的考試仍然都是名列前茅，每週一篇的史論文章更是經常得獎，當時的茅盾深得老師的喜愛。可是更大的危機還在其後，茅盾十歲那年，父親病逝，而弟弟才年僅六歲，整個家庭都處在風雨飄渺之中。

就在這個時候，茅盾的母親又要面對一個對她來說十分痛苦的抉擇，那就是茅盾小學畢業後的升學問題，是繼續唸書還是幫家裡做事，如果唸是讓茅盾上不花食宿費、還發服裝、畢業後即可就業的師範，還是讓茅盾繼續去唸中學、大學。如果是讓茅盾唸師範，錢的因素倒是解決了，可是這樣就有違於茅盾父親生前的遺願，而且上了師範也不利於茅盾以後的發展。於是，茅盾母親毅然頂著家庭經濟上的壓力，將茅盾送到當時的湖州去讀中學。在茅盾中學畢業後，她又讓茅盾去大學繼續深造，讓茅盾得到了他能夠得到的最好的教育。如果沒有茅盾母親的艱辛付出，我們就無法看到後來的茅盾，也不會有《子夜》的誕生。

　　茅盾晚年的時候，常回憶在自己剛工作時，每有著作或者譯文發表，總是會照例寄給母親，希望得到母親的意見。茅盾的許多作品，同樣也凝結著母親的汗水與智慧。而《子夜》的寫成，我們幾乎可以看成是茅盾對於母親的讚歌。

小知識：

　　茅盾（1896～1981），中國現代著名作家、文學評論家和文化活動家以及社會活動家，五四新文化運動先驅者之一，我國革命文藝奠基人之一。原名沈德鴻，字雁冰，浙江嘉興桐鄉人。一八九六年七月四日出生於浙江桐鄉縣烏鎮。主要作品有《蝕》三部曲（《幻滅》、《動搖》、《追求》）和《虹》，長篇小說《夜月》、《腐蝕》、《霜葉紅似二月花》、《鍛鍊》，短篇小說《林家鋪子》、「農村三部曲」（《春蠶》、《秋收》、《殘冬》），和劇本《清明前後》以及《子夜》等。一九八一年三月二十七日辭世。

做只有殘障者才能做到的事
乙武洋匡和《五體不滿足》

我一路光著腳走來，哭我沒有一雙鞋，直到有一天，看到一個沒有腳的人。──乙武洋匡

醫生怕乙武洋匡的母親受不了打擊，在孩子出生一個月後，才把他抱到母親的身邊。沒想到，母親在見到孩子的瞬間，一把抱起：「這就是我最可愛的小乖乖啊！」每當乙武洋匡看到父親的這段日記記載時，就哭得一塌糊塗。這背後蘊藏著一段感人肺腑的故事。

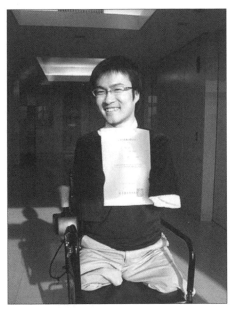

乙武洋匡出生於日本東京。然而，命運之神沒有垂青這個小生命，他自幼患有「先天性四肢切斷」，軀幹既無雙手也無雙腳，只有一個身體及一個頭，這是一個多麼不幸的事實啊！

幼年生活中，母親從沒有把乙武洋匡當成殘疾人來看待，她給了乙武洋匡同於常人的早期教育。在家人與老師的幫助下，乙武洋匡克服了許多行動上的不便。他以頑強的毅力與樂觀的心態，接受了大大小小的手術無數次。

到了求學的年齡，坐在電椅上的乙武洋匡不知道有沒有學校願意接收自己。找到一個能夠接收的乙武洋匡學校堪比穿越一個厚厚的牆壁，他的父母

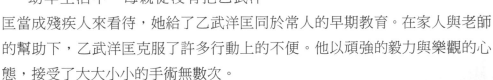

可謂費盡心思。乙武洋匡的父母不願讓他接受養護學校的教育，千方百計想讓孩子接受一般教育。可是，這一願望想要實現異常艱難。首先，公立學校原則上不接收殘疾兒童入學。繼而，他們聯繫了可以接受殘疾兒童入學的私立學校，但面對這樣四肢全無的學生，所有學校一概拒絕。

天無絕人之路，有一天，乙武洋匡家中收到了一張「入學體檢通知書」，是一所已拒絕過乙武洋匡的公立學校寄來的。乙武洋匡的父母滿懷希望地撥通了這所公立學校的電話，詢問相關情況。出乎意料的是，那所學校的負責人表示自己並不知道乙武洋匡是一個重度殘疾兒。乙武洋匡的父母苦苦請求，終於，校方同意讓孩子到學校裡去面試一下。

於是，父母帶乙武洋匡來到了這所學校。正值開學期間，狹窄的通道滿是朝氣蓬勃的孩子們跑來跑去，哭鬧嬉笑聲此起彼伏。而乙武洋匡手搖著輪椅，很有禮貌地穿過人群。母親看到孩子有模有樣的神態，更堅定了讓他在普通學校接受教育的信心。

所有的檢查全部結束後，母親帶著乙武洋匡來到校長室。經過交談，校長確實是同意了。但過了不久，學校教育委員會卻決定暫緩乙武洋匡的入學，理由是至今未有先例讓重度殘疾兒童接受一般教育。乙武洋匡走向一般教育的道路剛邁出幾步，又回到了起點。

父母不願放棄，他們前去找教育委員會的人進一步交涉。委員會的人對乙武洋匡的能力表示懷疑。母親便把孩子帶來，讓大家見證他的能力。乙武洋匡側頭把鉛筆夾在臉和殘臂之間，一筆一劃地寫字；把盤子中的刀叉交叉起來，靠殘臂的平衡用力，從盤子中取飯；把剪刀的一邊銜在口中，用殘臂捧住另一邊，輕輕搖動著頭部剪紙；用臀部和殘腿的交互動作，在地上一步步地挪動。大家目不轉睛地看著他每完成一個動作，不時發出陣陣驚嘆。

就這樣，憑著父母愛的鼓勵與自己的努力，乙武洋匡終於能夠和一般人一樣讀書了。他忍受著常人想不到的困難，一路完成學校教育，並熱衷於公益活動，激勵了無數生活在痛苦深淵的人。

一九九七年，乙武洋匡出版了自傳《五體不滿足》。他以積極樂觀的性格感染了無數的日本民眾，他說：「既然有殘障者做不到的事情，應該也有只有殘障者才做得到的事情。上天是為了叫我達成這個使命，才賜給我這樣的身體。」他以堅強的信念影響了全世界，給予自己生命一張最美麗的答卷。

小知識：

乙武洋匡（1976～），日本作家。出生於日本東京，自幼有「先天性四肢切斷」，在家人與老師的幫助下，克服了許多行動上的不便，一路完成學校教育，並讀到早稻田大學經濟學系。他在一九九七年出版自傳《五體不滿足》而廣為知名，之後又陸續出版了一些書籍，並接受日本電視臺TBS的工作，負責「新聞的森林」節目企劃與播出。他於二〇〇一年結婚，妻子是大學學妹仁美，並在二〇〇八年一月四日為乙武洋匡生下第一個孩子。二〇〇七年三月，乙武洋匡考取了「小學校教育二類證書」，成為東京都杉並區立杉並第四小學的老師。二〇〇〇年二月他得到「都民文化榮譽」獎。二〇〇五年他在東京新宿區擔任公務員。

青春熱血的熱情釋放

莫言和《紅高粱》

謹以此文召喚那些激盪在我的故鄉無邊無際的通紅的高粱田裡的英魂和冤魂。我是你們的不肖子孫，我願扒出我的被醬油醃透了的心，切碎，放在三個碗裡，擺在高粱田裡。伏惟尚饗！尚饗！——莫言

提起《紅高粱》三個字，可能更多的人首先想起的是張藝謀導演的那部同名電影，腦海中映現的是那一片片的高粱田。的確，《紅高粱》是一部非常出色的電影，在中國的電影史上佔有非常重要的地位，它也讓張藝謀一舉成名。而這部電影卻是改編自一部同名小說，那就是莫言寫於一九八四年的《紅高粱》。

說出來可能都沒有人能夠相信，就是這樣一部出色的小說，莫言只用了一個星期的時間就完成了。那是在一九八四年的冬天，當時的莫言還只是一名學生，就讀於解放軍藝術學校文學系。而這部小說的創作卻起源於一次非常偶然的機會。

那是在一個文學創作的論壇會上，與會的許多人都是經歷過戰爭風雨的老作家，他們在會上提出一個觀點，認為由於現在年輕一代的作家沒有經歷過真正的戰爭年代，無法寫出優秀的戰爭文學作品，因此恐怕戰爭文學要後繼無人了。彼此在談話之間充滿了惋惜之情。

當時的莫言年輕氣盛，初生之犢不畏虎。雖然他那時只是坐在一個極不起眼的角落裡，一直埋頭做著會議的筆記。但是聽到這番話還是讓他有所觸動，於是他站起身來當面和那些老作家論證，就是沒有經歷過真正的戰爭，

年輕的一代作家們依然有能力寫出優秀的戰爭作品。

聽到這樣一個毛頭小子的大肆反駁，那些老作家們剛開始面面相覷，之後就都紛紛搖頭，沒有人相信這位陌生的年輕後輩的話，他們也都並沒有把這放在心上。雖然表面上他們沒有直說，可是莫言還是從他們那些不信任的表情上看出來了。

為了證實自己的言論，莫言決定身體力行，寫一部反映抗日戰爭的作品，用自己的實際行動來證明自己。說做就做，莫言馬上就著手開始了自己的這次創作。但是莫言也知道，如何寫好這一對自己來說完全陌生的題材，還需要他下一番苦功，刻苦鑽研一下。

由於自己的閱歷有限，他本能地想到了自己的親身經歷，想到了自己的家鄉。莫言出生在山東省的一個農民之家，在農村長大的他自然對農村農民有著深厚的感情。莫言小時候，家鄉經常下雨，特別是夏季，經常暴雨連連。因此在農田裡根本不能栽種太矮小的農作物，要不然就會被大水淹死。因此，田地裡總是栽滿了紅高粱，每到秋季整片整片的高粱田蔚為壯觀。就是到了冬天的時候，許多高粱桿也不收割，就這樣一直在土裡。由於那時候人煙稀少，因此高粱田總是為人們的祕密活動提供了場所。許多故事就在高粱田裡默默地上演。

順著高粱田這條線索，莫言又想起了他小時候經常聽到的一個故事。那還是抗日戰爭的年代，就發生在莫言所在的村莊附近。當時日本鬼子為了報復革命軍人對他們的反擊，決定血洗當地的村莊，正是由於大片的高粱田遮住了他們的視線，走錯了路，才使得一個村莊倖免於難。莫言小時候反覆地聽老人們提起過這個故事，因此在腦海裡的記憶特別深刻。於是他決定就沿著這條思路，把故事擴展開來，讓這樣一個和抗日戰爭有關的故事和紅高粱結合在一起。

確定了這樣的一個框架之後，莫言就開始了自己的創作。連莫言自己都沒有想到的是，創作的過程非常順利，很多地方都是一氣呵成。就這樣《紅

高粱》僅用一個星期的時間，就在莫言的手裡誕生了。一九八六年，《紅高粱》發表在《人民文學》上，人們爭相傳閱，佳評如潮，《紅高粱》一舉榮獲第四屆全國中篇小說獎。而根據《紅高粱》改編的同名電影，也在國內和國際上斬獲大獎無數。

小知識：

莫言，原名管漠業，一九五六年三月五日出生於山東省高密市大欄鄉一個農民家庭。一九八一年開始創作生涯。迄今著有長篇小說《紅高粱家族》、《天堂蒜苔之歌》等，中短篇小說集《透明的紅蘿蔔》、《爆炸》等，另有《莫言文集》五卷。莫言小說有與眾不同的寫作手法，主要描寫農村的生活圖景，但在寫作中更突出寫人的感覺——交融著記憶中的感覺和現實中的感覺，進而構成「莫言的感覺世界」。正是如此，某些評論家把莫言的小說視為「新感覺主義」的代表作品。

女人與戰爭

佰里斯‧瓦西里耶夫和《這裡的黎明靜悄悄》

作家是人類靈魂的工程師。——伯里斯‧瓦西里耶夫

一九四二年五月的二戰期間，有五個蘇聯男兵在沃比湖畔區域執行守備設施的任務，以確保設施在爾後的戰爭中能保證供應。所以，這個任務雖不是血戰在槍林彈雨之中，但也是戰爭中至關重要的一環。五個男兵在沃比湖畔駐紮下來，開始了野戰生活。

幾天過後，在一次野外演練中，他們竟碰上了一股德國法西斯偵察兵。埋伏起來的他們監視著敵兵的動態，盤算著下一步的行動。其實，五位戰士完全可以不理會德軍的偵察分隊，只需要完成自己的任務守備設施即可。但是，為了掩護大部隊，使祖國避免蒙受更大的損失，他們決定從偵察兵下手，以求迷惑、牽扯德軍的主力部隊。

這支小分隊決定從沼澤地的小路直穿過去，去狙擊德軍，不讓敵人去破壞蘇聯軍隊的運輸鐵路和運河。為了不讓自己被泥淖吞沒，五位戰士每人拄一根粗樹枝，以維持身體平衡。穿越沼澤地談何容易，他們步步小心翼翼，走得異常艱辛與謹慎。

穿過沼澤地，五位戰士進入陣地。黎明時，他們發現敵人遠比之前觀測到的多許多，情況相當危急。五位

一九七二年俄國所拍攝的同名電影的海報

戰士為了不暴露目標，白白犧牲，便裝扮成伐木工人，虛張聲勢，想嚇退敵人，讓他們繞道走遠路。忽然，他們看見對岸有兩個德軍偵察員從密林中走出來，為了不讓偵察員獲取更多資訊，五位戰士打算在他們過河時打死他們，戰爭一觸即發。一位戰士想出了個智取的辦法，他奮然跳下河，邊游泳邊唱歌，營造出了好多駐紮的士兵在河裡游泳的假象，成功嚇退了敵人。

五人離開了原來選擇的陣地，想透過虛張聲勢轉移分散敵人的注意力。不幸的是，他們在路途中與敵軍碰上了。隨著一記炮響，這五位戰士與德軍的一支精銳的偵察部隊展開了殊死戰鬥。

一場激烈的戰鬥開始了，儘管雙方力量懸殊，但五位士兵抱著堅定的信念勇敢抗爭。他們抵住敵人猛烈的攻勢，找準時機回擊，靠著相互的掩護，時而攻擊時而撤退，迂迴在荒原、沼澤、野草叢等地，在生死線上頑強搏鬥。傷痕累累的他們咬牙堅持，想盡辦法與敵軍周旋。在用光了所有的彈藥之後，五位戰士在炮火中篤定地看了看彼此，衝出壁壘，與敵軍展開了近身肉搏。由於敵我力量懸殊，五位戰士全部壯烈犧牲了，但也重創了德軍的偵察分隊，為蘇軍贏得了時間。戰火後一片靜悄悄，只有那可歌可泣的詩篇，迴盪在黎明。

《這裡的黎明靜悄悄》背後的故事原型並不是女兵，而是這五位男兵。同樣參加了衛國戰爭的作家瓦西里耶夫，將這次戰鬥記載下來，撰寫成了享譽世界的小說——《這裡的黎明靜悄悄》。但為了讓作品更有感染力，他將五位男兵寫成了五位女兵，從一個特別的角度表現了女人與戰爭的關係。

作者瓦西里耶夫深入分析了戰爭中那些可愛的女人形象，才會將《這裡的黎明靜悄悄》中的五位女戰士塑造得如此生動真實。他用那亦莊亦諧的文筆，再現了那些天真美麗的女人面對殘酷的戰爭時，為保衛國土，可以犧牲愛情，可以別家離子，可以放棄生命的崇高英雄主義精神。

小知識：

伯里斯·利沃維奇·瓦西里耶夫，蘇聯當代著名作家。一九二四年出生在斯摩稜斯克一個軍人家庭，從小受到部隊生活的薰陶。在上九年級時，衛國戰爭爆發，他志願奔赴前線。一九四三年負傷，傷癒後進裝甲兵軍事學院求學。一九四八年畢業，任工程師。一九五六年結束軍旅生涯，進了著名劇作家包戈廷的電影劇本寫作講習班，從此開始專職創作。瓦西里耶夫一九五四年開始發表作品，寫過劇本、電影腳本和小說。作者的成名作是中篇小說《這裡的黎明靜悄悄》，其主要作品有《伊萬諾夫快艇》、《最後的一天》、《後來發生了戰爭》，長篇小說《不要向白天鵝開槍》、《未列入名冊》，長篇歷史題材小說《虛實往事》，劇本《軍官》、《我的祖國，俄羅斯》，電影腳本《例行的航程》、《漫長的一天》，自傳體中篇小說《我的駿馬賓士》等。

偽善的面具

莫里哀和《偽君子》

惡人也許會死去，但惡意卻永遠不會絕跡。——莫里哀

莫里哀是法國現實主義喜劇的首創者。他的喜劇接近悲劇，提出了各種嚴肅的社會問題，揭露了封建、宗教與一切虛假事物。他的戲劇把生活寫透，把矛盾寫透，把性格寫透。他所創造的每一個人物，無論資產者、富人、農民、少爺、小姐、傭人、流氓，都用合乎各自地位的語言，顯得如此的自然得體，真實生動。在法國劇作中，莫里哀創作的《偽君子》佔有非常重要的地位。

一六五五年開始，里昂的劇場紛紛上演莫里哀創作的喜劇，受到觀眾的一致好評。可是劇團的保護人孔提親王卻變成了一位「虔誠」的信士，還以信士的名義攻擊莫里哀的喜劇。一六五七年五月，他一本正經地聲明自己不再做劇團的保護人，加入了道貌岸然的偽君子行列。但是，在國王的出面下，劇團的名譽蒸蒸日上。嫉妒的人們用種種流言蜚語來中傷莫里哀，敵對的劇團大肆上演攻擊莫里哀的戲。莫里哀寫了《太太學堂的批評》來挪揄那些無理取鬧的「侯爵」與裝模作樣的「學究」，反擊那些他深惡痛絕的「偽君子」。

　　針對這些表面正派高尚，實際上卑鄙無恥的人，莫里哀創做了《偽君子》。劇本具有強烈的批判性，鋒芒直指教會！果然，劇本在凡爾賽宮盛大遊園會上一經上演，就遭到了宗教反動勢力的百般阻撓，第二日就被告知禁演。

　　一六六四年五月十二日，不願屈服的莫里哀把受到宗教界猛烈攻擊的《偽君子》前三幕，演給路易十四看，這個舉動驚動了皇后，激怒了路易十四的師父和巴黎大主教佩雷菲克斯。在天主教的壓力下，路易十四讓莫里哀先停止公演《偽君子》，等全劇寫完了再做決定。同年十一月，莫里哀第一次在路易十四的弟媳別墅裡，演出了全劇五幕。在之中的幾年裡，莫里哀為了這個劇作的順利演出做了不懈的抗爭，他在多種場合朗讀劇本，在私人宅第演出，還三上陳情書，請求國王收回成命，但收效甚微。直到一六六六年，皇后去世，頑固派失去了靠山，形勢才逐漸好轉。第二年，路易十四口頭上應允解禁，但他隨即率領大軍北征，此事又擱了下來。得到國王的口頭許諾的莫里哀把劇作的題目改成《騙子》，對內容加以修改，人物的服裝也相對做了改變。

　　一六六七年八月，《騙子》上演了。不幸的是，只演了一場的《偽君子》又遭厄運：理國政的巴黎最高法院下令禁止繼續公演。巴黎大主教也在教區內張貼告示，嚴禁教民閱讀或者聽人朗讀這齣喜劇，否則就取消教籍。直到一六六九年二月五日，教皇頒發「教會和平」詔令，宗教迫害暫時有所緩和，各種教派停止活動之後，莫里哀才得到這齣戲的解禁通知。他恢復做了第三次修改的《偽君子》的本來面貌，於一六六九年二月正式和群眾見面。這次演出獲得了極大的成功。從一六八〇年法蘭西喜劇院成立起，到一九六〇年止，不算其他劇團的演出和外國的演出，這齣喜劇共演出兩千六百五十四場，創造了在法國劇作史上的奇蹟。

　　透過劇中的偽君子這一形象，莫里哀深刻揭露了教會和貴族上流社會的偽善、狠毒、貪婪、荒淫無恥，突出抨擊了宗教的欺騙性和危害性。正如他

自己在劇本的序言中所說：「這齣喜劇，哄傳一時，長久受到迫害；戲裡那些人，有本事讓人明白：他們在法國，比起到目前為止我演過的任何人，勢力更大。」無疑，這一形象始終保持了它的生命力。

小知識：

莫里哀（1622～1673），法國十七世紀古典主義文學最重要的作家、古典主義喜劇的創建者、演員、戲劇活動家。本名為讓‧巴蒂斯特‧波克蘭，莫里哀是他的藝名。他在歐洲戲劇史上佔有十分重要的地位。他曾享受貴族教育，但不久就宣布放棄世襲權力，從事戲劇事業。他創立「光耀劇團」，慘澹經營，曾因負債而被指控入獄。後來，他不顧當時蔑視演戲的社會風氣和家庭的反對，毅然離家出走，在外飄泊了十多年。由於他累積了豐富的生活素材，編寫演出了一系列很有影響的喜劇。最後，莫里哀做為劇團的領導人重返巴黎，之後，他一直在巴黎進行創作演出。其代表作有：《可笑的女才子》、《無病呻吟》、《偽君子》、《吝嗇鬼》、《唐璜》等。

「乳酪」哲學
史賓賽‧強森和《誰搬走了我的乳酪？》

一切成就和財富，都始於一個意念。——史賓賽‧強森

　　《誰搬走了我的乳酪？》生動地闡述了「變是唯一的不變」這一生活真諦。作者清楚洞徹了當代大眾心理後，製造了一面社會普遍需要的鏡子——如何處理和面對資訊時代的變化和危機？人類那些過於複雜的智慧和情感有時反而成為解決事情的瓶頸，試著簡單行事，或許一切迎刃而解。

　　《誰搬走了我的乳酪？》的創作泉源來自於作者的一次「同學聚會」。聚會上，一群過去的同窗講述著發生在自己身上的故事，並對生活中的種種變化展開討論。

　　深孚眾望的NBC電視節目主持人查理‧鐘斯就是其中一員。他講述了一個自己的事業生涯獲得轉機，華麗變身的故事。

　　查理畢業於新聞傳媒專業，早期從事的主要工作是報導奧運會的田徑項目。這份工作不似電視裡的主持人那樣風光無限，但查理十分熱愛自己的工作，他很努力地將全心傾注在這份事業上。勤勤懇懇的查理出色地完成了各項任務，獲得了同事的一致好評，他自己也活得充實而快樂。

　　突然有天，查理的老闆下達了命令，他將在下一屆奧運會的時候報導游

泳和跳水項目。聽到這個消息的查理既吃驚又難過，他對游泳和跳水這兩個項目完全不熟悉，怎麼可能很好地掌握相關資訊資料。而且他也不熟悉這些項目的相關明星，自然採訪時找不到共同話題，報導無法找到一針見血的突破口，無法切中時弊。這樣的安排對他實在是太不公平了，查理感受到一種強烈的挫折感，自己不被重用和賞識，才會被派遣到如此不對口的項目上。查理為此忿忿不平，自己這麼辛苦勤奮地工作，最後卻換來這樣的回報！他開始懷疑自己的工作狀態，是否值得繼續像以往一樣工作？還有必要像以往一樣工作嗎？這種憤怒的情緒影響到了他所做的每一件事情，他的生活開始變得徬徨迷亂，漸漸喪失了奮鬥的方向。

事情的轉變往往很突然。一日，當他看到同事們都在為自己的工作辛苦忙碌時，突然醒悟到，老闆只是在交付任務，而他那些所謂的人類過於複雜的智慧和情感，卻搞得自己心煩意亂。他開始意識到自己之前的態度和行為十分可笑，完全沒有任何實質意義。他迅速採取行動，對自己目前的狀態進行調整，努力讓自己去適應變化。他開始下苦功去熟悉、瞭解本一竅不通的游泳和跳水項目。在開展新工作的過程中，查理驚奇地發現，做這些之前從未著手的新鮮事情，反而令他一成不變的工作產生了源源不斷的動力，他感覺自己回到了大學年代，青春煥發。從此，他的工作狀態、生活面貌大大地改善了。

是金子總會發光的。不久，老闆注意到這個員工時刻迸發出工作的熱情，充滿著年輕人的活力。於是，老闆分派給他更多具有挑戰性的工作。這些促使查理不斷自我調整，充實自我，適應變化，他變得越來越優秀，在成功的道路上也越走越遠，甚至從中享受到了前所未有的愉悅與興奮。後來，查理被推選為「職業足球名人堂」最佳播音員之一，並成為深孚眾望的NBC電視節目主持人，事業走到了一個巔峰。

查理・鐘斯的故事是許許多多真實例子中的一個。「乳酪」代表我們生命中想要得到的東西，它是一份工作、金錢、愛情、幸福、健康、心靈的安

寧等等。史賓賽‧強森開始思考，生活在這樣一個快速、多變和危機的時代，人們時常會感到自己的「乳酪」在變化，外在的強烈變化與內心的衝突相互作用，人們變得無所適從、茫然失措，到底是誰搬走了「我的乳酪」？如果總耽於「失望」的無奈、「失去」的痛苦、「抉擇」的兩難，那麼生活本身就會成為一種障礙。於是，他撰寫了《誰搬走了我的乳酪？》，發動大家的熱情與勇氣去變動與追尋，簡簡單單上前找回自己想要的「乳酪」。

小知識：

史賓賽‧強森，美國醫學博士，全球知名的思想先鋒、演說家和暢銷書作家。他是美敦力交流研究機構的醫學指導，是心臟起博器的發明人；他還是「跨學科研究機構」思想庫中的醫學研究人員，加州大學醫學院人格研究中心的顧問，南加利福尼亞大學心理學學士，皇家外科醫學院的醫學博士，哈佛醫學院和Mayo診所的實習醫生。他的許多觀點，讓成千上萬的人發現了生活中的簡單真理，使人們的生活更健康、更成功、更輕鬆。其主要作品有：《誰搬走了我的乳酪？》、《禮物》、《是或否》、《道德故事》及「一分鐘系列」等。他還與傳奇式管理諮詢專家肯尼斯‧布蘭查德博士合著《一分鐘經理》。

我心中最寵愛的孩子
查理斯·狄更斯和《塊肉餘生記》

我在內心深處也有一個最偏愛的孩子，他的名字叫大衛·科波菲爾。——查理斯·狄更斯

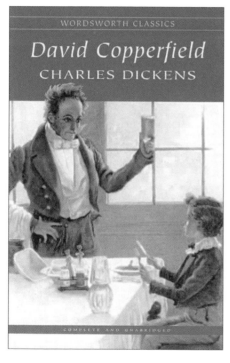

《塊肉餘生記》是英國小說家查理斯·狄更斯的第八部長篇小說。小說寫於一八四九至一八五〇年間，分二十個部分逐月發表。全書採用了第一人稱的形式進行敘事，其中融入了作者許多的親身經歷。

與書中的男主角大衛·科波菲爾相似，狄更斯從小就飽嚐了人間的辛酸，父親曾帶他到酒店表演節目賺錢以補貼家用。狄更斯很小的時候就能言善道，尤其擅長表演。有時候，他會下樓告訴母親，「媽，把廚房收拾收拾，我們要在那兒表演。」待母親收拾好後，他站在桌子上抑揚頓挫地背誦，要嘛是一首歌謠，要嘛是一本書的選段，要嘛就只是一些胡話。他在表演的時候態度認真，動作到位，很能吸引觀眾的注意。

狄更斯十歲的時候，父親因無力清償債務而被關進債務監獄。一個人如果無力還債就有可能被監禁於債務人監獄，直至他還清債務的那一天，而債

務人的全家會和他一起住進監獄。有的債務人長年累月地待在這個地方，探望的人可以一直在裡面，直至十點的晚鐘敲響，這意味著監獄關門的時間到了。而狄更斯的父親和母親帶著他們最小的孩子，就這樣住進了債務監獄裡的一間小房子。狄更斯曾這樣描述這段經歷：我把父親送到監獄門口，就在他轉身離開我前，他對著我一字一句地說，太陽永遠不會再為他而升起了。我確信那些話瞬間讓我的心都碎了。我們家衰敗了，你明白那種感受嗎？

狄更斯的童年結束了，他不得不挑起全家生活重擔，來到華萊士鞋油廠做童工。狄更斯坐在一扇窗戶旁邊，一邊往鞋油瓶子上裝蓋子，一邊低頭注視著窗戶外陰鬱的泰晤士河。潮水漸漸退去，就像他所有破滅的希望。他從未向任何人談起他所經歷的痛苦，他只是無法相信，他的父母為什麼會在他那麼小的年齡就輕易拋棄了他。他不可思議於他們的心安理得，甚至於設想如果自己上了劍橋大學，他們也不見得會如此滿足。他覺得自己被遺棄，且永遠都不願再提起此事。與狄更斯一起做工的孩子總是故意胡說八道，比如：「你媽知不知道你在外面工作？」這些總讓狄更斯想起自己的傷心事，讓他整個人都充滿了悲傷和屈辱。

由於包裝熟練，雇主把狄更斯當作廣告放在櫥窗裡當眾表演操作，任人圍觀的經歷，在他幼小的心靈上留下了永久的傷痕。有一天，狄更斯在鞋油廠裡突然全身痙攣，整整一個下午，他躺在老鼠亂竄的地板上痛苦地扭曲著身體，卻無人問津。這些遭遇，讓狄更斯產生了對不幸兒童的同情與堅決擺脫貧困的信念。從那時起，狄更斯就把真正的自己隱匿在沉默和祕密中。他暗暗地發狠：任何語言都無法表達我靈魂中祕密的痛苦，我淪落到與這些人為伍的地步，把我要成為一個博學有聲望的人的希望，碾碎在自己的胸膛裡。

《塊肉餘生記》正是這樣一部穿插狄更斯親身經歷的半自傳體小說，它透過一個孤兒的不幸遭遇，描繪了人物的悲、歡、離、合，多方面揭示出當時社會的真相，揭露了司法界的黑暗腐敗，議會對人民的欺壓以及資產階級

對勞動人民的剝削。作者透過大衛‧科波菲爾最後成功的圓滿結局鼓舞人們保持對生活的信心，表現了作者的一貫思想。可以說，《塊肉餘生記》是狄更斯作品的跨越和他畢生的精華！

小知識：

查理斯‧狄更斯（1812～1870），十九世紀英國批判現實主義小說家。狄更斯特別注意描寫生活在英國社會底層的「小人物」的生活遭遇，深刻地反映了當時英國複雜的社會現實，為英國批判現實主義文學的開拓和發展做出了卓越的貢獻。他的作品至今依然盛行，對英國文學發展起到了深遠的影響。其代表作品有《匹克威克外傳》、《孤雛淚》、《老古玩店》、《艱難時世》、《我們共同的朋友》等。

暴風雨中誕生的楷模
奧斯特洛夫斯基和《鋼鐵是怎樣煉成的》

只要心臟還沒有停止跳動，就要使自己成為一個對黨有用的人。──
奧斯特洛夫斯基

自尼古拉・奧斯特洛夫斯基的小說《鋼鐵是怎樣煉成的》問世以來，他就與書中的保爾・柯察金一道成了無數有志青年心中所追崇的英雄楷模。究竟是怎樣的經歷，鑄就了這部小說的輝煌？讓我們來細閱他的人生故事。

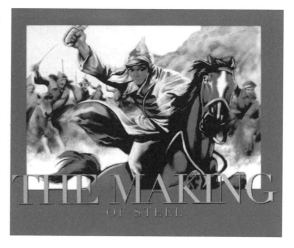

奧斯特洛夫斯基自幼家境貧困，屈辱的生活培養了他對舊世界的仇恨和反抗情緒。

一九一八年，奧斯特洛夫斯基的家鄉一度被德國軍隊佔領，得知消息的他開始積極投身於革命活動。他不顧生命安危地幫助布爾什維克地下組織張貼傳單、刺探收集情報、把革命布告貼到德軍司令部哨兵棚上，努力完成組織下達的每一個任務。

一次，奧斯特洛夫斯基走在街上，突然看見一個人被一名全副武裝的匪兵押著，朝自己迎面走來。他定睛一看，這位被押的同志正是地下革命委員會成員，他當即決定不惜一切代價解救革命同志。十五歲的奧斯特洛夫斯基

不顧一切地朝匪兵猛然撲去，兩人旋即扭打在一起。革命者意外獲救，成功逃離樊籠，而奧斯特洛夫斯基卻因此被捕。這個少年在牢房裡受盡嚴刑拷打，遍體鱗傷的他以非凡的意志強忍著百般折磨，始終沒有吐露隻言片語。

一九一九年七月，奧斯特洛夫斯基志願加入紅軍，奔赴前線保家衛國。在一九二〇年的一次激戰中，他的頭部、腹部多處受傷，右眼也因傷喪失了百分之八十的視力，在野戰醫院的病床上度過了時常昏迷的兩個月，嚴重的傷痛使奧斯特洛夫斯基不得不離開革命隊伍，在病房裡休養。

然而，當傷勢剛剛有所好轉的時候，他就離開病房，以高度的革命自覺性轉入勞動建設。十七歲時，他帶頭參加修建一條鐵路支線的艱巨工作。在鐵路工地上，不少人被惡劣的生存條件、突如其來的疾病、匪幫的偷襲等奪走生命。奧斯特洛夫斯基在這樣的環境中咬緊牙關，拼命工作。在施工後期，他因患風溼病而雙膝紅腫、步履艱難，又因感染了傷寒而昏迷不醒。在母親悉心照料下，奄奄一息的他勉強活了過來。

病情稍有好轉，他又開始參加勞動。有一次，木材在運送過程中意外地落入水中，奧斯特洛夫斯基聞此消息，帶領著許多共青團員火速趕到現場，他帶頭跳入冰冷刺骨的第伯聶河中，勇猛地搶撈著木材。他由於肢體麻痺，幾次差點被湍急的河水沖走，但他堅持在水中抗戰，不願離開，直至所有物資絕大部分都被挽回。因為長時間泡在齊腰深的冰水中，他的風溼病變得更加嚴重，又很快迸發了多發性關節炎、肺炎。醫療鑑定委員會給十八歲的他簽發了一等殘廢證明，他卻藏起證明，堅持要求繼續工作。

不幸的是，二十三歲的奧斯特洛夫斯基又因一場車禍右膝受傷，引發了痼疾，他的關節紅腫脹痛、活動困難，以致於最後發展到全身癱瘓，而且雙目逐漸失去視力，完全喪失了活動能力。

從此，奧斯特洛夫斯基往返於各地醫院，但未見好轉。二十六歲時，他接受第九次手術，粗心的醫生竟將一個棉球殘留在他的體內。當時情況特殊，虛弱的他如果再次施以麻醉，只怕會損傷心臟，危及生命。他主動提出

在不麻醉的情況下讓醫生切開刀口，取出棉球。手術過程中，他沒有發出一聲呻吟，但這次手術後他持續高燒八天。從此以後，他斷然拒絕任何手術，他義正辭嚴地說：「我已經為革命獻出了一部分鮮血，剩下的，讓我留著做點別的事吧！」

在治病空檔，躺在病床上的奧斯特洛夫斯基利用僅剩的視力，閱讀了大量優秀的文學著作。學習文學創作，是他「進入生活的入場券」。在參加斯維爾德洛夫共產主義函授大學學習的同時，他開始構思並撰寫小說──《鋼鐵是怎樣煉成的》，從此，一部影響世界的著作誕生了。我們可以看到，奧斯特洛夫斯基的一生如同保爾·柯察金一樣，在淋漓盡致地闡述著鋼鐵是怎樣煉成的。

小知識：

尼古拉·奧斯特洛夫斯基（1904～1936），前蘇聯著名的布爾什維克作家、社會活動家。其代表作有《鋼鐵是怎樣煉成的》、《暴風雨所誕生的》等，他還翻譯了許多外國作品。

厭世達人，將諷刺進行到底

喬納森・斯威夫特和《格列佛遊記》

諷刺是一面鏡子，觀看者常常能看到別人的面容卻看不到自己。——
喬納森・斯威夫特

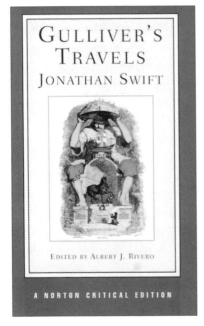

《格列佛遊記》是斯威夫特顛沛流離的一生及抗爭中所見所聞的抽象縮影。在《格列佛遊記》曾有這麼一個國家——飛島國。它的科學家脫離人民與實際，熱衷於從事不著邊際的「科學研究」，甚至不把屬地的居民當人看，時常對他們採取殘暴的手段。一旦有叛逆，飛鳥國的統治者就將飛島駕臨上空，阻隔陽光；或降落到其屬地國土上，將居民碾壓成粉。這裡揭露的，正是英國對愛爾蘭的殖民統治。

一七一四年，歷經動亂的斯威夫特回到已淪為英國殖民地的愛爾蘭。在當時，英王的情婦肯德爾公爵夫人將得到的在愛爾蘭鑄造的半便士銅幣的特許狀，賣給了英國商人威廉・伍德，賺取了一萬英鎊。而當時的伍德只要用價值六萬英鎊的銅，就可以鑄造價值十萬零八百英鎊的半便士銅幣，在這其中可謀取四萬英鎊的暴利。這對貧困的愛爾蘭人民來說，是個嚴重的威脅。

進一步瞭解了愛爾蘭人民的苦難後，斯威夫特積極地號召愛爾蘭人民為爭取自由獨立而抗爭，他主張愛爾蘭人民拒絕購買英國貨，積極發展自己的

工業，以抵制英國殖民者的經濟控制與殘酷剝削。斯威夫特透過化名為垂皮爾發表公開信的方式，揭露了伍德為什麼勇於以暴利剝削愛爾蘭人民。他一針見血地說，因為伍德是一個英國人！他號召愛爾蘭人民團結起來，一致拒絕使用半便士銅幣。在愛爾蘭人民的群起抵抗的壓力下，英國當局被迫減少發行四萬英鎊來緩和局勢。

但是，兇狠的英國統治者怎會輕易讓步？他們派出一位大臣趕來愛爾蘭強勢鎮壓。當時的英國首相渥皮坡爾惡狠狠地發誓，我要把半便士銅幣塞入愛爾蘭人民的咽喉！斯威夫特不畏強權，他對愛爾蘭人民說：「你們要知道根據上帝的、自然的、各國的和你們本國的法律，你們是也應該是和你們的英國弟兄一樣的自由人民。」渴望自由獨立、擺脫英國殖民統治的愛爾蘭人民，在斯威夫特的鼓舞和領導下勇敢抗爭，最終取得了勝利。

斯威夫特在這一事件後，被愛爾蘭人民奉為英雄，受到廣大人民群眾的尊敬與愛戴。《格列佛遊記》中正有這樣不畏強權的抗爭片段。《格列佛遊記》的構思則源自於斯威夫特與朋友的一次聚會。聚會中，斯威夫特義憤填膺地談論起當時政界種種貪婪無恥的行徑。在朋友們的嬉笑怒罵間，他信筆開始了《格列佛遊記》第一卷的創作。

《格列佛遊記》是十八世紀諷刺藝術的一座高峰，是遊記、寓言、神話、理想國的藍圖，也是斯威夫特對其四處奔走的抗爭的描述。斯威夫特一生對暴政有強烈的仇視態度，對被壓迫者真摯的同情，他把諷刺當成進攻的有力武器，對自身所處階級的腐敗進行致命的報復。出版兩個多世紀以來，它被譯成幾十種文字，在世界各地廣為流傳。作者用豐富的諷刺影射手法和虛構幻想的離奇情節，深刻地剖析了當時英國的社會現實，揭露了統治集團的腐敗和罪惡，抨擊了侵略戰爭和殖民主義，對當時的英國整個社會風尚，乃至整個人類的種種劣根性，都進行了無情的諷刺和抨擊。

小知識：

喬納森‧斯威夫特（1667～1745），英國十八世紀政論家、諷刺作家。他出生於愛爾蘭貧苦家庭，早年喪父，靠伯父資助讀完大學。畢業後做過私人祕書、鄉村牧師、報刊編輯、教堂教長。一七一〇至一七一三年在倫敦居住，捲入黨派鬥爭，深受託利黨支部首領的器重。托利黨人失勢後，斯威夫特回到愛爾蘭，在都柏林做聖派得立克教堂教長，終其一生。其代表做為《書的戰爭》、《一只桶的故事》、《斯特拉日記》、《布商的信》、《格列佛遊記》、《一個小小的建議》等。

意識流大師的夢魘
詹姆斯·喬伊斯和《尤利西斯》

流亡是我的美學。——詹姆斯·喬伊斯

　　《尤利西斯》是意識流大師喬伊斯最重要的代表作，它被公認為意識流文學的「聖經」。這部作品裡，閃爍著喬伊斯與周遭人生活的影子。父親約翰·喬伊斯去世時，喬伊斯曾對友人說：「《尤利西斯》中的幽默是父親的幽默；書裡的人物都是他的朋友。這部書實際上是他這個人的翻版。」喬伊斯在愛爾蘭學醫的日子裡，與奧列佛·聖約翰·格加蒂交往甚密，此人成為《尤利西斯》中巴克·穆利根的原型。在格加蒂的海濱城堡中住的第六個晚上，喬伊斯與他發生了一場激烈的爭吵後拂袖離去。後來，猶太人阿爾弗萊德·亨特收留了他，此人就是《尤利西斯》中男主角利奧波德·布魯姆的原型。《尤利西斯》中故事發生的日期一九〇四年六月十六日，這也是喬伊斯與後來成為他妻子的旅館女服務員諾拉·伯娜科第一次約會的日期。可以說，這些星星點點構成了喬伊斯創作的素材。

　　而《尤利西斯》公諸於世的過程也像喬伊斯的人生一樣，歷經坎坷。一九一四年，喬伊斯開始撰寫自己的巨著——《尤利西斯》。一九一八年初，美國《小評論》雜誌將這部優秀作品的開頭部分連載刊登，但美國官方禁止《尤利西斯》的刊登，還把刊登這部小說的刊物當作「淫穢作品」查封沒收，並禁止出版。一九二二年之後，歷經波折的《尤利西斯》在巴黎一再重印，德國也相繼修訂再版，但其在英語國家繼續受到查禁的待遇。

　　而在一些英語國家，逐漸湧現出一個現象：一些人利用公眾對「查禁書」的好奇心，進行盜印和非法翻印，甚至篡改小說中的情節，以牟取私

利。文人一向視作品為自己的孩子，面對這種情況，喬伊斯慎懍地起草了一份文件，抗議各種盜版行為。當時文藝界許多人給了喬伊斯莫大的支持，他們在公眾面前給予聲援，用拍電報、撰寫文章等形式給喬伊斯鼓勵。最終，有一百六十七個文化界著名人士在此文件上鄭重簽名，這些名字背後凝聚了一股巨大的力量。只可惜，這個行為並沒有扼止住不法書商的猖獗，他們為了自己的利益依舊我行我素，而人民群眾由於好奇「查禁書」依然我行我素。喬伊斯不得不放棄柔和的處理方式，選擇用強硬的法律手段解決問題。但在處理過程中，喬伊斯發現一個令人傷心的阻礙，還是因為書在美國查禁，缺乏版權保護，無法用正規的法律解決矛盾，問題也就始終懸而未決了。

這件事情引起了強烈的迴響，為《尤利西斯》聲討平冤的呼聲越來越強烈。上至文人墨客，下至一般人民群眾都為《尤利西斯》的解禁發揮自己的力量。在國際輿論的壓力下，法院不得不重新對《尤利西斯》事件進行調查審判。一九三三年十二月六日，紐約地區美國聯邦法院對《尤利西斯》事件做出最後的的裁決：「此書雖有若干場面令人難堪，但絕無任何誨淫之處，因而《尤利西斯》解除禁令，可以進入美國。」這一記裁決令無數民眾歡呼雀躍，也令喬伊斯當即喜極而泣。這部懸而未決將近二十年的作品，終於得以昭雪，公諸於世了！宣判後不到十分鐘時間，美國蘭登公司就以令人咋舌的速度開始排印此書了。一九三四年一月一日，《尤利西斯》就正式出版了，人民群眾紛紛湧入書店購買這部歷經坎坷的奇書。一九三六年，英國政府也相繼解除禁令。這部巨著經歷多年抗爭後，終於得以公開與英、美讀者見面了。

《尤利西斯》的出版使喬伊斯成為國際知名文學家，書中所描寫的六月十六日也成為學術研究中有紀念意義的「布盧姆日」。而經歷了這段夢魘的意識流大師，依然抱著他那超然的態度，在起起落落中奮筆疾書。

小知識：

詹姆斯・奧古斯丁・艾洛依修斯・喬伊斯
（1882～1941），愛爾蘭作家和詩人。
一八八二年二月二日出生於都柏林信奉天主教
的家庭，一九四一年一月十三日卒於瑞士蘇黎
世。他先後就讀於都柏林大學克朗格斯伍德學
院、貝爾沃迪爾學院和大學學院，很早就顯露
出音樂、宗教哲學及語言文學方面的才能，並
開始詩歌、散文習作。一九〇二年大學畢業

後，迫於經濟壓力及為擺脫家庭宗教和自身狹隘環境的束縛，自行
流亡到歐洲大陸，先後在法國、瑞士、義大利過著流離的生活，廣
泛地汲取歐洲大陸和世界文化的精華。一九〇五年以後，攜妻子、
兒女在義大利的里亞斯特定居，帶病堅持文學創作。他的作品及
「意識流」思想，對全世界產生了巨大的影響。代表作包括短篇小
說集《都柏林人》，長篇小說《一個青年藝術家的畫像》、《尤利
西斯》、《芬尼根的甦醒》等。

黑暗世界裡的光明使者

海倫‧凱勒和《假如給我三天光明》

對於凌駕於命運之上的人來說，信心是命運的主宰。——海倫‧凱勒

一八八〇年六月二十七日，在亞拉巴州北部的一個名叫塔斯堪比亞的小鎮上，一個女嬰誕生了，她就是海倫‧凱勒。小海倫反應敏捷，哭聲嘹亮，父母曾一度相信她有音樂家的天賦。

十九個月大的時候，一場突如其來的重病——猩紅熱襲擊了海倫幼小的身體，連日的高燒使她昏迷不醒。幸運的是，她逃過了死神的魔掌，可是當她甦醒過來時，眼睛燒瞎了，耳朵燒聾了，一張靈巧的小嘴也喪失了語言表達能力，成為一個集盲、聾、啞於一身的殘疾人。從此，她墜入了一個黑暗而沉寂的深淵。沒有獲取資訊的途徑，沒有心靈上的交流，外界對海倫‧凱勒來說是一片空白，這也直接造成她個性乖戾，脾氣暴躁。

海倫七歲時，家裡為她請了一位家庭教師，那便是影響海倫一生的聾啞兒童教育家——安妮‧莎莉文老師。在擔任家庭教師的第一天，莎莉文老師送給海倫一個玩具娃娃，她用手指在海倫的小手上慢慢地、反覆地拼寫「d—o—l—l」（玩具娃娃）這個單字。海倫一遍又一遍地模仿著老師的動作，表現出濃厚的興趣。莎莉文老師依據海倫的喜好，選擇了這種教學方法。有一天，老師在海倫‧凱勒的手心寫了「水」這個字，海倫‧凱勒卻無法準確理解「水」的意思。莎莉文帶著海倫‧凱勒走到噴水池邊，她握著海倫的小手放在噴水孔下。清涼的泉水濺溢到海倫的手上，又清晰地滑過她的皮膚。莎莉文老師反過海倫的小手，在她的手心上一筆一劃地寫下「水」這個字。海倫彷彿觸電般的，一下子就感覺到了老師的寓意。海倫慢慢懂得世間萬物都

有各自的名字，她開始知道自己的名字叫「海倫‧凱勒」，她也終於學會怎麼寫自己的名字。

　　隨著教學進度的加強，莎莉文老師突然意識到，光是懂得認字而無法說話是沒有用的。海倫的聲帶並沒有受損，她的「啞」是因為喪失聽力而造成的。可是，海倫既聽不見別人說話的聲音，又看不見別人說話的嘴型，該怎樣教她發音說話呢？莎莉文老師替海倫‧凱勒找來了一位專家，教導她利用雙手去感受別人說話時嘴型的變化，以及鼻腔吸氣、吐氣的不同。海倫用手摸索著老師發音時喉嚨、嘴唇的運動，用觸覺去領會發音時喉嚨的顫動和嘴的運動的不同，然後進行成千上萬次的模仿和糾音。這段歷程的艱難程度超出任何人的想像，海倫有時為發一個音一練就是幾個小時，疲勞使她心力交瘁，但她始終沒有退縮，日以繼夜地刻苦努力。無數次的失敗後，終於有一天，海倫用正常的聲調說，「這是溫暖的。」她和莎利文老師喜極而泣。之後，在莎莉文老師的耐心幫助下，憑藉著不屈不撓的意志，海倫逐漸學會了手語、盲文和唇讀。

　　半個世紀一直與海倫朝夕相伴，莎莉文老師用愛心和智慧引導她走出無盡的黑暗和孤寂，創造了奇蹟。而海倫，也用她頑強的毅力戰勝了無數的困難，一步步從地獄走上了天堂。在黑暗寂寞而又無聲的世界裡，她是真正的王者。在與困難的搏鬥中，她無疑是真正的英雄。

　　海倫在《假如給我三天光明》中深情地抒發她對莎利文老師的愛：「假如給我三天光明，我第一眼想看的就是我親愛的老師。」接受命運的同時，她沒有拒絕光明，她用愛心照亮了這個世界。她們就像光明使者一樣，用愛創造了歷史上的奇蹟！而在海倫創作《假如給我三天光明》的背後，也滿含著莎莉文的愛與付出。

小知識：

海倫·凱勒（1880～1968），美國盲聾女作家、殘障教育家。她在十九個月的時候，因猩紅熱失去了視力、聽力和語言表達能力。經過努力學會讀書和說話，成為掌握英、法、德、拉丁、希臘五種文字的著名作家和教育家。她的一生獻給了盲人福利和教育事業。主要作品有《假如給我三天光明》、《我的生活》、《我的老師》等。

戰場失敗有什麼可怕？

約翰·米爾頓和《失樂園》

心靈是自我做主的地方。——約翰·米爾頓

《失樂園》是十七世紀英國資產階級革命的宏偉史詩，它形象雄偉，格調高亢，氣魄宏大。那璀璨瑰麗的比喻、雄渾洪亮的音調、獨特的拉丁語的句法，讓讀者無不為之驚嘆。

米爾頓出生於倫敦一個富裕的清教徒家庭，當時處於資產階級革命時期的國教日趨反動，本一心繼承父業的米爾頓目睹了這一切，毅然放棄了做安逸的教會牧師的念頭，閉門攻讀文學六年，發誓寫出醒世的偉大詩篇。

一六三八年，為了開闊視野，提高文學修養，米爾頓前往當時的歐洲文化中心——義大利旅行。他拜訪了當地的文人志士，包括被天主教會囚禁的伽利略。聽說英國革命爆發的消息，米爾頓立即中止旅行回國，全心投入到革命運動之中。

然而，不幸降臨到了這位鬥士身上。一日深夜，在燈下伏案寫作的米爾頓由於過度的勞累，趴在書桌上睡著了。第二日，當他被照進窗臺的陽光曬醒時，竟發現自己的眼前一片黑暗。

雙目失明的事實給了米爾頓很大的打擊。這個巨大的變故也令他的親朋好友異常悲傷，他們堅持讓米爾頓放棄手頭工作，好好休養身體。米爾頓在黑暗中思索了整整幾天幾夜，他知道自己不會放棄工作，但失明的自己怎樣才能為革命起到貢獻，怎樣才能尋找到真理的光明。

那一日，米爾頓第一次踏出臥室。他堅定地告訴親朋好友：「我真誠地感謝你們的關心。但是，工作是我的生命，我永遠不會放棄革命。所以，請

求你們一起幫助我完成這個夢想。」他讓親朋好友們每日向其陳述局勢變化，以求即時掌握風吹草動。他邀請文人志士來家中，與其探究革命的出路。有時，他拄著盲人的枴杖，不遠千里去拜訪能給予自己啟發的人。一旦有所思路，他就以口代筆，敘述文章，請人筆錄。他還準備了一個很大的本子，想突然靈光一閃，而身邊無人時，他便摸索著在本子上一筆一劃地寫下來，等待日後尋人整理。他還積極學習盲文，希望能透過自己讀懂更多文字。米爾頓付出了比常人更多的努力，白天他四處奔波，夜晚口述整理文字。等到家人睡了，他又摸索著盲文直到黎明。

失樂園──夏娃受蛇的哄誘，偷食了知善惡樹所結的果，也讓亞當食用，兩人遂被上帝逐出伊甸園，成為人類的祖先。

就是這樣黑暗中的日日夜夜，米爾頓以筆為武器，撰寫出了無數著作。為捍衛共和體制，他毅然撰寫了《為英國人民聲辯》、《再為英國人民聲辯》，駁斥保皇派的謊言。一六六〇年三月，復辟徵兆已十分明顯，他發表了最後一篇政論文《建立自由共和政體之簡易方式》，再一次表明自己深切痛恨封建專制的態度。斯圖亞特王朝復辟時，米爾頓身為革命者被捕入獄。在獄中，他慷慨激昂地演講，大義凜然地駁斥著封建統治者，啟發鼓舞著尚在蒙昧中的人民群眾。出獄後的他在

生命的晚期，依舊筆耕不輟，寫出了《失樂園》、《復樂園》、《參孫力士》等不朽的詩歌篇章。他堅信，只要自己活著，就一定能看見光明！

革命時期的米爾頓奮鬥不息，與《失樂園》裡威武不屈、堅持抗爭的撒旦如出一轍。米爾頓和撒旦一樣，都是挑戰權威的叛逆者。可以說，作品《失樂園》中的撒旦就是英國資產階級革命者的象徵。故事的最後，他們喪失了樂園。亞當的墮落是由於溺愛妻子，感情用事。夏娃的墮落是由於盲目求知，妄想成神。撒旦的墮落是由於驕傲自滿，野心勃勃。詩人暗示英國資產階級革命由於道德墮落、驕奢淫逸而慘遭失敗的結果，也躍然紙上。

小知識：

約翰·米爾頓（1608～1674），英國詩人、資產階級革命家、政治家。一六〇八年十二月九日出生於倫敦一個富裕的清教徒家庭。米爾頓從小喜愛讀書，尤其喜愛文學。一六二五年十六歲時入劍橋大學，一六三二年取得碩士學位。一六四一年，他在一年多的時間裡發表了五本有關宗教自由的小冊子，一六四四年又為爭取言論自由而寫了《論出版自由》。一六四九年，發表《論國王與官吏的職權》等文，並參加了革命政府工作，擔任拉丁文祕書職務。一六五二年因勞累過度，雙目失明。一六六〇年，王朝復辟，米爾頓被捕入獄，不久又被釋放。從此他專心寫詩，在親友的協助下，共寫出三首長詩：《失樂園》、《復樂園》、《參孫力士》。一六七四年十一月八日卒於倫敦。

我是一隻快樂的牛虻
艾瑟爾·伏尼契和《牛虻》

一個人的理想越崇高，生活越純潔。——艾瑟爾·伏尼契

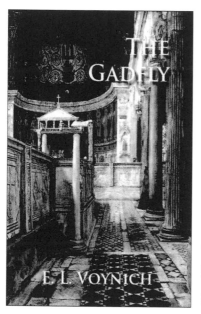

伏尼契寫了許多小說，僅有一部流傳後世，那便是蜚聲全球的《牛虻》。《牛虻》一書是伏尼契受到身邊革命者的獻身精神的激勵而寫成的。或許革命志士傳奇式的故事，與伏尼契那不平凡卻鮮為人知的人生經歷有著某些相通的地方，才讓她寫出如此傑出的作品。

一八六四年，伏尼契呱呱墜地。不幸的是，伏尼契的父親於半年後撒手人寰。母親決定離開愛爾蘭，移居倫敦。快要離開故土的時候，母親帶著沒怎麼離開過家門的伏尼契來到科克市最著名的布拉爾尼古堡。伏尼契第一次來到古堡，她對古堡裡的一切事物充滿好奇。

母親指著經歷了千年海風洗禮、早已布滿苔蘚的布拉爾尼石說：「人們深信，所有觸摸過這塊石頭的人，都會被賦予天賦。」生性好奇的伏尼契摸著布拉爾尼石反問道：「如果摸兩次，是不是能獲得雙倍的天賦？」

布拉爾尼石真的賦予了伏尼契傑出的音樂天賦。一八八二年，她前往德國學習鋼琴，以求進一步深造音樂修養。但不幸卻降臨在這個女孩的身上，畢業後的她患上了嚴重的手指痙攣，成為職業鋼琴家的夢想瞬間化為了泡

影。失去明確目標的伏尼契非常沮喪，她決定用餘下的錢遊歷歐洲。之後的幾年裡，她的足跡遍佈德國、瑞士、波蘭等國家。

在參觀羅浮宮時，一幅肖像作品深深地吸引了伏尼契。畫中的義大利小子著黑衣黑帽，他目光憂鬱，渾身卻散發著一股高傲的氣息。或許，他曾經歷過痛徹心扉的磨難；或許，他一直在用堅強的意志承受磨礪。凝望著這位青年，伏尼契心中有一種似曾相識的熟悉感，她意識到自己的失意是如此的微不足道，心情也豁然開朗起來。從此之後，伏尼契總是去羅浮宮與「義大利小子」進行目光與心靈上的交流。離開巴黎時，伏尼契買下了那幅無名肖像的複製品，並終身攜帶它。

一八八一年，伏尼契與真正的偶像結識。在閱讀了《俄羅斯的地下革命》一書後，伏尼契非常崇拜作者斯捷普尼亞克。斯捷普尼亞克編寫傳單，繪製木版畫，宣傳革命理想，與許多民粹黨人結下深厚的友誼，成為了一名職業革命家。在夏洛特的幫助下，伏尼契結識了她的俄羅斯偶像。斯捷普尼亞克與妻子芬妮非常喜歡伏尼契，他們相處得很融洽。後來，斯捷普尼亞克建議伏尼契以那幅她所摯愛的肖像為原型，寫一部小說。

在《自由俄羅斯》雜誌從事編輯和翻譯工作的同時，伏尼契開始構思她的小說。她回憶起她家收容過的義大利革命者，她把義大利青年的憂鬱眼神與斯捷普尼亞克的傳奇經歷，結合在一起加以創作。繁重的工作與小說創作，身心俱疲的伏尼契獨自前往佛羅倫斯，想稍加休息，並專心完成《牛虻》一書。在那裡，她筆耕不輟，一頁又一頁的稿紙鋪滿了居室的每個角落，男主角亞瑟的形象日益豐滿。正當她返回倫敦準備籌備出版此書時，斯捷普尼亞克突然去世了。她在巨大的悲痛中加緊出版這本書，她要把它獻給這位擁有「雄獅一樣堅強的心臟和嬰孩一般友善的心靈」的友人。後來的伏尼契，到任何地方都帶著兩件珍寶：義大利小子肖像的複製品和斯捷普尼亞克的照片。

小知識：

艾瑟爾‧麗蓮‧伏尼契（1864～1960），愛爾蘭著名作家。一八八五年畢業於柏林音樂學院，曾僑居俄國彼得堡市，在某將軍家任家庭教師。她同情革命，經常為監獄中的愛國志士送衣送食並傳遞祕密信件，她還是國際共產主義導師恩格斯和俄國革命家普列漢諾夫的好友。伏尼契從風起雲湧的現實人生中，汲取了豐富的思想營養及源源不斷的文學素材。其代表作有《牛虻》、《奧麗維亞‧拉塔姆》、《中斷的友誼》、《脫下你的靴子》等。

母愛點燃的光輝

卡內基和《卡內基溝通與人際關係——
如何贏取友誼與影響他人》

與人溝通的訣竅就是談論別人最為愉悅事情。——卡內基

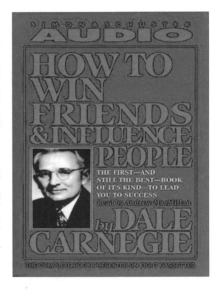

　　小時候的卡內基是一個非常淘氣的男孩，經常會給他的父親製造一些難題。在卡內基九歲的時候，父親再娶了。當時他們還住在維吉尼州的鄉下，而這位繼母出生於較為富裕的家庭，這樣的差距難免會造成一些隔閡。

　　他父親一邊向繼母介紹卡內基，一邊說：「親愛的，妳可要注意這個全社區最壞的小男孩，說不定明天早上以前他就會製造出一些惡作劇來，讓妳大吃一驚。」出乎卡內基的意料，繼母只是微笑著走到他面前，摸了摸他的頭，和善地看著他。而就是這樣一個善意的舉動，讓卡內基有了對這位繼母最初的好感。

　　雖然這位繼母從小衣食無憂，但是生性樂觀，百折不撓。有一次，洪水越出了河堤，把卡內基家裡農場的所有農作物都淹沒了。父親用絕望的聲音喊道：「上帝啊！農作物沒了，我可怎麼活啊！」而母親卻十分鎮靜，她只是默默地將家園重新收拾好。

　　那時的卡內基，在學校裡可不算是一個聽話的好學生。因為經常調皮搗

蛋，惡作劇，他好幾次都差一點被學校開除。而另一方面，卡內基卻具有天生的憂鬱性格。有一次，在幫母親摘取櫻花種子的時候，他突然哭起來。母親問：「你為什麼哭呢？」卡內基邊哭邊答道：「我擔心自己會不會像這種子一樣，被活活埋在泥土裡。」

父親看到這樣的卡內基很是生氣，而繼母則用纖細的手憐愛地撫摸著他的頭，看著丈夫說：「你錯了，他不是全社區最壞的男孩，而是最聰明的男孩，只是還沒有找到發洩熱忱的方式罷了。」繼母的話讓卡內基眼淚幾乎都要掉下來。就是憑著她這一句話，他和繼母開始建立了真正的友誼。而正是這樣一點一滴的小事，讓這位母親贏得了卡內基的尊重與信任，也成為激勵他人生上進的一種動力。

母親對卡內基一直寄予厚望，鼓勵他好好讀書，希望他將來能成為一名傳教士或一名教員。一九〇四年，卡內基高中畢業後就讀於密蘇里州華倫斯堡的州立師範學院。這時，卡內基家裡已把農場賣掉遷到了市鎮附近。而卡內基家裡仍然負擔不起鎮上的生活費用，他只好住在家裡，每天騎著馬去學校。他也因此成為全校六百多名學生中五、六個住不起市鎮的學生之一。他雖然得到全額獎學金，但還必須四處打工，以補貼生計。這讓卡內基在同學面前很沒有自信，他一心想找到一種能證明自己的方式。

卡內基發現，學校裡舉行的辯論會或是演講比賽每次都非常吸引人，勝利者的名字不但廣為人知，而且還被視為學院的英雄。這倒是一個成名和成功的好機會。然而他似乎並沒有演說的天賦，連續參加了十二次比賽，他都連吃敗仗。三十年後，卡內基談到第一次演說失敗時，還曾半開玩笑地說：「是的，雖然我沒有找出獵槍之類的東西來，但當時我的確想到過自殺。」而每次敗北後他回到家裡，母親總是細心地安慰和鼓勵他。

伴隨著卡內基的努力，事情漸漸有了轉機。一九〇六年，卡內基終於以一篇《童年的記憶》為題的演說，贏得了勒伯第青年演說家獎。而這篇演講稿也處處提到了他的這位繼母。這是他第一次品嚐到演講成功的滋味，也更

堅定了他的信心。而這份講稿至今還保存在瓦倫斯堡州立師範學院的校誌裡。

這次的成功對卡內基的一生產生了非同一般的影響。他在後來的回憶中自豪地說：「我雖然經歷了十二次失敗，但最終贏得了演講比賽。從那一天起，我就知道我以後的人生方向了。」演講比賽的成功讓他成了全校的風雲人物，也更加增強了他的自信，讓他在各種場合的演講比賽中大出風頭，人們也對他刮目相看。

一九一二年，卡內基在紐約開辦了他的第一堂公共演講課。從那時起，一項偉大的事業——卡內基教程就誕生了。這項事業不僅使卡內基享譽全球，也為他帶來了豐厚的收入；一九三六年，卡內基總結了自己幾十年的演講生涯的心得體會，結合他自己的人生閱歷，寫出了《卡內基溝通與人際關係——如何贏取友誼與影響他人》這本著作。在這本著作裡，他也多次提到了他的母親，並且認為正是由於母親一點一滴的幫助，才成就了他今天的輝煌。

至今，雖然沒有明確的數字可以統計出，究竟有多少人受益於《卡內基溝通與人際關係——如何贏取友誼與影響他人》，但從它初版以來七十多年的每一天裡，在地球的某一處，總會有一個人的生活因為卡內基的影響而被改變。而在這裡。我們似乎也能看到一個身處幕後的偉大女性的光輝。

小知識：

戴爾·卡內基（1888～1955），美國人際關係學大師，西方現代人際關係教育的奠基人。其在一九三六年出版的著作《卡內基溝通與人際關係——如何贏取友誼與影響他人》，七十餘年來始終被西方世界視為社交技巧的聖經。卡內基在一九一二年創立卡內基訓練，以教導人們如何進行人際溝通及處理壓力的技巧。

第七章
流芳文壇的逸聞趣事

一千零一夜的力量
民間作家和《一千零一夜》

虛偽的黑暗，必為真理的光輝所消滅。——《一千零一夜》

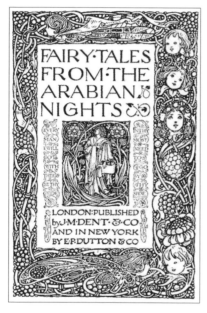

《一千零一夜》是民間作家的集體創作，作者已難以一一羅列出來。它的成書過程，既是一個對不同地區、不同民族神話、傳說、故事不斷吸收和融會的過程，也是在不同時期現實生活的基礎上不斷再創作、繼續產生新故事的過程。長達八、九個世紀的成書過程，經歷了阿拉伯社會的不同時期，它的產生、發展、定型，深深植根於阿拉伯土壤。經過幾百年的搜集、整理、加工、補充，大約到十六世紀才最後定型。又過了段時間，由文人編纂成書，出版問世。那麼，《一千零一夜》到底源自何處？

古阿拉伯文獻資料記載了這樣一個故事：在古阿拉伯的海島上，有一個薩桑王國。因王后行為不檢，生性嫉妒的國王山努亞殘忍地將其處死。自此以後，心懷怨恨的他終日鬱鬱寡歡。

有一天，山努亞和弟弟薩曼來到一片緊鄰大海的草原散心。國王下馬，想在一棵樹下休息一會兒。突然，草原中出現了一位女巫裝扮的老婦人。她徑直走到國王身邊，告訴他天下所有的女人都是不可信賴的。

國王山努亞和弟弟薩曼回到薩桑王國後，殺死了宮殿裡所有的女奴僕。

極度厭惡女人的山努亞存心報復，他開始每天娶一個女子來過一夜，第二日清晨便殺掉。這樣年復一年，三年裡，他整整殺掉了一千多個女子。薩桑王國終日人心惶惶，女子紛紛出逃，唯恐成為刀下亡魂。

幸相的大女兒山魯佐德試圖拯救千千萬萬無辜的女子，對父親說自己願意嫁給國王。但宰相堅決反對，不願女兒白白送命的他把女兒關在了房內。山魯佐德苦苦哀求，仍改變不了父親的意志。

一日，國王凌駕到宰相府上。知道這個消息的山魯佐德在房內放聲歌唱，美妙的歌聲吸引了在花園內散步的國王。山魯佐德立刻向找到她的國王表達了想嫁給他的意願，國王自然應允了她的要求，將她帶回了宮殿。夜晚，山魯佐德開始給國王講述民間故事，國王立刻被她的生動講述及那曲折的故事給吸引住了，津津有味地聽著。故事講到最精彩處，天剛好亮了，本要處死她的國王想要繼續聽故事，便決定暫時不殺她，允許她再講一夜。沒想到，山魯佐德每天晚上都能接著說一個引人入勝的故事，讓國王次日不忍殺死她。

無所不能的神燈與魔戒指，一夜間建立起來的宮殿，往來於宮中的飛毯，能隱身的頭巾，可以驅使神魔的手杖，能看到任何遙遠目標的千里眼，一個「比山還大」的妖怪，竟能出入小小的膽形銅瓶之中，更神奇的是，一擦神燈，它就能在一夜之間造建一座富麗堂皇的宮殿，山魯佐德所說的事物國王聞所未聞。

她的故事時而在天上，時而在人間，時而藉助於神仙妖魔的力量，時而完全依託現實，她大故事套小故事，長而不冗，雜而不亂，層次分明，絲絲入扣。她的故事無窮無盡，一個比一個精彩，一直講到第一千零一夜，慢慢愛上她的國王終於被感動了，願與她白頭偕老，饒恕所有的女人。山努亞對山魯佐德說：「憑阿拉的名義起誓，我決心不殺妳了，妳的故事讓我感動。我將把這些故事記錄下來，永遠保存。」於是，便有了《一千零一夜》這本書。

　　山魯佐德終於用自己的才智與勇氣，拯救了千千萬萬的女子，也為自己爭取了美滿的幸福。而這融會了民間精華的一千零一夜的故事也就延續了下來！

小知識：

　　《一千零一夜》的最初編者已難考證，多數學者認為它出自阿拉伯人，特別是埃及人之手。故事很早就在阿拉伯地區的民間口頭流傳，約在西元八、九世紀之交出現了早期的手抄本。據載，十世紀中葉，巴格達作家哲海什雅里從當時流傳的各類故事中選取一千個故事，每個故事為一回，一回稱一夜。他只寫到四百八十夜就逝世了，撰寫也因此而中斷。這可能是阿拉伯人編纂《一千零一夜》一類故事的最初嘗試。以後又有許多作家從事編纂，及至十一、十二世紀，隨著政治中心逐漸轉移到埃及，又加進了不少埃及故事。據埃及歷史學家馬格利齊記載，一個埃及文學史家，第一次使用《一千零一夜》這個書名。但直到十五世紀末、十六世紀初才基本定型。

永遠的自由女神
蕭伯納和《聖女貞德》

> 有信心的人，可以化渺小為偉大，化平庸為神奇。──蕭伯納

貞德是一個狂熱的信徒、宗教神祕主義者；貞德是一個天真純潔的農家少女，卻可悲地成為一個被當權者擺弄的棋子；貞德是現代民族主義的創始者和象徵，被奉為女英雄、受人尊敬崇拜的聖女。即使面臨火刑的威脅時，貞德依然堅持聽到的來自上帝的聲音。歷史上貞德的傳奇一生令人震撼不已，作家和作曲家創做了大量作品歌頌她，這其中就包括蕭伯納的劇本《聖女貞德》。關於貞德，蕭伯納與著名演員英格麗‧褒曼也編織了一曲藝壇軼事。

在英格麗‧褒曼的演藝生涯中，演得最多的角色也許就是法蘭西聖女貞德。在歐洲各國和美國各地，褒曼先後用五種語言，以舞臺劇、電影等多種形式飾演貞德一角。為了更好地演繹貞德，褒曼幾乎翻閱了所有的有關貞德的文獻資料。

有一次，蕭伯納把自己的劇本《聖女貞德》寄給在美國演出的褒曼，但褒曼並沒有採納。一天，英格麗‧褒曼接到蕭伯納的電話，他表達了想請她到寓所來吃茶點的意願。褒曼對這次邀請相當意外，她久仰這位英國劇壇巨

285

匠的大名，兩人卻不曾有過往來。褒曼細細回想他們之間是否有所淵源，當她想到自己沒有採納蕭伯納的劇本《聖女貞德》，曾經還拒演過蕭伯納的名劇《康蒂姐》的事時，為表歉意，她欣然地答應了。

褒曼和同伴到達蕭伯納的寓所時，驚訝地看見這位九十二歲的老人居然站在大門口翹首迎客。看得出，褒曼的到來令老人十分開心與欣慰。褒曼本想跟著蕭伯納走進寓所再進行交流。沒想到蕭伯納劈頭就問：「妳為什麼不演我的劇本？」褒曼俏皮地說：「能讓我先進去嗎？」「妳當然可以進去，我們要在一起吃茶點。但是，為什麼妳不演我的劇本？」蕭伯納繼續焦急地發問。褒曼暗想，多固執的老頭啊！她只好憑著自己真實想法答道：「我不演你的劇本是因為我不喜歡它。」蕭伯納嚇呆了，這個世界上還沒有人敢這樣與他說話。他瞪著眼睛看著她：「妳說什麼？難道那不是一部傑作嗎？」褒曼不懼怕地直言道：「我肯定它是一部傑作，但這個聖女貞德不是那個真正的法國女子。你把她寫得太聰明了。你重新寫了她的談話。你讓她說了很多真正聖女貞德怎麼也說不出來的話。」

褒曼認為蕭伯納不應該把貞德寫成一個機警好鬥的女子，這與她想要表現的那個歷史文獻中記載的真實的、初涉社會不久、會因目睹戰爭慘狀而哭泣的小女孩是不一樣的。一鼓作氣發表了自己看法的褒曼心想，逐客令恐怕是避免不了了，這茶點怕也是吃不成了。沒想到，蕭伯納卻突然樂呵呵地把褒曼迎進寓所，待之以茶點，繼續興致勃勃地討論起劇作、表演等問題。

褒曼沒有改變自己的觀點，她批評起蕭伯納的《聖女貞德》：「據我所知，貞德是一個單純的農村女子。你的文字是了不起的，但是它們是蕭伯納的文字，而不是貞德的語言。她沒有受過教育，是本性自尊和覺悟給她帶來的勇氣。她蔑視那些曾經指教過她而後來又把她置於法庭上受審的那些人。你讓她說，『我愛和男人們在一起，我不願穿著裙子坐在家裡紡織』。而事實上，她本來是不想要到戰場上身先士卒的，她想要這樣的生活：在家裡看守她的羊群，紡她的紗和織她的布。」蕭伯納被對方對藝術的率真與忠誠深

深地打動了，一場關於生活與藝術關係的討論，認真而熱烈地進行著，兩個年齡相隔半個世紀的藝術家跨越代溝，編織了一曲生動的藝壇軼事。

　　正是由於和褒曼的反覆探討，才讓蕭伯納對於貞德這一歷史人物有了更多的瞭解，也讓他筆下的《聖女貞德》顯得更加成熟動人。

小知識：

蕭伯納（1856～1950），直譯為喬治・伯納・蕭，愛爾蘭劇作家。一九二五年「因為作品具有理想主義和人道主義」而獲諾貝爾文學獎，是英國現代傑出的現實主義戲劇作家，是世界著名的擅長幽默與諷刺的語言大師。蕭伯納的一生，是和社會主義運動發生密切關係的一生，他認真研讀過《資本論》，公開聲明他「是一個普通的無產者」，「一個社會主義者」。然而，由於世界觀上的侷限性，他沒能成為無產階級戰士，而成為一個資產階級改良主義者。其代表劇作有：《鰥夫的房產》、《華倫夫人的職業》、《人與超人》、《真相畢露》、《賣花女》、《英國佬的另一個島》、《巴巴拉少校》、《皮革多利翁》、《傷心之家》、《聖女貞德》等。

連上帝也會喜歡的幽默大師
馬克‧吐溫和《馬克‧吐溫自傳》

皺紋不過是曾經有過笑容的地方。──馬克‧吐溫

　　馬克‧吐溫一生著述頗豐，他晚年時期最重要的著作是由他口授，祕書筆錄的《馬克‧吐溫自傳》。這本書記錄了馬克‧吐溫一生的回憶，堪稱美國文學中的經典。它留下了美國的風情和氣息，留下了馬克‧吐溫式的幽默與智慧，還有那淡淡的懷念之情。

　　幽默是人生的一種達觀態度，而馬克‧吐溫正是一位公認的幽默大師。他總是用自己的睿智詮釋著幽默，讓周圍充滿快樂。這樣的例子不勝枚舉。

　　有一次，馬克‧吐溫要去一個城市做演講，他坐上了一列開往那個城市的火車。那列火車是馬克‧吐溫乘過的火車中開得最慢的，全車廂的人都在抱怨。這時，列車員過來查票了，馬克‧吐溫笑眯眯地遞給他一張兒童票。查票員認出是馬克‧吐溫，他調侃道：「我還真沒看出您還是個孩子呢！」馬克‧吐溫回答：「現在我已經不是孩子了，但我買票上車時還是個孩子哩。」如此幽默地回答機智誇張地表現了火車行進之緩慢，惹得全車廂的人哈哈大笑。

　　在進行演講之前，馬克‧吐溫想先去修修門面，他走進了一家理髮店。理髮師問他：「你喜歡我們這個城市嗎？」「啊！喜歡，這是一個很好的地方。」馬克‧吐溫說。「您來得很巧！」理髮師繼續說，「馬克‧吐溫今天晚上要發表演講，我想您一定是想去聽聽嘍？」「是的。」「您弄到票了嗎？馬克‧吐溫樂著回答：「還沒有呢！」「這可太遺憾了！」理髮師聳了聳肩膀，兩手一攤，惋惜地說：「那您只好從頭到尾站著了，因為那裡是

不會有空座位的。」「對！」幽默大師說，「和馬克‧吐溫在一起可真糟糕，每次他一演講，我就只能站著。」

演講圓滿結束了，當地為馬克‧吐溫舉辦了一次宴會。宴會中的一位來賓知道馬克‧吐溫小時候很貧窮，便故意問道：「你是否記得第一次是怎樣掙到錢的？」馬克‧吐溫回答說：「對，我還記得很清楚。我在小學讀書的時候，小學生們都不尊重自己的老師，也不愛惜學校的財產，經常弄壞桌椅。針對這種情況，我們學校訂出一條規則，凡是有哪個學生用鉛筆或小刀弄壞了桌椅，那麼他就將在全校學生面前受到挨打或者罰款五元的處分。一天，我不幸弄壞了我的書桌。我只好老實對父親說，我犯了校規，得罰五元，不然就要在全校學生面前受到挨打的處分。父親認為當著全校學生的面受到挨打實在是太丟臉了，他答應給我五塊錢，讓我交給學校。但是他把我帶到樓上，狠狠地揍了我一頓。當時我想，既然已經挨過一頓打，那當著全校學生的面再挨一頓又有什麼關係呢？我便把那五塊錢保存下來了，那就是我第一次掙到的錢。」馬克‧吐溫用幽默回答了提問，避免了一些不必要的尷尬。

晚宴結束後，馬克‧吐溫回到旅館。旅館服務臺上的職員請他將名字寫到旅客登記簿上。馬克‧吐溫看到登記簿上許多旅客為了顯示自己的身分如此登記：拜特福公爵和他的僕人。於是，這位幽默大師寫道：馬克‧吐溫和他的箱子。職員接過登記簿後，忍俊不禁。

懂得幽默的人，一定擁有一個快樂、幸福的人生。馬克‧吐溫早年的生活如同「湯姆歷險記」，而後又生活在「鍍金時代」。他上演過「壞孩子的故事」，卻又曾「競選州長」。他曾是「乞丐王子」，而又擁有「百萬英鎊」。他是懷有赤子之心的頑童，亦是懲惡揚善的鬥士！無疑，他是最懂得生活的人。

小知識：

馬克‧吐溫（1835～1910），美國的幽默大師、小說家、作家、演說家，美國批判現實主義文學的奠基人。原名塞姆‧朗赫恩‧克列門斯，以其幽默、機智與小說著稱於世，曾被譽為「文學史上的林肯」。其代表作有《卡拉韋拉斯郡著名的跳蛙》、《傻子旅行》、《苦行記》、《鍍金時代》、《湯姆歷險記》、《國外流浪漢》、《乞丐王子》、《密西西比河上》、《頑童歷險記》、《康州美國佬奇遇記》、《傻瓜旅行》、《幗國英雄貞德傳》、《神祕陌生人》、《馬克‧吐溫的筆記本》、《自傳》等。

騰出一隻手給別人
杜思妥也夫斯基和《窮人》

騰出一隻手給別人，也會托起自己。——杜思妥也夫斯基

二十多歲時，學習工程科系的杜思妥也夫斯基利用課餘時間寫了一部中篇小說——《窮人》。他不知道自己的作品寫得怎樣，便怯生生地把稿子投給《祖國紀事》，希望能得到一些專業人士的指點，哪怕是批評的建議也好。

稿子順利地到達了《祖國紀事》的編輯部。收到稿子的編輯格利羅維奇和涅克拉索夫，並沒有十分在意，將它與別的來稿一同隨意地擺在了一邊。傍晚時分，完成編輯工作的他們開始看這堆來稿。當這兩位編輯看到《窮人》這篇稿子時，都被其深深地震撼了。他們沒有想到一個如此年輕的寫手能寫出如此優秀的作品。於是，他們一個人看累了，另一個人便接著看，一直持續到次日晨光微露。

第二天早晨，格利羅維奇和涅克拉索夫顧不得休息，快馬加鞭地找到杜思妥也夫斯基的住所。門鈴急促響起，充盈著按鈴人滿心的狂喜。當睡眼惺忪的杜思妥也夫斯基打開門時，他訝異地看到兩位無法抑制住激動的心情、撲過來緊緊抱住自己的編輯。杜思妥也夫斯基摸不著頭續地被他們抱著，直到他們激動地告訴自己，這部作品實在是太出色了！杜思妥也夫斯基這才知道，是自己的《窮人》。他不敢相信，一個勁地問兩位編輯：這真的是部好作品嗎？格利羅維奇和涅克拉索夫不斷點頭，給了他莫大的證實與認可，他們勉勵他千萬不要因為學工程而放棄文學創作。一番暢談後，兩位離開了杜思妥也夫斯基的住所。

對於杜思妥也夫斯基如此優秀的作品，兩位編輯激動的心情久久難以平息。為了進一步求證他們的觀點，他們又興沖沖地拿著《窮人》來到了當時著名文藝評論家別林斯基的住處，建議他看一看這部作品。

格利羅維奇和涅克拉索夫兩人一致評價說：「新的果戈里出現了。」而當時還沒有看到手稿的別林斯基不以為然，他緩慢地說：「你以為果戈里會像蘑菇一樣長得那麼快呀！」但在兩人的一再推崇下，他開始閱讀起手稿，並立即同樣欲罷不能。兩位編輯與他說話時，他也像沒聽到似的，不予理睬。看完手稿以後，別林斯基如同格利羅維奇和涅克拉索夫一樣激動得語無倫次，他立即要求兩位編輯帶他去這位作者的住所。當找到杜思妥也夫斯基時，別林斯基瞪著這位陌生的年輕人說：「你寫的是什麼，你瞭解自己嗎？」性格內向的杜思妥也夫斯基被別林斯基單刀直入的問題嚇得說不出話來。別林斯基稍稍平復了一下自己的情緒，嚴正地對他說道：「你會成為一個偉大的作家。」

受到別林斯基青睞與鼓勵的杜思妥也夫斯基，擁有了更多創作的熱情與信心。「我一定要無愧於這種讚揚，多麼好的人！這是些了不起的人，我要勤奮，努力成為像他們那樣高尚而有才華的人！」之後，杜思妥也夫斯基日夜為繼，創做出了大量優秀的小說，並不斷與鼓勵他的文學家們進行交流，加強自己的文學修養。最終，他被西方現代派奉為鼻祖，成為了俄國十九世紀經典作家。

杜思妥也夫斯基的成功不僅源於自身的努力，也離不開三位同樣偉大的藝術家的幫助。格利羅維奇、涅克拉索夫、別林斯基因各自的成就，贏得人們的尊敬。他們在發掘了杜思妥也夫斯基的光芒後，不計一切地真心幫助他走上文學之路。這樣「騰出一隻手」托舉一個陌生人的行動，比他們的成就更彰顯人格魅力，這樣的崇高情操令世人欽佩。沒有他們的幫助，也不會有《窮人》這般美麗的作品。

小知識：

費奧多爾．米哈伊洛維奇．杜思妥也夫斯基（1821～1881），文學家，十九世紀群星燦爛的俄國文壇上一顆耀眼的明星，與列夫．托爾斯泰、屠格涅夫等人齊名，是俄國文學的卓越代表。他所走過的是一條極為艱辛、複雜的生活與創作道路，是俄國文學史上最複雜、最矛盾的作家之一。即如有人所說「托爾斯泰代表了俄羅斯文學的廣度，杜思妥也夫斯基則代表了俄羅斯文學的深度」。

主要作品有《窮人》、《雙重人格》、《女房東》、《白痴》和《脆弱的心》等中篇小說，以及其代表作《罪與罰》。

回歸生命初始之狀

梭羅和《湖濱散記》

我從沒遇到過比孤獨更好的伴侶。——亨利·梭羅

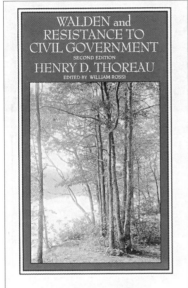

一九八九年，向世人吟誦著面向大海、春暖花開的海子躺在鐵軌上，安詳地聽著漸漸駛來的火車隆隆作響。海子臥軌自殺！這個新聞引起了大眾的關注。更多焦點聚集的是海子自殺時所帶的四本書。而在這其中，有一本便是《湖濱散記》。

早在一九八六年的時候，海子就向世人宣布，他閱讀到了迄今所認為最好的書——《湖濱散記》。海子一九八六年寫的一首詩〈梭羅這人有腦子〉讓至少八萬人知道了梭羅。而使《湖濱散記》大放光芒的，不是海子這首詩，而是海子的死。他生前對《湖濱散記》的推崇，讓文學界認識到了《湖濱散記》的價值，而他的死更為《湖濱散記》平添了一道神祕的色彩。眾人認為海子攜它而死，它必是本好書。或許，海子在死前的一刻，還在吟誦裡面那關乎超脫的句子。

讓我們來認識一下這部神祕的作品——《湖濱散記》。美國十九世紀超驗主義先驅梭羅的作品《湖濱散記》，被公認為是美國文學中最受讀者歡迎的非虛構作品。有人說，在繁忙的工作，緊張的生活節奏下閱讀這本書並無

特別之處。但當心情漸漸寂寞和恬靜之時，當夜深萬籟俱寂之時，這部書就顯出了它的神韻，指引著迷惘的人找回生命最本真的意義。

一八四五年，梭羅畢業於世界聞名的哈佛大學。畢業於這樣的高等學府，理所當然前途無量，親朋好友們都希望優秀的梭羅能大放異彩。令人跌破眼鏡的是，梭羅並沒有選擇經商發財或者從政成為明星的道路。他抱著讓心靈歸於自由與閒適的想法，竟決定移居到優美的湖濱散記畔的次生林裡，嘗試過一種簡單的隱居生活。

抵住一切外在壓力的梭羅，隻身一人來到了康科特郊外的林中。他用簡單的工具，親手為自己搭建了一座溫馨別緻的小木屋。他搬來了自己所有的書籍，及一些簡單的生活用品，住進了木屋。梭羅在小木屋附近的荒地裡種糧食、種菜，以維持自己的生計。其餘的時間，他都用在了寫作、看書上，過起了非常簡樸、原始的生活。

當清晨的第一縷陽光射進小木屋的窗戶時，梭羅自然而然地醒了過來。他起身到附近的小湖邊洗臉，然後漫步在曼妙的林中。有鳥兒啼轉輕吟，有露珠在花瓣葉片上翩翩起舞，一切都是如此清新靈動。他呼吸著清晨的清新空氣，捧著書隨處挑一地坐下，在這樣的環境中品味書籍，有種別樣的心境與思索。下午，他有時為生存而勞動，有時為調節心緒而垂釣，有時將上午的人生思緒或閱讀所得幻化為文字。夜晚，在繁星點點的天空下，蛐叫蟲鳴的樹林自然又是別有風味。梭羅或與蟲合奏，或與月對詩，或駕著一葉扁舟泛湖，也過得逍遙快活。他在湖濱散記畔的次生林裡整整待了兩年，也將這兩年的湖畔生活記載下來，最終寫成了被稱為「超驗主義聖經」的《湖濱散記》。

梭羅在大自然中種下的樹苗，而今結下了碩果。就像《湖濱散記》本身的基調，它的讀者較固定且不多，大都是些心底深處寂寞的人在寂寞的時候，悟出了它那恬淡的深味。

小知識：

亨利‧大衛‧梭羅（1817～1862），美國作家、哲學家。他出生於麻塞諸塞州的康科特城，一八三七年畢業於哈佛大學。畢業後他回到家鄉以教書為業。一八四一年起他不再教書而轉為寫作，後放棄詩歌創作而開始撰寫隨筆。他除了被一些人尊稱為第一個環境保護主義者外，還是一位關注人類生存狀況的有影響的哲學家。在不同時期，梭羅靠教書與務工過活。梭羅是拉爾夫‧沃爾多‧愛默生的學生和朋友，受愛默生的影響，梭羅也是一位先驗主義者。他因患肺病一八六二年五月六日死於康科特城。主要作品有：《湖濱散記》、《公民不服從》、《種子的信念》等。

憑記憶口授的箴言
伊索和《伊索寓言》

> 應當在朋友正是困難的時候給予幫助，不可在事情無望之後再說閒話。──伊索

伊索為西元前六世紀的希臘佛吉尼亞人。奴隸出身的他被轉賣過多次，最終因知識淵博、聰穎過人而擺脫了奴隸身分。獲得自由後的伊索開始環遊古希臘，給所到之處的人民講述寓言故事，深受古希臘人民的喜愛。「伊索」這個名字逐漸聞名遐邇，當時的古希臘寓言也都歸在了「伊索」名下。伊索完全憑記憶口授寓言，並沒有用筆記載。全世界家喻戶曉的《伊索寓言》，是後人根據拜佔庭僧侶普拉努德斯收集的寓言，以及陸續發現的古希臘寓言傳抄編訂的。

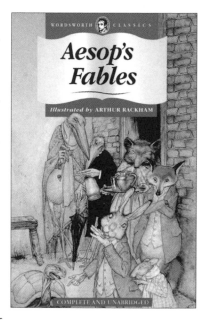

伊索出生的時候就不會說話，嘴巴裡只能發出奇怪的聲音，加上他從小就長得又矮又醜，鄰居都譏笑他為啞巴、侏儒。伊索的舅舅也非常討厭這個外甥，常常強迫他在田裡做最艱苦的工作。但是伊索的母親非常愛他，為了給他排憂解悶，經常講有趣的故事給他聽。有一天，伊索夢見了幸運之神向他微笑，並把手指放進了他的嘴裡，告訴他放鬆蜷縮的舌頭。醒來之後的伊索，意外地發現自己竟然可以說話了。母親去世後，伊索跟著曾照顧過他的老人去各地

漫遊，沿途聽到了許多故事。老人死後，被牧羊人賣了的伊索變成了一個奴隸。

伊索喜歡把看到的有趣事物編成精彩的寓言故事，將深奧的含意寓於淺顯生動的語言之中。大家都很愛聽伊索說故事，也很佩服他的聰明才智。

有一天，伊索的主人命令道：「伊索，到公共浴室裡去看看今天就浴的人多不多。」伊索走到公共浴室門口，看見非常多的人在裡面沐浴。正準備回去報告的他，發現浴室門口擱置著一塊大石頭。出入的人，一個不小心就會被這塊石頭絆倒。而他們的反應往往是爬起來咒罵一句那個放石頭的人，然後拍拍屁股走人，卻無人肯動手將這塊石頭移開。伊索看著這般情形暗自好笑。忽然，又有一個人絆倒了，他也罵了句：「哪個該死的將石頭放在這裡！」爬起身的他沒和其他人一樣徑直走進去，而是動手將石頭搬到不會絆倒人的地方。回去後的伊索對主人說：「今天浴室裡只有一個人。」主人相當高興：「只有一個人嗎？太好了！終於可以舒舒服服地入浴一次了。」他吩咐伊索趕緊收拾好衣物與他前去。兩人到了浴室，主人卻看見擠滿了人，哪裡還進得去洗澡。他責備道：「裡面這麼多人，你卻告訴我只有一個人！」伊索將他在浴室門口看見的一五一十地告訴了主人。「我沒有說謊。別人被石頭絆倒，只曉得罵人。只有一個人在絆倒之後，想到將石頭搬開，以免再絆倒別人。我認為只有他才配得上稱為一個人。」伊索一本正經地總結道。

啞口無言的主人，帶著伊索去街上尋找別的公共浴室，碰巧遇到了一個同事。主人嫌伊索長得太醜，駝背拐腳，缺耳歪嘴，近乎於「十不全」，竟在那個官員面前否認伊索是他的奴隸，還說這個醜漢與他根本沒有關係。伊索根據主人的表示，要求那個在場的官員作證，並請求主人說話算話，解除自己的奴籍身分。主人不好出爾反爾，在同事面前丟了顏面，加上他又比較賞識這奴隸的聰穎過人，便恢復了伊索的自由公民身分。

按照古代希臘的法律，一個恢復了自由的奴隸，有資格享受一般公民應

享的權利。為了提高修養，伊索開始周遊希臘各地。他在各藩王和貴族之間過著幕客的生活，用說寓言的形式表現了過人的才能，博得了大眾的傾服。

解除奴隸後的伊索，受了克洛蘇斯王委託，以使臣的名義到特爾費去處理一筆帳款。不知何故，特爾費的市民與他起了衝突，雙方爭執起來。伊索命人將帳款攜回薩地斯，這個舉動進一步激怒了特爾費市民，他們竟將伊索從懸崖上推下去，使他粉身碎骨而死。伊索死後，特爾費瘟疫肆虐，市民恐懼這是上天在懲罰他們殺害了一位才人，趕忙出了一大筆錢賠償伊索的生命，還集資為他建立了一座雕像，以平神怒。伊索死了，但他那憑記憶口授的箴言卻成了人世間一筆珍貴的財富。

小知識：

伊索（西元前620～前560），西元前六世紀古希臘著名的寓言家。他與克雷洛夫、拉·封丹、萊辛並稱世界四大寓言家。他曾是薩莫斯島雅德蒙家的奴隸，曾被轉賣多次，但因知識淵博，聰穎過人，最後獲得自由。自由後，伊索開始環遊世界，為人們講述他的寓言故事，深受古希臘人民的喜愛。西元前五世紀末，「伊索」這個名字已是古希臘人盡皆知的名字了，當時的古希臘寓言都歸在他的名下。後來被特爾費人殺害。現在常見的《伊索寓言傳》，是後人根據拜佔廷僧侶普拉努德斯搜集的寓言，以及後來陸陸續續發現的古希臘寓言傳抄本編訂的。

最後的教誨

米奇・艾爾邦和《最後14堂星期二的課》

當你學會死亡，你便懂得活著。——米奇・艾爾邦

《最後14堂星期二的課》在美國一經出版，就創下了連續四十週佔據圖書銷售排行榜一席之位的輝煌紀錄。一個來自美國的聲音藉由著作者的妙筆，感動了整個世界。《最後14堂星期二的課》的背後，是怎樣一個充滿智慧的靈魂？

這是一個真實的故事：彼時的米奇・艾爾邦是個大忙人。他在英國從事著四到五份的新聞媒體工作，天天四處奔波。米奇每日在電腦前花上八個多小時，撰寫很多報導並把它們傳送回美國。此外，身為廣播電視主持人的他，在每天的上午和下午主持「聽眾來電」直播節目。為了製作電視節目，還得跟著攝製組走遍倫敦的每一個角落。這樣繁重的工作，令忙碌的米奇把其他一切都拋在了腦後。他覺得自己就像個成天旋轉的陀螺，越來越感覺不到生活的快樂在哪裡。

偶然一次機會，米奇在電視上看到自己昔日的恩師，如今已年逾七旬的社會心理學教授莫瑞患上了肌萎性側索硬化，所剩時日已不多了。那是一種類似於科學奇才史蒂芬・霍金所患的疾病，這種絕症從腿部神經麻痺開始，

一點點地向上蔓延，直至使人不能再呼吸時為止。身為莫瑞早年的得意門生，米奇決定前去看望老教授。到達教授的房子裡時，米奇驚訝地發現所有的東西基本沒變。電視機還是老牌子，車還是原來的型號，盤子、銀器和毛巾都是舊的。然而，米奇明顯感受到這屋子卻在發生重大的變化。較之於昔日，它充滿了同事、學生、歌手、默念師、護士、治療專家的影像，它充滿了教誨、交流、友誼、柔情、大愛、坦然和眼淚。這種感覺給生活正處於忙碌而混亂的米奇帶來了深深地震撼。

米奇與恩師莫瑞進行了簡單的交流。已進入生命末期的老教授，沒有恐懼自己的生命即將消逝，相反地，當聽到米奇的生活狀態時，他與米奇約定每個星期二前來交流，他希望把自己多年來思考的一些東西傳播給更多的人。在老教授纏綿病榻的十四個星期裡，米奇每星期二飛越七百英里到老人那兒去上課，與他相伴，聆聽他最後的教誨。對米奇來說，與恩師「最後14堂星期二的課」，不啻為一個重新審視自我、理解人生真諦的機會。

在這十四個星期裡，他們一起討論「生活的意義」，包括「死亡」、「衰老」、「恐懼」、「慾望」、「社會」、「原諒」、「婚姻」、「家庭」、「有意義的人生」這些重要的課題。帶著尊嚴、勇氣、幽默和平靜活下去的莫瑞教導了米奇如何面對愛、如何面對恐懼、如何面對家庭、如何面對金錢與文化、衰老與死亡等等。米奇眼看著他的恩師一次比一次衰弱，在病魔和死神拼命撕扯著老人的最後關頭，莫瑞依然談笑風生。談到死後火化，他對家人說：「千萬別把我燒過了頭。」談到墓地，學生說：「我會去，但到時候就聽不見你說話了。」莫瑞笑了：「到時候，你說，我聽。」直到最後一堂課，那便是老人的葬禮。莫瑞以自己最後的存在，論證了人性的美好。這十四堂課的筆記綴珠成鏈，便構成了這本《最後14堂星期二的課》。原本米奇並沒有寫這本書的打算，但由於莫瑞老教授花費了大量的醫藥費，他便決定寫出這本書，用所有的報酬來償還老人遺留下來的債務。

老人以特有的達觀態度面對死亡，以生命的最後時光做為教案，展現著

痛苦、掙扎，直至坦然的轉變。這是一堂關於愛的人生教育課，愛自己、愛
家人、愛朋友、愛身邊的一切。讓忙碌的我們停下腳步，思考人生的意義。
而正是因為這些真理與智慧的點滴，才最終讓米奇‧艾爾邦串聯成《最後14
堂星期二的課》的閃閃亮光。

小知識：

米奇‧艾爾邦（1959～），美國著名專欄作家、電臺主持人、電視
評論員、慈善活動家。一九七九年畢業於麻塞諸塞州沃爾瑟姆市布
蘭代斯大學。目前米奇‧艾爾邦與妻子居住在美國密西根州。迄今
為止，艾爾邦已出版九部暢銷著作，代表作有《最後14堂星期二的
課》、《在天堂遇見的五個人》、《一日重生》等。

親手採摘成功的果實

小仲馬和《茶花女》

我最得意的作品就是小仲馬。——大仲馬

也許是受到父親的影響，大仲馬的兒子小仲馬從小就非常喜歡寫作，經常給報社的編輯寄送自己的一些作品，也許是自己的火候未到，他的信件投出去之後，總是如同石沉大海，之後就再無音訊。可是他卻從不氣餒，堅持如一，只要有自己認為好的作品，就會給編輯寄去。

有一天，大仲馬得知自己的兒子小仲馬寄出的稿件接連碰壁，便對小仲馬說：「如果你在寄給編輯稿件的時候，隨稿給編輯們附上一封信，哪怕只是一句話，說『我是大仲馬的兒子』，或許情況就會有所改觀了。」

聽到父親這樣的言詞，小仲馬倔強地說：「不，我不想坐在你的肩膀上摘蘋果，那樣摘來的蘋果沒味道。」

俗話說近水樓臺先得月，但是小仲馬並沒有利用父親的威望來成就自己的事業，而是希望透過自己的努力來實現人生的價值。年輕的小仲馬不但沒有接受父親的提議，而且相反，

不露聲色地給自己取了十幾個其他姓氏的筆名，以避免那些編輯先生們把他和大名鼎鼎的父親聯繫起來，以影響他們公正地評價自己的作品。面對那些冷酷無情的一張張退稿信，小仲馬沒有沮喪，仍在屢敗屢戰地堅持創作自己的作品。

終於有一天，他的長篇小說《茶花女》寄出去以後，以其精巧絕妙的構思和行雲流水的行文，震撼了一位資深望重的老編輯。這位編輯曾和大仲馬有著多年的書信來往，相交頗深。他看到寄稿人的地址與大仲馬的地址絲毫不差，便懷疑是大仲馬另取筆名來發表新的作品。但讓他感到疑惑的是，這件作品的風格和大仲馬以前作品的風格迥然不同。於是，這位編輯帶著興奮和疑問，迫不及待地乘車去造訪大仲馬，想去問個究竟。

當他抵達大仲馬的寓所，問及大仲馬這篇作品時，大仲馬也一頭霧水，不知道是怎麼回事。但隨即大仲馬便明白了——那是他的兒子小仲馬的作品。當大仲馬把實情告訴那位編輯時，令那位編輯大吃一驚，他沒有想到《茶花女》這部偉大的作品，作者竟是名不見經傳的小仲馬——大仲馬的兒子，而他在寄來的信件中又從來不提及這一點。

當那位編輯見到小仲馬時，這位編輯疑惑地問小仲馬：「你為什麼不在稿子上署上你的真實姓名，以及你和大仲馬之間的關係呢？」

小仲馬淡淡地說：「我只想擁有真實的高度。人人都是自己命運的設計師，最可依靠的不是任何人的權力和威望，而是自己的力量。」

小仲馬的回答令這位編輯十分讚嘆，他隨即也決定出版小仲馬的《茶花女》。讓這部優秀的作品盡量和世人見面，也讓更多的人瞭解小仲馬的才華。

等到《茶花女》出版以後，法國文壇的評論家們一致認為，這部作品的價值甚至遠遠超過了大仲馬的代表作《基度山恩仇記》。在《茶花女》這部小說上市不久，就被改編成話劇在各大劇場上演，取得了空前的成功。小仲馬成為了法國戲劇由浪漫主義向現實主義過渡期間的最重要的作家之一，他

沒有依託自己父親的名望，而是靠自己的力量攀登到了世界文壇的高峰，給後世留下了一代典範。

小知識：

亞歷山大・小仲馬（1824～1895），法國著名小說家，大仲馬與一女裁縫師所生的私生子。受父親大仲馬影響，小仲馬也熱愛文學創作，是法國戲劇由浪漫主義向現實主義過渡期間的重要作家，代表作品有《茶花女》等。小仲馬在他的作品中大力宣揚家庭及婚姻的神聖，對資產階級腐朽的社會風氣、倫理道德，做了比較細緻的描繪和揭露，抨擊了種種社會醜惡對家庭婚姻的威脅，歌頌了愛情的純潔高尚，成為社會問題劇的創始人之一。

知恩圖報的文豪

馬奎斯和《百年孤寂》

對於死亡，我感到的唯一痛苦是沒能為愛而死。——馬奎斯

人都有敗走麥城的時候，即便大師也難免例外。馬奎斯年輕時曾供職於波哥大的《觀察家報》。一九五五年，他因揭露海軍走私而引火焚身，以致於不得不狼狽外逃，亡命巴黎。

海明威說：「巴黎是節日。」而在馬奎斯看來，它卻是座難熬的煉獄。他窮困潦倒，舉目無親。多年以後，他回憶道：「沒有工作，一人不識，一文不名，更糟的是不懂法語，所以只好待在弗蘭德旅館的一個不是房間的房間裡乾著急。肚子餓得實在捱不過去了，就出去撿一些空酒瓶或舊報紙，以換取少量麵包。」

這樣的生活讓他品嚐了整整兩年。他在痛苦與期待中奇蹟般地活了下來，後來他才知道，許多拉丁美洲的外來流浪者都有過類似這樣的經歷。他和他們不謀而合，都發現了這麼一個祕密：買一塊牛排搭一大塊骨頭，骨頭可以熬湯！牛排的肉吃完了，骨頭卻還可以熬許多鍋湯。

馬奎斯堅持不借高利貸，直到硬著頭皮跑了幾趟慈善機構。起初當然是變賣妻子梅塞德斯所有首飾以應特急。當鋪老闆用神奇的目光逐件檢查了那些鑽石的、綠寶石的、紅寶石的首飾，最後不屑地驅趕他道，「全都是些玻璃玩意兒。」由於馬奎斯實在窮得可憐，房租總是不能按時繳交，弗蘭德旅館的老闆拉克魯瓦夫婦也許是自認倒楣，不但不催逼他們一家，最後還輕易地讓他們走了。

一九六六年八月初的一天，早已離開巴黎的馬奎斯終於可以到墨西哥城

的郵局，把寫好的《百年孤寂》書稿郵寄給出版社了。《百年孤寂》用打印紙謄清，共有五百九十頁，裝滿了好大一包，收件人則是布宜諾賽勒斯南美出版社文學部主任法蘭西斯科‧波魯阿。郵局工作人員把包裹過秤後說：「八十二塊比索。」妻子梅塞德斯數了數錢包裡的鈔票，並點完手中的硬幣，無奈地說：「我們只有五十三塊。」

於是，他們只好打開包裹，將稿子一分為二，並把其中一部分寄往出版社。他甚至不知道剩下部分該如何處置。但他們很快發現，寄出的並非上半部而是小說的結尾。好在還沒等他們想出好辦法，南美出版社的編輯因為急於想看到全書而預付了稿酬，因此郵資問題也就解決了。就這樣，馬奎斯獲得了新生。

後來，馬奎斯時來運轉，聲名日隆。一九六七年，《百年孤寂》的出版使他名滿天下。一天，春風得意的馬奎斯忽然想起了自己在巴黎時的房東拉克魯瓦夫婦，於是他又回到曾經的弗蘭德旅館。那麼多年過去了，旅館依然如故，只是物是人非，他再也見不到拉克魯瓦先生了。好在老闆娘尚健在，她一臉茫然，根本無法認得眼前這位西裝革履、彬彬有禮的紳士，更不會把他與十多年前的流浪漢聯想在一起。為了讓她相信眼前的和過去的事實，並收下馬奎斯曾欠下的房租，馬奎斯煞費了一番苦心。

一九七二年，馬奎斯獲得了諾貝爾文學獎。拉克魯瓦太太得知這一消息後驚喜萬分。她在《世界報》上刊登一則尋人啟事，誠摯地表示要把那一筆錢歸還給他，也算是他們夫婦對世界文學的一點貢獻。馬奎斯為此又專程前往巴黎看望老人家，而且陪同他前去的是拉克魯瓦夫婦年輕時的偶像：嘉寶。馬奎斯誠懇地告訴拉克魯瓦太太，她的貢獻在於她的善良，她沒讓一個曾經可憐的文學青年流落街頭，是她造就了今天的文豪。

小知識：

賈西亞‧馬奎斯（1928～），哥倫比亞作家、記者，是二十世紀拉丁美洲魔幻現實主義文學的傑出代表。其代表作是寫在一九六七年的長篇小說《百年孤寂》，被譽為「再現拉丁美洲歷史社會圖景的鴻篇巨著」。一九七一年獲美國哥倫比亞大學名譽文學博士稱號，一九七二年獲拉美文學最高獎──委內瑞拉加列戈斯文學獎；一九八二年獲諾貝爾文學獎和哥倫比亞語言科學院名譽院士稱號。賈西亞‧馬奎斯作品的主要特色是幻想與現實的巧妙結合，以此來反映社會現實生活，審視人生和世界。

鐵達尼號的凶兆！
摩根‧羅伯森和《徒勞無功》

預見是神奇的魔術。——摩根‧羅伯森

一八九八年，英國作家摩根‧羅伯森寫了一本名叫《徒勞無功》的小說。小說寫了一艘名為「鐵達號」，號稱「永不沉沒」的豪華巨輪，從英國駛向美國的首航歷程。這艘船堪稱人類航海史上空前巨大，也是最豪華的客輪，滿載著富裕的乘客。航行期間，船內燈火輝煌，夜夜笙歌。但是，航海途中，「鐵達號」不幸撞上了冰山，許多乘客伴隨著巨輪一同葬身海底。

或許這部作品並不奇特，可是誰也沒有想到，《徒勞無功》中的故事，竟成了十四年後舉世震驚的事實。

在世界航海史上，鐵達尼號曾被驕傲地稱為「永不沉沒的巨輪」。該船船身相當於三幢半住宅大廈的長度，其奢華和精緻堪稱空前，被歐美新聞界譽為「海上城市」。

一九一二年四月十日，鐵達尼號遊輪從英國南安普敦啟航開往紐約。登上這條奇蹟般的巨輪的人們，都希望能度過這美妙的一週。高等艙裡的富商大賈、社會名流渴望在這裡盡情享樂，低

「鐵達尼號」首航時的宣傳資料。

等客艙裡的數百名移民要越過大西洋，到彼岸去開創新的生活。

為了更快地穿越大西洋，鐵達尼號選擇了距離較短的北航線。沿途氣溫不斷下降，但天氣異常晴朗。後來，倖存的船員回憶說，他們以前從來沒看到過如此寧靜的北大西洋。

轉眼間，第四天到來了。報務員收到了緊急電訊，電訊提醒：前方冰山異乎尋常地向南漂浮，已經到了附近海域。四月十四日，鐵達尼號又收到了同樣內容的緊急電訊。然而，這些電訊均未受到重視。剛過黃昏，氣溫便開始驟然下降，儘管冰山臨近的跡象已經十分明顯，鐵達尼號卻既沒有改變航線也沒有降低航行速度。

夜幕降臨之後，愛德華・史密斯船長裝置了警戒冰山的瞭望哨。二十三點四十分，瞭望臺上的人最先發現了冰山，值班軍官趕緊下令向右弦急轉彎。只是，一切為時已晚。電石火光間，船弦外壁已被撞開了一條一百公尺長的大裂口。更糟糕的是，如果船上的十六個防水艙只有四個進水的話，船還可以浮在水上，但恰恰是五個底艙的外壁被撕裂了。客輪迅速大量進水，形勢不容樂觀。

報務員用摩斯密碼發出了最新規定的SOS呼救信號，這還是第一次在海難中使用此種信號。零點五分，船長命令救生艇開始下水。

起初，旅客們非常鎮定，因為他們相信鐵達尼號是「永遠不會沉沒的！」直到船體出現了明顯的傾斜，他們才恐慌起來。所有的救生艇上總計有一千一百七十八個座位，只能接納旅客總數的一半。頭等艙裡的婦女和兒童優先登上了救生艇，在他們當中只有四名婦女在這次海難中喪生。甚至有段時間，為了防止更多的乘客湧上來，三等艙通向甲板的門都被鎖住了。

凌晨兩點四十分，鐵達尼號在水中直立起來，頭朝下沉入了三千公尺深的大西洋中。

悲劇發生後，有人想起《徒勞無功》這篇小說，驚人地發現小說與此次沉船事件有眾多的相似之處：兩船都是初次出航就沉沒，其原因都是撞上冰

山，出事地點都在北大西洋。小說中的船名為鐵達號，真實沉船為鐵達尼號。小說中與現實中的航行時間均在四月份，航線都是從英國到美國，遇難月份均為四月。小說中乘客為三千人，現實為兩千兩百零七人。救生艇數目是二十四與二十的差別，載重量為七萬五千噸與六萬六千噸的差別，長度為八百與八百八十二點五的差別，碰撞時速度為二十五海里與二十三海里的差別，乘客傷亡慘重的原因都是船上的救生艇不夠。更有甚者，後來人們核查鐵達尼號的物品清單時，發現船上的閱覽室裡就有一本《徒勞無功》。是神祕語言，還是巧合？摩根‧羅伯森已然去世，留下了這個至今令人驚嘆的後世之謎。

小知識：

摩根‧羅伯森：美國作家，海員和珠寶商出身。一八九八年，他寫了一本名叫《徒勞無功》的小說。小說寫了一艘號永不沉沒的豪華巨輪，首次出航就在途中撞上冰山，悲慘地沉沒，許多乘客葬身海底。這本小說中寫的故事，竟成了十四年後不幸的現實。一九一二年四月十四日夜間，當時最大的豪華客輪「鐵達尼號」因撞上冰山而沉沒。

歷史的鏡鑑
果戈里和《欽差大臣》

為了國家的利益，使自己的一生變為有用的一生，縱然只能效綿薄之力，我也會熱血沸騰。——果戈里

一八三六年四月的一個晚上，彼得堡大劇院正在上演一齣精彩的諷刺喜劇——果戈里的《欽差大臣》。出色的劇本，演員嫻熟的表演，贏得了觀眾們一陣又一陣歡愉的笑聲和熱烈的掌聲。似乎所有的人都被這精彩的演出完全征服了。

然而這時，一個高大的男人從一個豪華包廂裡忿忿然地站了起來，對身邊的人大聲地說：「這算什麼戲啊！我感到我們的臉正在被別人用鞭子狠狠地抽打，其中把我抽打得最厲害。」說罷，就迅速離開了包廂，在一群人的擁護下離開了劇場。而劇場內戲還在上演，觀眾們還在熱烈地鼓掌和歡笑。這個男人就是沙皇尼古拉一世。

果戈里的《欽差大臣》一經推出，就在俄國的各大劇場火熱上演。而果戈里之所以能寫出這麼優秀的作品，當然和他的親身經歷有關，這期間還有普希金的無私幫助。

一八〇九年四月一日，果戈里出生於烏克蘭的一個小鎮。他的父親是一

個不太富裕的地主，熱愛文藝，愛好戲劇，曾經還寫過詩歌和劇本。他常帶著年幼的果戈里去看戲，所以果戈里從小受到很好的藝術薰陶。上中學時，果戈里就開始嘗試寫劇本。在學校舉行的節日晚會上，果戈里親自登臺演戲，並尤其善於扮演老年人的角色。

一八二八年底，果戈里中學畢業到彼得堡，當上了一名小公務員。在這期間，他有機會瞭解到俄國官僚制度的黑暗內幕，以及官僚們的貪贓枉法、卑鄙庸俗。果戈里很快就辭去公職，進而開始走上自己的文學創作之路。公務員的這段生活，為他後來的創作累積了豐富的生活素材。

隨著一些作品的發表，果戈里漸漸也結識了一些文學界的名人。一八三五年十月七日，果戈里寫信給普希金，希望普希金能夠給他一些創作上的靈感和題材，並希望素材是貼近俄羅斯生活現實的，好以此寫一部使人感到真實的諷刺喜劇。

普希金在回信中給果戈里講述了一個故事：《祖國紀事》的發行人斯維思基平時喜歡吹牛。一次，他外出旅行時冒充彼得堡的官員，當地的老百姓紛紛向他告狀，指控當地官員魚肉百姓、貪贓枉法。而他則趁機勒索了那些市民。另外，普希金還給他講了自己的一段親身經歷：當他著手寫《上尉的女兒》時，曾去烏拉爾搜集相關資料，一個省長竟把他當成彼得堡的微服私訪官員，對他百般殷勤款待。在普希金離開烏拉爾去奧倫堡後，這個省長還寫信告訴奧倫堡的省長，並要他小心謹慎。誰知這位省長正好是普希金的故交，當朋友告訴普希金整個事情的來龍去脈後，讓他哭笑不得。

看完普希金的回信，果戈里深受啟發。他決定將兩個故事融為一體，寫一齣反映當時俄國官僚醜態以及專制農奴制的反動與腐朽的諷刺喜劇。一八三五年底，果戈里根據普希金提供的素材，便寫成了五幕的《欽差大臣》。

一八三六年春天，《欽差大臣》開始在俄國上演，隨即引起了轟動。《欽差大臣》透過藝術形象全面地批判了俄國社會中的醜惡，遭到沙皇和官

僚們的痛恨。他們寫文章惡毒攻擊作者，還威脅要把果戈里流放到西伯利亞。果戈里不得不離開俄國，逃亡到義大利。隨後，《欽差大臣》也被禁演了。

逃到義大利的果戈里並沒有停止文學創作，在隨後寫了長篇小說《死魂靈》。然而，也許是為了逃避沙皇對自己的迫害，後來的果戈里還是改變了自己的政治立場。一八四七年一月，果戈里出版了《與友人書信選集》。在書中，他竟然宣揚農奴制是俄國歷史發展的基礎、不能動搖的觀點，並聲稱俄國應該退回到中世紀的宗法制社會中去。此言論一處，立即遭到了俄國知識份子的一致聲討。

至今，自《欽差大臣》出版已有一個半世紀的時光，那些政治上的紛爭早已煙消雲散，只有這本著作還依然留在歷史的舞臺，等待著每一個讀者去發現它的價值。

小知識：

果戈里（1809～1852），俄國十九世紀前半葉最優秀的諷刺作家、諷刺文學流派的開拓者、批判現實主義文學的奠基人之一。他出生於烏克蘭一個地主家庭，中學畢業後在十二月黨人革命運動的影響下到了彼得堡。他當過生活拮据的小公務員，親身體驗了「小人物」的悲哀，也目睹了官僚們的荒淫墮落、貪贓枉法。他於一八三一年辭職後專門從事文學創作。其代表作品有：《狄康卡近鄉夜話》、《米爾戈羅德》、《彼得堡的故事》、《狂人日記》、《外套》、《欽差大臣》、《死魂靈》等。

啤酒館裡誕生的名著
哈謝克和《好兵帥克歷險記》

有一種謙恭的、默默無聞的英雄，他們既無拿破崙的英名，也沒有他那些豐功偉績。可是把這種人的品德解析一番，連馬其頓的亞歷山大大帝也將顯得黯然失色。——哈謝克

哈謝克是個傳奇性的人物，一生經歷豐富。一八八三年四月三十日，他出生於布拉格。當時捷克還只是奧匈帝國的一個省分，布拉格是省會。哈謝克看到德國和奧匈帝國的軍官把捷克人當作狗一樣呼來喝去，非常氣憤。於是，便想創造出一部小說來抒發自己心中的鬱憤，藉以諷刺奧匈帝國。於是，一個可笑而又可愛的小兵形象——好兵帥克就誕生了。但是誰又能想到，這部偉大的作品竟是在酒館裡完成的。

一九二一年夏天，哈謝克剛從俄國回到捷克不久。哈謝克的住所附近有一家名叫烏‧卡里查的啤酒館，因此對啤酒情有獨鍾的他成了這家啤酒館的常客。不少在場者時常驚訝地發現，哈謝克只穿了件襯衫、趿著拖鞋、提著褲子就跑到酒館來喝酒了，真是邋遢至極。他每次都會告訴大家，說他那來自俄羅斯的老婆舒拉把他的皮鞋、皮帶和外套統統鎖了起來，就是為了防止他出來喝酒。舒拉之所以這樣做也是迫於無奈，不得已才採用的一種非常措施，因為嗜酒成性的哈謝克常常一出家門便不知去向。

有次妻子舒拉病了，要他去藥房買點藥。哈謝克出門還隨身帶了個酒

瓶，想順便來酒館打算捎瓶酒回去。到了酒館，酒還沒灌滿，第一杯啤酒還沒喝完，他就玩起了撞球。三杯啤酒下肚後，他想起了舒拉，下了下決心，覺得應該去買藥了。於是先把酒瓶放在酒館裡，打算買藥回來時再取。可是在家裡焦急等待的舒拉卻一直未見他的身影。

幾天後，舒拉氣沖沖地敲開哈謝克一個朋友家的大門，問哈謝克在哪兒。原來，自從出去買藥後，哈謝克就一直沒有回家。一個星期後，哈謝克終於回家了，手裡提著一瓶酒，可是連藥影子也沒有。反正藥也不需要了，舒拉的病早就好了。這段時間裡，哈謝克衣冠不整地在布拉格城的大街小巷到處遊蕩，進了一家又一家酒館，身上不多的幾塊錢花完後，他便在酒館的陣陣喧鬧聲中，寫下滿滿一練習本的《好兵帥克歷險記》。他伏在桌子一角寫稿，寫完幾十頁後就讓一個朋友送去交給出版商，換取幾個克朗的酒錢。這樣，至少這一天他就又有酒喝了。等到錢用完後，他就提筆再寫。就這樣，為了掙錢買酒喝，哈謝克在酒館裡完成了《好兵帥克歷險記》。

更有意思的是，哈謝克把烏‧卡里查啤酒館也寫進了書中。男主角帥克成了這家啤酒館的座上賓。小說中的這些描述，正好為烏‧卡里查啤酒館做了一段流芳百世的廣告。閱讀過《好兵帥克歷險記》的人，都知道了這家開在布拉格一條古老的大街上的啤酒館。酒館藉《好兵帥克歷險記》的宣揚大做文章，在大堂裡掛起帥克笑容可掬的肖像，啤酒杯上也印著帥克逗人喜愛、誠實憨厚的模樣，把整個啤酒館佈置得儼然像帥克從前常來光顧的處所，慕名而來的酒客、參觀者自然絡繹不絕。

由於長期酗酒及不規律的生活，哈謝克的健康狀況日益惡化，最終未能完成這部長篇巨著。一九二三年一月三日，在哈謝克寫到第四卷第三章時，就因心臟麻痺和肝病與世長辭，年僅四十歲。但是，哈謝克所塑造的「好兵帥克」形象，卻永遠留在了人們的心中，為讀者所喜愛。哈謝克也因他所創造的這個不朽人物而不朽了。

小知識：

雅洛斯拉夫‧哈謝克（1883～1923），捷克作家，二十世紀初開始文學創作，寫有短篇小說、小品文以及政論文一千多篇，對奧匈帝國統治下捷克資本主義社會的黑暗進行了抨擊，有「捷克散文之父」之稱。代表作長篇小說《好兵帥克歷險記》，該書被譯成包括中文在內的四十多種文字，並被編成劇本，拍成電影，受到各國人民的喜愛。

國家圖書館出版品預行編目資料

關於世界名著的100個故事／李小翠編著.
－－第一版－－臺北市：宇河文化 出版；
紅螞蟻圖書發行，2010.10
面 ； 公分－－(Elite；24)
ISBN 978-957-659-808-1（平裝）

813   99018390

Elite 24

關於世界名著的100個故事

作　　者／李小翠
發 行 人／賴秀珍
總 編 輯／何南輝
校　　對／楊安妮、周英嬌、賴依蓮
美術構成／Chris' office
出　　版／宇河文化出版有限公司
發　　行／紅螞蟻圖書有限公司
地　　址／台北市內湖區舊宗路二段121巷19號(紅螞蟻資訊大樓)
網　　站／www.e-redant.com
郵撥帳號／1604621-1　紅螞蟻圖書有限公司
電　　話／(02)2795-3656（代表號）
傳　　真／(02)2795-4100
登 記 證／局版北市業字第1446號
法律顧問／許晏賓律師
印 刷 廠／卡樂彩色製版印刷有限公司
出版日期／2010年 10 月　第一版第一刷
　　　　　2017 年 12 月　　　 第二刷

定價 300 元　港幣 100 元

ISBN　978-957-659-808-1　　　　　Printed in Taiwan